T0178870

LA
RUPTURA

LA RUPTURA

LAURA KAY

Traducción de Toni Hill

PLAZA [H] JANÉS

Papel certificado por el Forest Stewardship Council®

Penguin
Random House
Grupo Editorial

Título original: *The Split*

Primera edición: septiembre de 2021

© 2021, Laura Kay
© 2021, Penguin Random House Grupo Editorial, S. A. U.
Travessera de Gràcia, 47-49. 08021 Barcelona
© 2021, Toni Hill Gumbao, por la traducción

Printed in Spain – Impreso en España

ISBN: 978-84-01-02655-3
Depósito legal: B-9.017-2021

Compuesto en Comptex&Ass., S. L.

Impreso en Rodesa
Villatuerta (Navarra)

L026553

Para los Kay.
Y para Arthur, a quien quiero con locura,
y que, a cambio, me soporta

1

La vida por la borda

La cocina se había vuelto más pequeña y más oscura que antes, a pesar de la luz anaranjada del atardecer que entraba por los portillos. Me estremecí: el frío aire invernal vencía al calor que irradiaba el hornillo del barco donde vivíamos. Las alacenas parecían más juntas, las puertas chocaban unas con otras. Faltaba superficie, faltaba espacio.

Yo me mostraba más animada de lo habitual: revolvía los cacharros, hablaba en voz alta, me reía como una tonta. Intentaba captar la atención de Emily, atraerla hacia esa estancia donde ella había entrado hacía unos minutos sin llegar a estar allí del todo. Al ver el ordenador portátil y unas tazas sucias en la mesa, deseé haber puesto un poco de orden. Me recogí el pelo en una coleta más presentable. De repente me sentí ridícula al verme con los pantalones del pijama de la rana Gustavo, como si Emily no me los hubiera visto nunca, como si ella no se hubiera puesto los suyos la noche anterior. Me descubrí charlando sin parar sobre cómo había ido el día; sobre Malcolm, que contemplaba aburrido la lamentable escena desde su atalaya en el estante; sobre lo que estaba cocinando y sobre el extraño y ruidoso proyecto de construcción del señor Jeffrey, el vecino de al lado, que por momentos adquiría la forma de una caseta para perros, y... no pensaría tener uno, ¿verdad?

Emily se sentó a la mesa de la cocina y miró por el portillo lateral del barco: por él apenas se distinguían las siluetas de los árboles y el verde profundo de las aguas turbias del río. Cada vez que algún comentario suscitaba en ella una respuesta mayor que un asentimiento o un murmullo, yo me sentía victoriosa, y me aferraba a aquellos «síes», «noes» o «quizás» como si fueran las declaraciones de amor más tiernas y sentidas del universo. Emily pasaba de juguetear con un botón de su blusa a llevarse las manos a la larga melena oscura, apartándosela de la cara como si el roce del pelo le escociera. Pensé que, cuanto más hablara, más probabilidades tendría de convencerla. No podía dejar de observarla para ver si se relajaba. Pero la mirada de Emily deambulaba de un lado a otro, impregnada de aquella extraña clase de tristeza que a veces una se impone a sí misma a sabiendas de que a largo plazo el mal momento habrá merecido la pena.

Por fin me callé para poner los platos en la mesa, y cuando caí en que nunca debería haber parado de hablar ya era demasiado tarde. Fue un error fatal. Deseé haber permanecido en la cocina para siempre, preparando la pasta y diciendo tonterías hasta dar con aquella que le hiciera ver que estaba a punto de cometer un error garrafal. Debería haber dilatado el tiempo hasta que ella optara por quedarse. Tenía que existir una combinación mágica de palabras, un sortilegio eficaz. En cambio, permití que nos envolviera un silencio terrorífico, denso y pesado, y los ojos de Emily empezaron a llenarse de lágrimas.

—Lo siento tanto, Ally.

No lo sientas, me dije. No lo sientas y así olvidaremos este momento; cenaremos, nos sentaremos en el sofá con Malcolm y seguiremos juntas para siempre.

—Ya no aguanto más.

Me cubrí la cara con las manos; era incapaz de seguir mirándola.

—Las dos sabemos que las cosas no van bien desde hace tiempo, ¿no crees? Mírame, Al, por favor. No hagas que sea yo la que cargue con el peso de todo esto cuando es algo que nos concierne a ambas.

No levanté la vista. Yo no sabía nada.

—Ya no estamos bien juntas, ¿no crees? Supongo que las dos hemos crecido mucho y hemos cambiado. Bueno, al menos me consta que yo he cambiado.

Cuando le dije que por mi parte no había notado ningún cambio se enfadó de una manera increíble y súbita. A partir de ese momento se acabaron las lágrimas. Por lo visto, mis palabras acababan de reafirmar su decisión. Se irguió en la silla y dio una palmada de frustración en la mesa, lo que hizo que Malcolm abandonara su puesto de vigilancia a la velocidad del rayo.

—¡Claro que no has notado ningún cambio! ¡No me extraña!

Lo dijo gritando, con una voz aguda y vacilante que no le había oído nunca antes. Si el momento no hubiera sido tan horrible, tal vez me habría echado a reír. Podría haber sido una de esas cosas que una comenta unos días más tarde, entre abrazos. Y ella seguro que habría protestado y me habría dado un manotazo en el brazo, pero también habría acabado riéndose.

—¡Nunca te enteras de nada, Ally! Es como si todo hubiera dejado de importarte. ¿Sabes lo que cuesta ser el motor de una relación? ¿Tener que esforzarme para convencerte de que salgas? ¿De que hagas cualquier cosa? Es agotador.

Le dije que no entendía cómo mi inactividad podía agotarla, pero en realidad sabía a lo que se refería. No soy idiota, pero no tenía respuesta. Tal vez podría haberme disculpado, haber intentado explicarme o razonar mi postura, pero era obvio que ella ya había tomado una decisión. En su cabeza ella ya se había ido. Bajé la mirada y me di cuenta entonces de que ni siquiera se había quitado los zapatos.

Entonces Emily dijo varias cosas que me hicieron cerrar los ojos con fuerza y apretar los dientes hasta que el zumbido en los oídos sepultó su voz. Fue un intento de que esa conversación no entrara a formar parte de mis recuerdos. De todos modos, ya me sabía la cantinela: el cansancio, el tedio, el hartazgo.

—Esta noche me quedaré en casa de Sarah —concluyó por fin, imponiéndose sobre mi barrera de sonido. Se levantó bruscamente de la silla y se dirigió hacia la puerta.

Yo también me puse de pie, casi por instinto, y me parapeté detrás de la silla; la agarré con tanta firmeza que los nudillos se me quedaron blancos. Me preparaba para protegerme del siguiente embate.

—¿Sarah, del trabajo?

Lo pregunté con mi tono de incredulidad más logrado. Como si se tratara del hecho más inaudito que había oído en mi vida. Como si Emily me hubiera dicho que se iba a pasar la noche a casa de Santa Claus. Pero, en cuanto lo hice, la noté incómoda por primera vez en toda la tarde, y una marea de recuerdos de meses atrás empezó a inundarme la mente. Imágenes sueltas de retrasos nocturnos, de distracciones en las charlas, de fines de semana en que ella tenía que trabajar. Recuerdos que había puesto a buen recaudo en una diminuta e inaccesible parte del cerebro. La odié entonces por pensar que yo no me enteraba de nada, aunque en realidad no había sido consciente de lo que pasaba hasta ese mismo instante.

Moví la cabeza y me eché a reír: una reacción absurda cuando una se siente como si le hubieran propinado una soberana paliza justo antes de ser atropellada por un camión.

Emily se puso a hablarme como lo haría cualquiera con alguien que está de pie en el alféizar de la ventana de un décimo piso, o demasiado cerca del borde del andén de una estación de metro.

—Escucha.

Levantó las manos en señal de que no quería hacerme daño, de que no iba a realizar ningún movimiento súbito que me impeliera a saltar. No se acercó, pero quitó la mano del pomo de la puerta.

—Nunca tuve la intención de que pasara, ¿vale? Te juro que nunca estuvo dentro de mis planes, pero, en serio, Ally, tengo la sensación de que tú te rendiste hace mucho tiempo, así que acabé pensando que también podía hacerlo yo. Quería contártelo, pero... todo ha sido muy difícil. Te amaba de verdad, eso lo sabes, ¿no?

Me amaba. En pasado.

Emily prosiguió. No veía la palabra que flotaba en el aire delante de las dos.

—Y no es que lo de Sarah haya durado mucho. Un par de meses o tres a lo sumo. Ella no es la causa de nuestra ruptura, ¿lo entiendes? No estamos bien, y yo debería haber hecho esto antes. Lo único que puedo decir es que lo lamento mucho.

Era demasiado para asumirlo de golpe. Me dejé caer en la silla y asentí, no tanto en señal de que aceptaba su disculpa sino de que admitía mi derrota. Esa noche no la retendría en casa.

—Me voy —dijo Emily en el mismo tono que usaría una madre cariñosa que deja al niño en su cama y se propone apagar la luz de su cuarto por primera vez—. Volveré mañana y hablaremos de esto en serio, cuando hayamos tenido tiempo de calmarnos un poco, ¿vale?

Asentí de nuevo, mareada ante la perspectiva de tener que enfrentarme sola a la abrumadora realidad.

Emily parecía satisfecha, como si hubiéramos dado un paso adelante. Era irritante. Cogió la bolsa. Ya la tenía lista al lado de la puerta. ¿Cómo no me había percatado de ello? Salió. Cerró la puerta, llevándose consigo la brisa.

La cocina se volvió aún más pequeña. El techo más bajo, la luz más débil. Durante las horas siguientes el tiempo avanzó con atormentada lentitud. En medio de aquel silencio ensordecedor me senté a la mesa y rompí a llorar en sollozos intensos y devastadores, esos que te hacen sentir como si te fuera a estallar la cabeza y te dejan la garganta como el papel de lija. Lloré hasta quedarme exhausta, me levanté, abrí el grifo de la pila y bebí a chorro de él, tal y como hace Malcolm cuando intentas fregar los platos. Cogí el plato de pasta fría aderezado con trozos de calabacín blandengues y manchurrones tristes de salsa de tomate y me lo comí entero. Luego pasé al de Emily, el suyo con queso cheddar gratinado, y lo devoré también. Me sentí algo mejor.

Supe que no habría manera de conciliar el sueño, de modo

que me tomé las cosas con calma. Me cepillé los dientes durante veinte minutos, hasta que las encías me sangraron y el cepillo adquirió el regusto metálico de mi propia saliva. Luego dediqué un buen rato a esa higiene facial que siempre me proponía hacer y que implicaba toda una serie de rigurosos frotados, apertura de poros y varias capas de crema hidratante. Me puse un pijama limpio y, por último, cuando ya no me quedaba nada por hacer, me planté en el diminuto dormitorio, ante la cama deshecha que esa mañana nos había acogido a las dos, agarré el edredón, cerré la puerta y me instalé en el sofá.

Mi intención era pasarme la noche viendo la tele, pero en cuanto me acosté me quedé dormida como un tronco. Se me olvidó comprobar si la puerta estaba cerrada con llave o colocar la «trampa para intrusos» (un galán de noche lleno de perchas delante de la puerta para que hiciera mucho ruido al caer). No revisé mentalmente todos los desastres posibles: que el barco ardiera, que Malcolm se ahogara o que hubiera un asesino en serie deambulando por la orilla del río. Me limité a cerrar los ojos y dormir. Y dormir.

A la mañana siguiente desperté con la boca seca y los ojos hinchados. Había estado llorando en sueños, lo cual es lo más patético que puedo imaginar. Fuera aún estaba oscuro, eran las seis. Plena noche, en realidad. Desconecté el modo avión del móvil a la espera de encontrar al menos un mensaje de Emily preocupándose por si me había arrojado por la borda en mitad de la noche, pero no había nada. Me enfurecí. Lo último que me apetecía era pasarme el día esperando a que viniera a hablar conmigo. No soportaba la idea de tenerla delante exponiéndome los planes de cómo y cuándo podía irme de allí. Lo más probable era que quisiera instalar en el barco a Sarah. Recordaba vagamente haber coincidido con ella en alguna fiesta navideña, pero en mi cabeza no era más que un bulto sin cara. No la había considerado lo bastante importante como para fijarme.

Saqué la maleta y empecé a llenarla con toda la ropa que pude. Me dije que no tardaría en volver. Sí, cuando las aguas se hubieran calmado. Esto se olvidaría. No había nada que no pudiéramos solucionar más adelante. Mi cabeza iba a cien por hora, como si tuviera fiebre. El único lugar al que se me ocurría ir era a la casa de mi padre, en Sheffield. Todos mis amigos londinenses lo eran también de Emily. Me estremecí al preguntarme si estarían ya al tanto de todo. ¿Lo habían discutido entre ellos? ¿La habían aconsejado sobre cuál era la mejor forma de cortar conmigo? ¿De quién había sido la idea de tener una bolsa lista? Nadie se había molestado aún en interesarse por si yo estaba bien.

Cogí el móvil y escribí un mensaje para mi padre.

> Papá. Socorro. Necesito volver a casa por un tiempo. Emily me ha dejado. ¿Te parece bien? Ya sé que es temprano, lo siento.

Respondió casi al instante. Lo imaginé tumbado en la cama, entretenido con el teléfono: jugando al Scrabble probablemente.

> No tienes ni que preguntarlo. Si me dices en qué tren vienes, voy a buscarte. Trae ropa de abrigo. Hace frío.

Justo cuando iba a salir, Malcolm abandonó su puesto frente al hornillo de madera. Se estiró con gesto perezoso y luego volvió a tumbarse, agotado por el esfuerzo. Me miró. Busqué en sus ojos alguna señal de simpatía o comprensión, pero lo único que pude ver en ellos fue: «¿Desayuno?». Sin apenas tiempo para pensarlo, saqué el transportín de debajo de la cama. Quizá porque todo pasó muy deprisa, el minino se dejó encerrar sin excesivos aspavientos. Un poco de sangre era lo normal. El corazón me dio un vuelco cuando me detuve en la puerta, en un gesto pretendidamente reflexivo, como si no hubiera tomado ya una decisión. Malcolm se despidió del barco con un maullido.

El tren llevaba retraso. Y me costó más de cien libras. Debería existir algún tipo de descuento para los aquejados de mal de amores que compran el billete a última hora. Me planteé la posibilidad de cargarle el precio a Emily e imaginé la cara que pondría al ver el mensaje de autorización en el móvil. Era tentador.

En el andén, el rumor de pasajeros nerviosos arrastrando maletas y de niños bramando me dio dolor de estómago. Cada chillido de bebé me infligía una descarga de adrenalina en el pecho. Intenté aislarme. Me agaché y me atreví a meter el dedo entre los barrotes del transportín de Malcolm, que estaba apoyado encima de mi maleta. Malcolm bufó.

Cuando por fin llegó el tren, conseguí meterme en el vagón con mi enorme maleta y mi enorme gato y no romper a llorar de alivio al encontrar sitio libre en las barras para el equipaje. Ese pequeño logro, subirme al tren y ocupar un asiento sin reserva previa, fue como un premio.

De repente estaba hambrienta. Mientras el resto de los pasajeros se organizaban a mi alrededor y el tren abandonaba despacio la estación de St. Pancras para internarse en el día gris de enero, saqué del bolso el sándwich de Marks & Spencer y la bolsa de ganchitos, y no pensé en nada más durante unos benditos minutos con sabor a queso.

Nunca he tenido problemas para comer, excepto en situaciones de pobreza severa, e incluso entonces me quedaba mirando con avidez la comida de los otros, sintiéndome muy desgraciada.

La atmósfera de los trenes solía gustarme. En otro momento de mi vida, incluso ese tren hacia las East Midlands que olía a retretes, queso y patatas con sabor a cebolla, me habría relajado. Pero ese día no sentía ni alegría ni paz. El trayecto se me hizo eterno, y mi única distracción fueron los ocasionales maullidos de Malcolm, recordatorios guturales de que se encontraba allí en contra de su voluntad. De repente me asaltó la culpa al recordar que no le había dado de desayunar y le tiré una patata frita a través de los barrotes, pero él se limitó a lanzarle una mirada de desprecio, ofendido por la escasez de la oferta. Apoyé la frente en la ventana y, al tiempo que escuchaba por los cascos el desgarrador solo de guitarra de St. Vincent, incluido en mi playlist «Sentimientos», me invadió una oleada de tristeza cinematográfica: un nuevo alud de lágrimas rodó por mis mejillas convirtiendo las montañas frondosas y el sol invernal en un manchurrón precioso de tonos verdes y anaranjados. Hasta el momento había sido vagamente consciente de que llamaba la atención de la gente, con el gato y los llantos, pero de repente me sentí como si solo estuviéramos yo, el tren y mi corazón acelerado, ansioso y partido en busca de otro hogar.

El tren llegó a Sheffield y bajé al andén junto con cientos de estudiantes que cargaban con su ropa limpia. Había puesto el móvil en modo avión durante toda la mañana y caí en la cuenta de que debía desactivarlo para saber dónde me esperaba mi padre. Seguro que ya me había dejado un par de mensajes llenos de preocupación. Respiré hondo antes de hacerlo. El teléfono se iluminó al instante con un aluvión de mensajes que entraban a una velocidad inusitada. Demasiado rápido para leerlos, aunque yo albergaba mis sospechas. Me detuve junto a una columna, cerca de un piano donde alguien intentaba tocar *Para Elisa*, y miré el teléfono con los ojos entornados para ver lo menos posible. Lo apoyé en el oído para escuchar un mensaje de voz, esperando que fuera de papá para informarme de en qué aparcamiento, siempre alejado de la estación, estaba él con el coche.

«Te has llevado al puto gato. Es increíble.»

Una descarga de adrenalina me recorrió el cuerpo. Emily.

«Sabía que te enfadarías, Ally, pero no se me pasó por la cabeza que cometieras la locura de llevarte a mi gato.»

No es tu gato, contesté mentalmente. Es nuestro gato.

«Quiero que me lo devuelvas de inmediato. No te atrevas a pasar de esto o llamaré a tu padre para decírselo.»

No me impresionó en lo más mínimo. Era una amenaza vacía, ya que Emily jamás se había molestado en venir a Sheffield en los siete años de relación conmigo. Tampoco entendía qué pensaba Emily que haría mi padre. Ni que fuera un cazador profesional de gatos.

Colgué, satisfecha de que ella estuviera experimentando al menos una parte de la desazón que sentía yo. Al bajar el teléfono, levanté la vista y me sorprendí al encontrar a mi padre asomando la cabeza por la puerta de la estación en lugar de estar metido en el coche, dando vueltas cerca del aparcamiento para ahorrarse el tíquet. Ver que me buscaba con la mirada entre el gentío me hizo romper a llorar de nuevo y me provocó un nudo en la garganta. Era como si tuviera cinco años y me hubiera extraviado en el supermercado, o como si hubiera estado en una fiesta muerta de ganas de volver a casa. Se me apareció como la expresión física del bote salvavidas. Corrí hacia él a la mayor velocidad posible, dada la gran cantidad de equipaje, gato incluido, y me lancé a sus brazos, soltando el transportín de Malcolm en su mano libre y hundiendo la cara en su hombro. Se me antojó más bajo de lo que recordaba, o más delgado. Olía al gel de ducha que yo le había regalado por Navidad.

—¿Todo bien, cariño? —dijo él al tiempo que me acariciaba la cabeza y fingía no enterarse de mis llantos, algo que le agradecí—. Vamos a meter todo esto en el coche, ¿de acuerdo?

Asentí, caminamos juntos y en silencio hacia el coche, que estaba aparcado en una calle perpendicular. Justo antes de abrir el maletero, papá se percató de que lo que sostenía en la mano contenía un gato, pero su única reacción fue enarcar las cejas y meterlo en la parte de atrás con un: «Allá vamos».

—¿Has tenido buen viaje? —preguntó mientras se ponía las gafas.

—Sí. Me comí un sándwich.

—Fantástico.

Había algo reconfortante en sentarse al lado de papá en su Peugeot. Desprendía el olor débil de un gastado ambientador de pino que colgaba del espejo retrovisor y otro, bastante más fuerte, de una monda de naranja que se había quedado olvidada junto al asiento del copiloto. Cerré los ojos y me sumí en el amable silencio del trayecto. A medida que salíamos de la ciudad y nos dirigíamos hacia las montañas sentí que se me aflojaban los hombros. Incluso con los ojos cerrados sabía con exactitud por dónde íbamos, conocía cada giro, cada recodo, cada ruido del motor del coche. Abrí los ojos cuando él iniciaba el ritual de aparcamiento en batería, que consistía básicamente en ponerse rojo y llamar «puto monstruo» al vehículo de nuestro vecino, Brian, a pesar de que su tamaño era de lo más razonable. En cuanto hubo terminado, fui hacia el maletero para sacar el equipaje y seguí a papá, que llevaba a Malcolm. Oí los ladridos de la perra, Pat, al otro lado de la puerta. Sentí otra punzada de culpa por someter a Malcolm a tantas torturas: primero el viaje y ahora la presencia de una vieja pero entusiasta Jack Russell.

Mi padre dejó el transportín de Malcolm al pie de la escalera y abrió la puerta trasera para que Pat saliera a desahogarse. Dejé mi maleta en el suelo y busqué a tientas el interruptor de la luz del recibidor, pero, cuando por fin di con él, resultó que no había bombilla. Me estremecí al quitarme el abrigo y lo dejé colgado del final de la barandilla. Me pregunté cuándo fue la última vez que papá había encendido la calefacción.

—Voy a prepararte una taza de té. —Papá asomó la cabeza desde la puerta de la cocina.

Asentí y me descalcé; empujé los zapatos de una patada en dirección al zapatero, algo que solo se me permitía hacer cuando tenía la cara arrasada en lágrimas.

—Oye, esto... ¿Qué come Malcolm?

Señaló hacia el transportín, como si admitiera por primera vez que había traído conmigo a ese gato enorme. Malcolm nos contemplaba sumido en un hosco silencio. Pat, de quien siempre habíamos pensado que se calmaría con la edad, aún nos dedicaba desde el otro lado de la puerta trasera los ladridos especiales que reservaba para los gatos.

—Le iría bien un poco de agua, y... —me callé, a sabiendas de que quizá estaba tentando a la suerte—, ¿no tendrás queso por casualidad? A él le encanta y recibir un premio ayudaría a tranquilizarlo.

Sabía muy bien que esa bobada de pedir queso para el gato se toleraría durante un breve período de tiempo, tal vez solo ese día, de manera que tenía que aprovecharme mientras pudiera.

Papá enarcó las cejas pero no protestó.

—Vale, queso.

Abrí la cesta de Malcolm, contenta de prestarle atención. Él soltó un maullido grave y salió, exhibiendo su inmensa cola para que cualquiera que estuviera presente en la sala se sintiera debidamente intimidado ante aquel apéndice espectacular.

Olisqueó el ambiente y eso lo llevó hasta mi padre, que había puesto un trozo de queso a fundir en una cazuela. Solo después de una larga inspección se dignó a mordisquear el queso sin demasiada fruición.

Lo dejamos con su merienda y nos llevamos las tazas de té al salón. Mi padre se instaló en la gran butaca de color verde, una antigua reliquia de la época del abuelo Arthur, y yo me senté frente a él. La habitación no había cambiado desde que me marché de allí, once años atrás: las mismas paredes desiguales, pintadas, y el mismo tope para la puerta con forma de perro salchicha. En esa sala no tenía que preocuparme por lo desconocido, era como estar en un túnel del tiempo. La foto de boda de mis padres con el marco de plata seguía en la mesita auxiliar, al lado de donde yo me había sentado. Pasé el dedo por encima de sus caras sonrientes y me llevé una capa de polvo. Desde la muerte de mi madre, papá y yo no habíamos añadido ninguna fotografía. El tiempo se paró allá en 2004.

—¿Cuánto piensas quedarte?

Di un sorbo al té, ardiente y fuerte. Llevaba más de un año tomándolo con leche vegetal. Emily se había vuelto vegana, y, aunque habría preferido un mayor compromiso con la causa por mi parte, se conformó con que dejara la leche de vaca. Por ridículo que parezca, el maravilloso sabor de ese té me hizo sentir mejor.

—No es que tenga ninguna importancia —añadió enseguida.

—Gracias, papá. La verdad es que no lo sé. Aún no he pensado nada, todo está un poco... —A mi pesar, me di cuenta de que me fallaba la voz y de que me temblaba el labio.

—Un poco en el aire —terminó él la frase por mí—. Ahora mismo todo está un poco en el aire.

Asentí con la cabeza porque era incapaz de hablar y cogí una galleta de avena recubierta de chocolate. Mis favoritas. Era un paquete recién abierto así que comprendí que lo había comprado para mí.

—Las cosas mejorarán. Y en poco tiempo esa... esa chica horrible se dará cuenta de lo que se está perdiendo. Te lo diré sin ambages. —Hizo una pausa, como si no llegara a decidirse a expresarlo—. Nunca encontrará a nadie como tú.

Permanecimos un minuto en silencio. No era nada propio de papá mostrarse tan alentador, así que lo había dicho todo muy deprisa y sin apartar la vista de su taza de té. Refrené el impulso de saltar sobre él y plantarle un beso en la mejilla, de secarme las lágrimas de la cara con la suya.

—Gracias, papá —dije mientras masticaba la galleta y él asintió, satisfecho de haber recitado su parte sin que yo montara un numerito melodramático. Nos deslizamos hacia un reconfortante silencio que duró toda la merienda.

Encontré a Malcolm en la cocina, tumbado junto a la puerta trasera mientras contemplaba a Pat con curiosidad. Esta tenía la cara pegada al cristal y movía el rabo con furia. Tras hacerle prometer desde el otro lado de la ventana que no perseguiría a Malcolm, le permití que entrara y que olisqueara al gato. Malcolm reaccionó propinándole un toque en el morro con la pata, y eso la alegró. Le encantaba jugar. Me dije que quizá se llevaran bien al fin y al cabo. Arrastré la maleta por la escalera, escalón a escalón, y luego bajé a sacar a Malcolm de debajo de la mesa de la cocina. Estaba tenso, pero como no me mordió ni trató de huir pensé que podía tomármelo como un éxito.

Al entrar en mi habitación me sentí de nuevo abrumada por una oleada de amor hacia mi padre. El cuarto estaba impoluto, y la cama lucía un edredón con un maravilloso estampado floral en verdes y azules que nunca había visto. Me había dejado una toalla limpia y había colocado todos mis ositos de peluche en el escritorio. Me pregunté si tenía la habitación preparada por si acaso volvía o si esa había sido una tarea improvisada fruto del amor. Cerré la puerta con cuidado y dejé a Malcolm sobre la cama, pero tuve que volver a abrir la puerta al instante para que se fuera, ya que la emprendió a arañazos con ella. No tenía el menor interés en echarse una siesta y menos conmigo, su captora. Me tumbé en la cama y miré al techo, que estaba cubierto de estrellas reflectantes.

Nunca había estado en esa cama con Emily. Su piel suave nunca había rozado esas sábanas. Nunca había sentido su aliento cálido en la nuca a medianoche entre esas cuatro paredes. Me transporté a una tierra anterior a Emily, a un lugar donde ella no existía, donde nosotras no habíamos existido. No sentí ni esperanza ni felicidad, pero por primera vez en las últimas veinticuatro horas tampoco me sentí del todo hecha polvo. Solo cansada. Saqué del bolso el teléfono móvil y busqué una playlist de ruido blanco (pensada para los bebés, pero descargada únicamente por adultos ansiosos) y la reproduje al volumen más alto que podía soportar. Me puse los auriculares, hundiéndolos en mis oídos hasta el fondo, y, convencida de que nada podía perturbarme, me dormí.

Desperté unas horas más tarde cuando papá me sacudió el hombro con suavidad. Fuera ya oscurecía y había un reguero de babas en la almohada. La playlist había terminado hacía ya rato.

—Solo venía a ver cómo estabas.

Me saqué los auriculares y asentí a su pregunta de si me apetecía *fish and chips* y si quería bajar a ver *Pasapalabra* con él.

Se dio la vuelta para salir, pero se detuvo en la puerta.

—Se me olvidó mencionarlo. ¿Te acuerdas del chico de Karen, Jeremy? Ya sabes, Jeremy el grandullón... Pelo castaño y es... bueno, ya sabes. —Me señaló con un movimiento débil de cabeza.

Eso significaba que era gay. Jeremy era gay.

—Da igual, el caso es que también ha vuelto a casa. Lleva un tiempo por aquí. Quizá podríais quedar para animaros un poco.

Asentí sin comprometerme a nada: mi mente estaba concentrada en el *fish and chips*, en el hecho de que apenas había comido nada que no fuera verde desde hacía un año y de lo emocionante que resultaba hacer algo que Emily detestaría tanto.

De: Alexandra Waters
Enviado: 12 de enero de 2019, 23:05
Para: Emily Anderson
Asunto: Información importante relativa a tu reciente ruptura

Hola, Em:

¿Te acuerdas de que solíamos mandarnos emails como este todo el tiempo cuando nos conocimos? Todo el mundo lo hacía en lugar de usar el WhatsApp. Ojalá la gente siguiera enviándose emails más a menudo. A veces sería bonito recibir mil palabras en vez de diez. Te escribiría una carta si supiera adónde enviarla, pero supongo que estás en casa de Sarah.

Me acuerdo perfectamente del primer correo que te escribí. Apuesto a que podría recitarlo de memoria palabra por palabra. Escribirlo fue una agonía. Fingí que quería preguntarte algo sobre el texto que debíamos entregar, pero en realidad era una carta de amor. Me siento rara contándotelo. Siempre intenté hacerme la dura cuando estaba contigo pero fingir ahora sería una tontería. Una tontería que, además, llega demasiado tarde.

Creo que ya lo sabes, pero me enamoré de ti como una loca desde el momento en que nos vimos. Estaba en aquella vieja y desvencijada sala de conferencias tomando notas mientras el conferenciante (no me acuerdo de su nombre, ¿y tú?), el nuevo que parecía que acababa de salir de la facultad, leía la primera diapositiva de su presentación en

PowerPoint. Llevaba casi una hora durmiendo con los ojos abiertos cuando apareciste, hecha un bulto de pelo alborotado y con una mochila enorme. Te dejaste caer en el asiento contiguo al mío, arrebolada. Mientras forcejeabas para quitarte el abrigo no pude evitar mirarte. Estabas guapa incluso con las mejillas sonrojadas y el flequillo pegado a la frente. Llevabas aquella chaqueta gruesa de lana que has sacado del armario cada invierno de los últimos siete años, siempre quejándote de que te pica. Por cierto, quizá ya es hora de que la tires a la basura, ¿no, Em?

Albergué la esperanza de mirarte a los ojos y compartir contigo lo aburridas que estábamos, pero enseguida me di cuenta de que venías con la intención de escuchar la charla. Contemplabas aquella terrible presentación con los ojos muy abiertos, como hechizada. Era conmovedor. Encajada en aquellos asientos diminutos sentí cómo la parte alta de tu brazo y tu pierna rozaban los míos a través de varias capas de lana y ropa tejana. Intenté no moverme durante el resto de la hora. Seguí esperando que te volvieras hacia mí. Yo literalmente vibraba a tu lado. Te juro que nunca he sentido lo mismo junto a una chaqueta de punto desde entonces.

Mi amor por ti no flaqueó ni siquiera cuando descubrí que tenías novia. Siempre has dicho que no te habías percatado de mi evidente decepción al enterarme, y aunque has bromeado a menudo diciendo que yo «sobrevolaba la zona» y que estaba «lista para atacar», la verdad es que no era así. En ese momento, ser amiga tuya no parecía un premio de consolación, Em. Sentarse contigo en un gran grupo de gente, captar tu mirada y saber con exactitud lo que pensabas, pasear hacia casa en las noches de verano, riendo como locas sabiendo que nadie más entendería el chiste... Adoraba todo eso. Era imposible no querer ser tu amiga. Guardo gratos recuerdos de cómo era amarte en aquel entonces: incluso aquellos días en que me dolía el corazón y se me retorcían las tripas de deseo por ti, las cosas eran simples y perfectas. No tenía que preocuparme de lo que sentías por mí porque no importaba. Mis sentimientos por ti existían en su propia burbuja, al margen de nuestra amistad y nuestras vidas reales.

Eras Daphne y yo era Niles.

Sé que pensarás que soy una boba nostálgica por revolver el pasado, pero si consigo que recuerdes cómo fueron las cosas años atrás tal vez podamos arreglar esto de algún modo. No es demasiado tarde.

Lamento haberme llevado a Malcolm sin decírtelo. Quizá podrías venir a buscarlo y así hablamos...

Aunque está bien aquí, Pat lo adora. Mi padre hasta le dio queso (sí, ya lo sé, fue solo un trocito).

Te quiero. Besos,

Ally

De: Emily Anderson
Enviado: 12 de enero de 2019, 23:45
Para: Alexandra Waters
Asunto: re: Información importante relativa a tu reciente ruptura

Ally, llevarte a Malcolm no ha estado bien. Nunca pensé que serías capaz de algo así, la verdad. Sé que estás dolida y lo entiendo perfectamente, pero eso no justifica robar el gato de alguien y luego negarte a atender el teléfono, y acabar enviando un efusivo (¿¡!) correo al respecto. Estas cosas no se hacen.

Sabes que no podré acercarme a Sheffield en las próximas semanas, NI FALTA QUE ME HACE. No puedes robarle algo a alguien y luego pedirle que se pegue cinco horas de viaje para recuperarlo. Las cosas no funcionan así. Por favor, devuélvelo CUANTO ANTES. No me creo que se entienda con Pat, no digas eso para cubrirte las espaldas y que parezca que todo esto está bien. No está nada bien.

No creo que seas boba ni nostálgica: creo que eres una ladrona. Hazme saber tus planes para devolverme a Malcolm cuanto antes, por favor.

Em

P. D.: No hace falta que me recuerdes esas cosas porque no las he olvidado. Ese no es el problema.
P. D. 2: La chaqueta abriga mucho. Me gusta y pienso conservarla.

2

Mi primera barba

Mi tristeza no quería compañía. Necesitaba tiempo para regodearme en ella a solas. No tardé en adoptar una nueva rutina en casa de mi padre. Despertaba cuando él se iba a trabajar, después de que asomara la cabeza por la puerta de mi habitación para despedirse. Luego me quedaba en la cama y pasaba un rato entretenida en Instagram: no paraba hasta estar segura de haber visto todos los gatitos acogidos y todos los pasteles, y hasta confirmar que Emily no había subido nada. También eché un vistazo al perfil de Sarah, desde sus inicios, manteniendo el teléfono a distancia, como si fuera a desactivar una bomba. Resultó que era Sara, sin hache. Cómo no. En todas las fotos aparecía posando junto a árboles y tenía el cuerpo de quien hace ejercicio para divertirse y nada desnuda en los lagos. Todo músculo, sin bultitos que sobresalen. No había la menor duda de quién ganaría en caso de pelea. Transmitía la idea de ser una persona alta y enérgica, aunque era imposible calibrar su estatura en aquellas minifotos.

Emily y yo habíamos salido de acampada de vez en cuando, una actividad que yo deseaba disfrutar siempre sin conseguirlo nunca. La familia de Emily es de esas que se van al sur de Francia de acampada todos los veranos y ella sabe cómo desenvolverse. No le pican los insectos, se broncea con facilidad. Tengo la imagen de estar sentada a su lado en una cafetería: ella hablando francés sin problemas con aire de Audrey Hepburn y yo quitándole un cubito de hielo de su coca light para frotar con él las picaduras de mosquito.

Encontré una foto de Sara y Emily. No estaba en sus perfiles, pero las habían etiquetado a las dos. Databa de varios meses atrás, un evento de trabajo. Una fila de mujeres con varias copas de champán de más sonreían felices a la cámara. Emily y Sara estaban en un extremo, cogidas del brazo, apretujándose para entrar en la foto. La contemplé durante un buen rato intentando darle vida: visualizar los minutos previos o posteriores de algún modo. ¿Se quedaron cogidas del brazo después de la foto? ¿Ya había algo entre ellas en aquel momento?

Una vez había agotado el acoso por Instagram, bajaba a la cocina en zapatillas, me preparaba un té y veía *Frasier* en la tele mientras leía las noticias en el portátil. Intentaba que Malcolm se sentara conmigo, pero seguía de mal humor y prefería contemplar a Pat desde la mullida cama de la propia Pat. Sobre las diez me vestía con mi sudadera más ancha y pantalones de correr. Esos primeros días no soportaba la ropa de verdad, notaba la piel demasiado sensible y todo me picaba. Entonces iba a dar un paseo con Pat. Esta se hallaba en sus años crepusculares y no es que estuviera acostumbrada a andar mucho, pero en cuanto llevábamos unos minutos fuera se entregaba a ello. El paseo duraba una hora, a través del bosque, y el aire frío y el resto de los seres humanos que realizaban tareas cotidianas me hacían sentir normal. Me preguntaba cuántos más irían por el mundo escudados en una falsa normalidad, como hacía yo.

Después de comer, cuando Pat y Malcolm dormían, me dedicaba a buscar trabajo sin muchas esperanzas. Buscar trabajo había sido mi ocupación principal durante el último mes, desde que dejé de trabajar como profesora de inglés. Enseñar era una vocación heredada ya que mis progenitores eran ambos maestros, y era algo que sonaba serio y útil, unos adjetivos que me inspiraban. Me preocupaba por mis alumnas. Al menos por algunas. Por las que no comentaban mi atuendo en voz demasiado alta ni estaban ocupadas en maquillarse unas a otras (pese a que el maquillaje estaba prohibido). Mi empleo como maestra me permitía tomar clases subvencionadas por las tardes y durante los fines de semana. Aprendí a hacer pasteles y hasta vendí algunos, delicadamente glaseados, a amigos y parientes mientras fantaseaba con una realidad alternativa en una pastelería francesa llena de tartas y pastas dulces. Siempre que sacaba los rollitos de canela del horno o depositaba sobre la mesa una tarta perfecta, Emily dejaba escapar un suspiro de agradecimiento y se deshacía en elogios por lo bueno que estaba todo. Eso también acabó: en cuanto se volvió vegana dejó de tomar azúcar refinado y tanto yo como mis manjares del horno caímos en desgracia.

Sin embargo, no puedo negar que se mantuvo alentadora. Así fue, ¿no? «Debes dejar este empleo», había dicho Emily cuando yo llegaba a casa deshecha en lágrimas después de otro día horrible en el que no había sido capaz de beber un trago de agua o dar un mordisco al bocadillo que había comprado porque uno de los alumnos le había quitado los zapatos a otro, había lanzado uno por la ventana y el otro contra mi cabeza. Una vez más. «Ponte a hacer lo que de verdad te gusta, esto te está matando, ¿no lo ves?»

Emily se ofreció a pagar las facturas mientras yo me buscaba la vida, y me resultó una muestra de generosidad tan grande que ni se me pasó por la cabeza que, aunque era verdad que no estaba contenta en el trabajo, tampoco tenía ni idea de lo que quería hacer. ¿Convertirme en pastelera a tiempo completo? ¿Ser experta en tartas? Me faltaba tanto dinero como formación para aspirar a algo más que a ser una (terrible) profesora de inglés.

Y así estábamos: sin trabajo, sin casa y sin novia. Con el paso de los días, opté por arrastrarme hasta la cocina y plantarme delante del horno cada vez que notaba el peso de la realidad en la boca del estómago. El resultado del primer día fueron unas galletas con chocolate, blandas y suaves, que me comí mojadas en el té. El segundo día preparé un bizcocho victoriano relleno de crema y mucha mermelada de fresa: lo tomamos de postre, y mi padre se llevó un trozo para la sala de profesores de su colegio (donde, según me dijo, desapareció en cuestión de segundos). Esas cosas me hacían sentir cómoda y reconfortada, me hacían sentir yo misma.

Un día, tras una semana de esta nueva rutina, estaba rebañando la mezcla para el pastel de zanahoria que había quedado en el plato, cogiendo con los dedos las últimas hebras de naranja, cuando sonó el teléfono. Convencida de que se trataba de mi padre, me sequé las manos pringosas en el suéter y descolgué.

—¡Hola, padre! —exclamé, prolongando las vocales en esa cantinela pija que a veces nos dedicamos el uno al otro. Al otro lado de la línea percibí un silencio confundido y luego oí una voz débil.

—¿Podría hablar con Ally..., por favor?

Me contuve para no colgar el teléfono y carraspeé.

—Sí, yo soy Ally. Perdón, creí que era mi padre.

—Ah, vale, lo siento pero no —dijo la voz—. Soy Jeremy, mi madre me dijo que te llamara. También estoy en casa... —Y la voz se perdió.

—Sí, eso he oído.

No podía creerme que estuviera pasando. Estoy segura de que nunca habíamos hablado por teléfono. Nuestros respectivos padres habían organizado todos nuestros encuentros previos. El corazón me dio un vuelco. No tenía nada en contra de Jeremy concretamente; era más algo contra todo el género humano. No podría hibernar como está mandado con gente llamándome incluso al número fijo. Era inaceptable.

Se produjo un silencio al otro lado. No sabía muy bien si se suponía que estaba pensando una respuesta. Me decidí por:

—Es un poco raro, ¿no?

—Sí —asintió él enseguida—, muy raro. ¿A lo mejor te apetece quedar o algo?

Mi no instintivo tenía tanta fuerza que mis labios lo formaron sin llegar a decirlo. No soportaba la idea de que alguien irrumpiera en la pequeña burbuja de paz que había formado con mi padre, Pat y Malcolm.

Pero él seguía en silencio, esperando una respuesta, y pensé que también debía de estar triste.

—Bueno, vale, ¿qué tal mañana? Podríamos ir a dar un paseo con la perra. —Me dije que eso no significaría el menor cambio en mi rutina. Él podía unirse.

—¡Genial! —exclamó Jeremy, con más entusiasmo del que yo esperaba—. Pasaré por tu casa mañana después de comer.

—Perfecto, pues quedamos así. —Y colgué, con la esperanza de haber conseguido disimular lo agobiada que estaba.

Tras dejar el teléfono en su sitio corrí hacia la cocina para detener el temporizador del horno antes de que sonara. Lo pillé treinta segundos antes de la hora programada y lo cancelé. Odio ese pitido. Saqué el pastel del horno, me dejé caer en el taburete de la cocina y me dediqué a comerme las pasas tostadas que asomaban en la parte superior.

Conozco a Jeremy desde que tenía seis años. Desde el día en que entró en mi aula de primero insistió en que me casaría con él. Fue mi primer novio. Nuestros caminos se separaron al inicio de la secundaria, pero nos reencontrábamos ocasionalmente cuando nuestras madres quedaban para tomar el té, y en Pascua y Navidades.

En una ocasión, cuando teníamos doce años, Jeremy y su madre vinieron a casa a la salida del colegio. Al oír que Jeremy subía corriendo hacia mi cuarto, abrí la puerta y me asomé a la barandilla: nuestras madres mantenían una conversación en voz baja.

Miré a Jeremy y le vi los ojos enrojecidos y la cara hinchada. A pesar de tener solo doce años, su aspecto lastimoso me dio tanta pena que, después de dejarlo entrar en mi cuarto y observarlo desde la cama sentado en la silla giratoria del escritorio, me pasé unos minutos agónicos en silencio antes de conseguir balbucear:

—¿Qué pasa?

Jeremy se encogió de hombros y permaneció callado un ratito más; se descalzó y se dedicó a girar en la silla, con las rodillas apoyadas en el pecho. Supuse que el disgusto tendría algo que ver con el padre de Jeremy. Había abandonado por primera vez a su madre hacía unos años y había estado yendo y viniendo desde entonces —en alguna ocasión se había quedado el tiempo suficiente para que luego naciera Molly, la hermanita de Jeremy—, pero recientemente se había largado de Sheffield, «al sur», con su nueva novia, y no había vuelto desde entonces. Yo había asistido a varias conversaciones sobre el tema entre mis padres a lo largo de los años, aunque ellos pensaban que no los oía. «Cogió sus cosas y se fue. Sin preocuparse de los niños. Graham, te juro que si alguna vez se te ocurre algo parecido, te...»

Jeremy agarró mi viejo osito de peluche de la mesita de noche y se puso a juguetear con el ojo que el pobre Tim tenía suelto: tiraba del hilo que lo sujetaba a la cabeza hasta casi arrancárselo para luego devolverlo a su sitio.

—He salido del armario —susurró.

—¿Qué? —La verdad es que no lo había oído, la visión de Tim siendo torturado delante de mí me había distraído por completo.

—He salido. Del. Armario —repitió con voz deliberadamente lenta, como si estuviera hablando con alguien que no entendiera el idioma.

Me miró; era obvio que aguardaba alguna clase de reacción, pero yo no tenía ninguna que ofrecerle porque aún estaba en pleno proceso de digestión de sus palabras y a veces a mi cerebro le cuesta un poco ponerse en marcha. Confundió mi silencio con una nueva falta de comprensión y lanzó un suspiro de exasperación.

—Que soy gay —explicó.

—Sí, vale. De acuerdo, ¡ya lo sabía! —Siempre lo supe. Supongo que por eso quería casarme con él—. ¿Y qué ha dicho tu madre?

Él volvió a encogerse de hombros y abrió la boca como si fuera a decir algo que no llegó a pronunciar. Nos sumimos de nuevo en el silencio hasta que por fin levantó la mirada y me fijé en que las manos le temblaban.

—Ha llorado. Nunca la había hecho llorar.

Y entonces un reguero de lágrimas rápidas y densas empezó a rodar por sus mejillas, lo cual me hizo sentir tan incómoda que también yo me eché a llorar. Unos minutos después le pasé a Jeremy la caja de clínex decorada con imágenes de muérdago que tenía desde Navidad y él cogió uno. Lo mismo hice yo y le pregunté:

—¿Tienes hambre?

Contestó que sí, así que bajamos. Pasamos frente al comedor, que estaba cerrado —al otro lado de la puerta nuestras madres seguían cuchicheando—, y fuimos a la cocina, donde encontramos una caja de *fingers* de chocolate sin abrir. Nos sentamos a la mesa con la radio puesta y dimos cuenta de todos, uno por uno.

Tuvo que pasar otro año antes de que me atreviera a decirle a Jeremy que yo también era gay, y para entonces mi madre ya estaba enferma, así que nadie tuvo ni tiempo ni ganas de llorar por mi sexualidad desviada.

Cuando murió mamá, la madre de Jeremy empezó a venir a casa dos veces al día. Entraba en silencio. Las luces se encendían, las tazas sucias desaparecían de la pila. La mesa se llenaba de platos de comida y la nevera de botellas de leche. A veces traía consigo a Jeremy y a Molly, que entonces era solo un bebé, y nos dedicábamos a ver la tele en silencio, sobre todo un programa llamado *Salvamento de mascotas*. En ocasiones no nos dirigíamos la palabra, y cuando terminaba el episodio de *Salvamento de mascotas*, ellos se levantaban y se iban a casa. No recuerdo que me abrazaran, lloraran o me consolaran con palabras, pero sí la sensación de tener dos cuerpos calientes que me rodeaban en el sofá, los dedos pegajosos agarrando una botella de zumo de grosella y la emoción que compartíamos por el bienestar de un cisne durante media hora. La madre de Jeremy supo por arte de magia cuándo me llegó el momento de volver a la escuela porque un día mi uniforme, lavado y planchado, apareció colgado en la puerta de mi habitación. Mi padre y yo nos reincorporamos el mismo día y por una vez en la vida dejé que el señor Waters, el jefe del departamento de matemáticas, me acompañara a clase desde el coche.

Esa tarde me senté con papá a comer tarta de zanahoria y ver *Masterchef*. Comentamos por enésima vez lo maravilloso que sería poder probar la comida a través de la tele y maldijimos a la ciencia por no haber logrado ese hito. Malcolm se instaló en el regazo de mi padre, y aunque papá suspiró y se sacudió unos pelos imaginarios del pantalón, me di cuenta de que le iba dando trocitos de pastel a mis espaldas. Mientras recogíamos los platos y los llevábamos a la cocina, le dije que Jeremy pasaría por casa al día siguiente.

—¿En serio? Eso estará bien —dijo él en una manifestación de sorpresa muy poco convincente. Resultaba obvio que había hablado con la madre de Jeremy acerca del tema—. Será un agradable reencuentro. Siempre os divertíais mucho juntos. Me parece recordar haber asistido a una boda en algún momento.

—Sí, fue mi primer marido. Me apetece saber qué ha sido de él.

Subí a mi habitación y me observé con atención en el espejo mientras me cambiaba los pantalones de correr y la sudadera; la piel aún conservaba trazas de mi reciente corazón roto y me dolía. La barriga, redonda y blanda, sobresalía más que nunca y le di una palmadita. Nunca me había importado y ahora, al parecer, estaba creciendo. Estaba más pálida que nunca y me acerqué al espejo: hice una mueca al ver las ojeras oscuras y el pelo, lacio y no del todo limpio, que llevaba recogido en una coleta. Nada maravilloso, pero tampoco podía pedirme más. No recordaba la última vez que me había lavado el cabello y me prometí que al menos haría ese esfuerzo antes de la llegada de Jeremy. Me tumbé en la cama con el móvil en la mano y pensé en Emily.

De: Alexandra Waters
Enviado: 19 de enero de 2019, 22:41
Para: Emily Anderson
Asunto: re: re: Información importante relativa a tu reciente ruptura

Emily:

¿Te acuerdas de cómo llegamos a enrollarnos? Lo he estado revisando mentalmente, como si fuera una peli. Aunque en mi versión soy cinco centímetros más alta y no llevo la frente cubierta de churretones de un Calipo de lima.

Fue la última noche del último curso, justo antes de volver a casa para las vacaciones de verano. Estábamos en el parque, terminándonos los restos de ginebra y de vodka que habíamos acumulado durante todo el año mientras intentábamos cocinar algo en la barbacoa portátil. Recuerdo que yo estaba encantada de que tu novia se hubiera vuelto a casa ya. Incluso me habían llegado rumores de que habíais discutido, de que lo vuestro no tenía pinta de durar mucho. Nos sentamos en unas mantas que habíamos sacado de nuestras camas a fumar un cigarrillo mentolado tras otro como si esa fuera nuestra última noche en la Tierra. Dios, añoro fumar, ¿tú no? Ya sé que ahora dices que es asqueroso, pero ¿lo piensas de verdad? Creo que yo no. El sol en la espalda, un vaso de vino en la mano y la primera calada a un cigarrillo... Ese sigue siendo uno de mis momentos favoritos de la vida.

A medida que pasaba la tarde y nos emborrachábamos más, fuimos pasando de ponernos serios o tontos en función de lo que bebíamos y nos dividimos en grupos: los chillones por un lado, los susurradores por otro. Os observé a ti y a James (desde el bando de los chillones), parecíais enfrascados en una conversación importante aunque no muy fluida debido al alcohol (por cierto, ¿qué habrá sido de James?). Se te veía sorprendida y algo depre (efecto de la ginebra, quizá); no parabas de mirarme, y luego volvías la cabeza y retomabas la intensa charla en susurros con él. El corazón me latía a mil por hora, y no solo por el Red Bull que habíamos mezclado con el vodka.

Por fin, envalentonada por un trago de vino blanco caliente que había salido de un sofisticado tetrabrik y con un cigarrillo recién encendido en los labios, caminé a trompicones hasta la manta contigua a donde estabais tú y James, y os pregunté de qué hablabais.

Cuando me miraste me percaté de que estaba mucho más borracha que tú.

«De nada», dijiste.

Nunca olvidaré ese momento. De verdad, Em. Nunca un «nada» me ha dolido tanto como ese. Si con cinco años mis padres hubieran contestado «nada» a la pregunta de qué me traería Santa Claus, el efecto no habría sido tan doloroso como ese «nada» que salió de tu boca. Dirás que a los cinco años no habría estado tan borracha, pero aun así...

No podría decir que volví a casa de buen humor esa noche porque en realidad me estaba muriendo por dentro, pero sí recuerdo que estuve absurdamente escandalosa. Nos dimos un abrazo de grupo con la gente que se marchaba en dirección contraria y gritamos al unísono lo mucho que nos queríamos y cuánto nos echaríamos de menos (¡hoy por hoy no hablamos con ninguno de ellos!). Todos se fueron yendo y al final solo quedamos tú y yo.

Yo únicamente llevaba un vestido, y tu camiseta y vaqueros no eran mucho más abrigados. El frío hizo acto de presencia de repente y me hizo venir abajo. Fue uno de esos momentos en que en un parpadeo pasas de estar totalmente borracha a estar lo más sobria que una persona puede estar, en todos los sentidos de la palabra.

¿Recuerdas que caminamos esos últimos minutos en silencio y que, al final de mi calle, en el punto donde solíamos despedirnos, nos detuvimos y nos miramos a los pies y luego a la cara? Sabes que no soy de esa clase de personas que deja pasar ningún momento incómodo sin comentarlo en voz alta. Pero antes de que pudiera abrir la boca diste un paso hacia mí y me besaste. Al principio fue un beso dulce, apenas un roce de labios, pero antes de que pudieras apartarte, antes de que ese momento dejara de ser real, dejara de ser algo que me estaba sucediendo, llevé la mano a tu nuca, te acerqué más a mí y te besé con ganas. Dos años de espera y deseo perdidos en un momento. No podía creerme la suerte que tenía de sentirme así con la mejor persona del planeta y que ella también sintiera lo mismo.

La verdad es que he sido feliz desde entonces. Estaba tan

emocionada de mudarme a Londres contigo, Em. Esta semana caí en la cuenta de que en los siete (¡siete!) años que han pasado desde entonces tú jamás has venido a Sheffield, a ver a mi familia. Nunca has visto mi habitación, ni cocinado aquí conmigo, ni paseado a Pat con papá. Nunca has visitado la escuela donde estudié, ni te he llevado al árbol del que no supe bajar, ni al banco donde me besaron por primera vez. ¿Te preocupa al menos haberte perdido estas cosas? ¿Te preocupó alguna vez?

Por eso me llevé a Malcolm. Pensé que, aunque yo no fuera motivo suficiente para pasarte dos horas en un tren, él quizá lo sería. Además, también es mío. Sé que técnicamente fue un regalo de tus padres, pero seamos sinceras, Emily, no es que le caigas muy bien. Sabe que tienes la culpa de su dieta y que siempre intentas cepillarlo. Le gusta más estar en casa conmigo, ver la tele y compartir un sándwich. Sabe que nunca compartirías un sándwich con él. ¿Y a Sarah le gustaría Malcolm? ¿Tenía la menor idea de que iba incluido en el lote?

No voy a devolvértelo, Emily. Si quieres venir a buscarlo, perfecto. Si no, me lo quedo yo.

Te quiero. Besos,
Ally

De: Emily Anderson
Enviado: 20 de enero de 2019, 8:17
Para: Alexandra Waters
Asunto: re: re: re: Información importante relativa a tu reciente ruptura

Ally:

Claro que me acuerdo de todo eso, entre otras cosas porque también estaba allí. Quizá no lo recuerdo en tecnicolor como tú, pero eso no me convierte en una persona insensible ni inconsciente, como insinúas. Fue un poco distinto para mí. No me arrepiento de nada en absoluto, pero tampoco me siento orgullosa. Yo estaba con alguien entonces, ¿no lo ves? Así que no es uno de mis mejores momentos.

Me sabe mal que nunca llegáramos a visitar a tu padre las dos juntas. Sé que significa mucho para ti. Siempre he estado tan ocupada que nunca parecía buen momento. Eso no justifica que hayas secuestrado a mi gato. Y sí, es mío. Mis padres me lo regalaron por mi cumpleaños. No puede ser tuyo y a la vez MI regalo de cumpleaños.

Y me quiere tanto como a ti. Qué cosa más horrible de decir. El amor no consiste solo en dejarlo comer sándwiches sin tener en cuenta su salud, el amor es pensar en su futuro, deseando que siga tan sano como sea posible. El amor es pagar las facturas del veterinario, Ally. El amor es asegurarse de que no se le enmaraña el pelo y cambiar la arena de la caja y cepillarle los dientes con ese maldito dentífrico que él detesta.

Sabes perfectamente que es Sara, sin H. No la metas en esto, Al. Ella no tiene nada que ver. No ha comprado ningún lote, pero, para que conste en acta, le encantan los gatos y adoraría a Malcolm. Aunque eso tampoco importa.

Te pagaré el billete de tren a Londres: dime cuándo te va bien venir y hago la reserva.

Em

P. D.: No lloraba por culpa de la ginebra. Tú llevabas una falda y un top, no un vestido. No echo de menos el tabaco, pero sí esa sensación que describes: una buena descripción, por cierto. Devuélveme al gato.

3

Pasteles y cigarrillos

Hasta la llegada de Jeremy pasé la mañana consumida por un hondo resentimiento por ver mi rutina alterada. Añadí su perfil a mi acoso de Instagram matutino. Me enteré de que había ido a la Universidad de Manchester, pero aparte de eso no logré hacerme una idea de qué había hecho durante todos estos años. Él había colgado en los últimos tiempos un par de fotos, con muchos filtros, del sendero que bordea el río cerca de su casa, pero para hacerme una composición más completa tuve que retroceder muchas fotos atrás. Había muchas de desayunos bañados por la salida del sol y de cócteles brindando frente a impresionantes vistas de ciudades diversas. En muchas aparecía un chico guapo sentado en distintos restaurantes con una copa de vino en la mano. Varias de unas vacaciones en España. Apenas había fotos de Jeremy, pero en una de ellas se reía. Tenía los ojos cerrados y la cabeza hacia atrás, las manos juntas en gesto de alegría. Era de casi dos años atrás. Le di a Seguir.

Como no podía salir a pasear a la perra, fui a la cocina: hornear un *brownie* relleno de una buena ración de mantequilla de cacahuete era una prioridad ineludible, con visitante o sin él. Empecé el proceso de batir los huevos, tamizar la harina y fundir el chocolate (dándole algún pellizco de vez en cuando), y con eso el ritmo del día se fue ajustando con más facilidad.

Miré el reloj y, con la cuchara de la mantequilla de cacahuete en la boca, me pregunté qué se entendería por «la hora de comer» y, a partir de ahí, cuándo sería «después de comer». Era mediodía, lo cual personalmente se me antojaba una hora decente para el almuerzo, y pensé que Jeremy podía llegar sobre la una. Iba a llamarlo para preguntárselo cuando caí en la cuenta de que él había llamado al teléfono de casa, por lo que no tenía su número.

Tal y como imaginaba, a la una en punto oí que alguien llamaba con suavidad a la puerta. Con tanta suavidad que, de hecho, no lo habría oído si Pat y Malcolm no hubieran erguido sus cabezas, furiosos ante esa intromisión en sus siestas continuas. Corrí hacia la puerta y atisbé por la mirilla. Jeremy.

Siempre había sido alto, pero estaba más corpulento de lo que recordaba, más grande. Su cabello, oscuro y rizado, se veía tan indómito y despeinado como siempre, y cuando me sonrió con timidez percibí que sus ojos se parecían a los míos: cansados y con profundas ojeras. Intenté recordar, sin conseguirlo, cuándo nos habíamos visto por última vez.

—¡Jeremy!

No estaba segura de si debíamos abrazarnos o no, así que opté por un saludo con la mano mientras lo hacía pasar.

—¡Eh! —dijo él, correspondiendo al saludo con otro igual.

Permanecimos parados como dos tontos en el vestíbulo hasta que entré en «modo madre» e insistí en que se quitara los zapatos y se tomara una taza de té. Él obedeció y me siguió por el pasillo hacia la cocina.

—Uau, qué pinta tiene eso —comentó dirigiendo sus palabras al *brownie* en vez de a mí; se inclinó para verlo de cerca y luego retrocedió, como si de repente se hubiera dado cuenta de que no era de buena educación plantar la nariz en los platos ajenos. Era como si nuestros padres estuvieran presentes: no estábamos acostumbrados a vernos sin ellos delante.

—Gracias —contesté, dirigiendo también mi respuesta al pastel, y sintiéndome súbitamente avergonzada por haberme tomado la molestia de prepararlo, a pesar de que lo habría hecho de todas formas—. ¿Quieres un poco?

Accedió, y yo también quería, claro, así que corté dos buenas porciones y serví dos tazas de té en la mesa de la cocina.

Se produjo un breve silencio mientras dábamos los primeros sorbos y probábamos el pastel.

—Ya sé que es raro esto de venir a verte. Lo siento, pero pensé que mi madre nunca me dejaría en paz si no lo hacía. —Jeremy dijo todo eso deprisa mientras se metía otra porción de *brownie* en la boca, como si eso sirviera para frenar las palabras.

Me eché a reír, aliviada al constatar que íbamos a ser sinceros el uno con el otro.

—Si no hubieras venido, estoy segura de que mi padre me habría arrastrado a tu casa en cuestión de días. Diría que está harto de tenerme todo el día limpiando en casa, lo cual es bastante justo —añadí antes de comer otro trocito de pastel.

Jeremy asintió.

—¿Alguna vez hemos... hemos quedado tú y yo? ¿Los dos solos, sin ellos?

Lo valoré durante unos minutos y luego negué con la cabeza.

—No desde que íbamos al colegio. Hacíamos bastante lo que queríamos entonces, ¿no te parece?

—Cierto. ¿Cómo nos dejaban ir al parque solos? ¡Está a kilómetros de distancia!

—¡Menudos padres!

Nos quedamos callados durante un momento. Masticamos. Recordé a mi madre despidiéndonos mientras descendíamos la cuesta hacia el parque, gritándonos instrucciones sobre cuándo volver y con quién no hablar.

—Supongo que pensaban que a estas alturas se habrían librado de nosotros —dijo él.

—¿Te molesta si te pregunto... por qué has vuelto?

—Bueno, me quedé sin curro.

Asentí con aire de sensatez.

—Y mi novio cortó conmigo. —Hizo una ligera pausa antes de la palabra «novio», como si no estuviera muy acostumbrado a utilizarla.

Seguí asintiendo: me aliviaba pensar que no era la única persona del mundo inmersa en esta pesadilla, por egoísta y perverso que sonara aquello. Quizá fuera cierto que las penas compartidas son más fáciles de sobrellevar.

—Eso pasó hace unos dieciocho meses y tuve una especie de... —Se paró, como si no encontrara la palabra adecuada—. Una especie de episodio.

Negó con la cabeza al instante, al darse cuenta de que no había escogido la expresión correcta, de que «episodio» era una palabra ajena a él. De su madre, probablemente.

—Una crisis nerviosa. Tuve una crisis nerviosa. Y, bueno... —dijo con un fuerte suspiro—, terminé tomando de todo para sentirme mejor. Demasiadas pastillas. Bastantes más de las aconsejables. —Negó con la cabeza—. Me dejaron un poco hecho polvo.

Sonrió con tristeza, como si quisiera quitarle hierro a lo que acababa de decir para hacerlo más digerible a mis oídos. La sonrisa no le alcanzó a los ojos.

Abrí la boca con la intención de decir algo, pero no encontré las palabras.

—Así que aquí estoy de vuelta —concluyó antes de coger un trozo de pastel con una mano y llevarse la otra a la cabeza; luego siguió hablando con la boca llena—. Perder el curro implicó perder el piso. Tuve que mudarme, así que también perdí a mis amigos. Una mierda, la verdad.

Se calló de repente, soltó el tenedor con brusquedad sobre el plato y noté que mi corazón latía a toda velocidad. Apoyé la mano en el pecho como si así pudiera calmarlo. Me miró, a la espera de obtener alguna clase de respuesta.

—No sé qué decir, Jeremy —susurré. Me notaba a punto de romper a llorar y me ordené con severidad no hacerlo—. Lamento mucho que hayas pasado por todo eso. Que lo estés pasando, vaya. ¿Te encuentras... mejor ahora? —maldije en silencio lo impropio de mi pregunta.

Jeremy asintió.

—La mayoría de los días me siento mejor. Parece que haya pasado mucho tiempo. Como si hubiera sucedido en otro mundo.

Permanecimos en silencio. Yo me concentré en el té y en asumir todo lo que me había contado Jeremy. El latido del corazón recuperó un ritmo más o menos normal. Tuve la impresión de que hacía tiempo que él no oía todas esas cosas en voz alta.

—Oye —dijo Jeremy unos minutos después—, este *brownie* está de puta madre.

Cogió un poco más directamente de la bandeja con el tenedor. Todas sus reticencias se habían desvanecido. Como si la sinceridad hubiera roto el hechizo.

—Gracias, son superfáciles de hacer. El truco siempre está en echarles menos harina y más chocolate. Y una pizca de sal. En realidad me encanta hacerlos. Quiero dedicarme a eso.

—¿Profesionalmente?

—Sí, supongo que sí. ¿Por qué, no te parece que el *brownie* esté a ese nivel?

—¡Desde luego que sí! Pero tú eras maestra, ¿no?

—Bueno, ya no. Desde que lo dejé.

—¿Y no quieres volver a dar clases?

Negué con la cabeza.

—Creo que no. Quiero dedicarme a algo que me haga feliz. O al menos algo con lo que no acabe el día sentada en el retrete mientras grito en voz baja.

—¡Soñar es barato!

Sonreí.

—¿Y ahora trabajas? —pregunté con tacto.

—Sí. Hago unos turnos en un *call center* de la ciudad. No te lo recomiendo. No es para los espíritus débiles.

—¿Mucha gente grosera?

—Un montón.

—¿Qué hacías antes?

—Si te digo la verdad, tampoco es que fuera mucho mejor. Estaba en una *start-up*, en atención al cliente de una app que te ofrece vías inteligentes para invertir dinero.

—¿Eso significa que al menos tienes mucho dinero bien invertido?

Sonrió.

—Muchísimo. Por eso vivo con mi madre.

—Mierda. Claro.

—Al, ¿te importa si fumo?

Jeremy ya se había levantado y recorrido el pasillo en busca de su abrigo antes de que me diera tiempo a responder.

—No, fuma si quieres —le dije, casi a gritos—, pero es mejor que lo hagas en la puerta trasera. Mi padre se pondrá como una fiera si huele a tabaco aquí dentro.

Cogí el abrigo, junto con la fuente del *brownie* y los tenedores, y me senté con él en el escalón del jardín. Malcolm nos siguió al trote y se instaló en mitad del césped con la intención de juzgarnos desde una distancia prudencial. Hacía un frío tremendo y la hierba estaba húmeda, así que se encorvó como si fuera una hogaza de pan. Daba mucha pena, pobre.

—Ese es nuevo —dijo Jeremy, señalándolo.

—Sí. Una larga historia.

—Tiene pinta de blandito. —Dio una palmadita sobre el escalón para atraer a Malcolm a su lado.

—No pierdas el tiempo: nunca viene cuando uno quiere.

—Funciona más hacerse el duro, ¿eh?

—Exactamente.

Asintió, sacó un cigarrillo del paquete y se lo puso en la boca antes de ofrecerme uno. Iba a decir que no, pero luego lo pensé mejor y acepté.

—Salud —dije acercando el cigarrillo al suyo como si brindáramos mientras él me daba el mechero—. Hace años que no fumo.

—¿Qué? Dios mío, ¿por qué? —Se le veía atónito de verdad, como si le hubiera dicho que ya no bebía agua o respiraba oxígeno.

—Bueno, corre el rumor de que no es bueno para la salud... —Sonreí y le di un codazo—. Y Emily odiaba que fumara, así que lo dejé cuando empezamos lo nuestro.

Me miró fijamente.

—¿Ni siquiera cuando salías?

Me reí de verdad por primera vez en días. Su expresión demostraba un horror sincero.

—Ni cuando salía ni cuando me tomaba una botella de vino...

Él negó con la cabeza.

—Vaya, lamento haberte devuelto al lado oscuro.

Di una calada al cigarrillo y sonreí, disfrutando de esa sensación de leve mareo que te asalta después de mucho tiempo sin nicotina.

—No te preocupes.

Estuvimos un buen rato sentados en el escalón de atrás fumando y comiendo *brownies* directamente de la bandeja. En un momento me levanté a poner la tetera, pero en lugar de sugerir que entráramos al calor del hogar me pareció mejor sacar las tazas fuera, donde hacía frío y no se estaba muy cómodo. Ambos parecíamos más contentos allí. Nos reímos con recuerdos de nuestra adolescencia y tratamos de acordarnos de cuándo nos habíamos visto por última vez. Yo pensaba que había sido en una barbacoa familiar para celebrar el cumpleaños de mi padre poco antes de partir hacia la universidad. Insistí en que tenía razón porque recordaba perfectamente que nos turnamos para ayudar a papá mientras él se guarecía bajo un enorme paraguas profiriendo improperios, mientras rechazaba la menor sugerencia de asar las cosas en la parrilla de la cocina. Jeremy, en cambio, apostaba por que había sido una Nochebuena, en el pub, con ambas familias, después de haber cursado ya el primer año de carrera. Afirmaba que yo había vuelto con un tatuaje en el antebrazo que fue la comidilla de toda la mesa.

—¡Lo que no entiendo es por qué tenía que ser una sirena! —exclamó Jeremy, con las cejas enarcadas y una expresión horrorizada en los ojos. Era una imitación tan exacta de su madre que no pude evitar reírme.

Me subí la manga del abrigo y revisé aquel dibujo tan discutido.

—Algo de razón tiene. No es ninguna maravilla, ¿verdad?

Extendí el brazo y él lo observó de cerca. Era una sirenita, de no más de diez centímetros, tatuada en medio de mi antebrazo. La cola verde se había descolorido y su larga melena rubia estaba cubierta por una triste capa amarillenta. Las líneas de su pecho arqueado pedían a gritos un retoque.

—A mí me gusta —dijo Jeremy, dándole un toquecito en la cola—. Es muy tú.

—¿Un pequeño desastre?

Sonrió y apoyó el cigarrillo en la salsera que nos servía de cenicero improvisado. Se subió la pernera de los tejanos y se bajó el calcetín para desvelar el nombre de Ben inscrito con una letra ampulosa sobre el tobillo.

—Oh, no —susurré, medio horrorizada, medio emocionada—. ¡Cómo pudiste hacerlo!

Jeremy se encogió de hombros.

—Ambos lo hicimos. Sé que debería quitármelo, pero la verdad es que no soy capaz. Además, es carísimo. —Dio una última calada al cigarrillo antes de apagarlo—. Así que de momento tengo que aguantarlo ahí.

—¿Y él tiene que aguantar tenerte ahí?

Jeremy soltó una carcajada.

—Lo dudo.

—¿Por qué...? ¿Cómo acabó la historia? Si no te molesta que te pregunte...

Jeremy negó con la cabeza.

—Llevábamos dos años juntos y fue una semana antes de mi cumpleaños. —Sacó otro cigarrillo del paquete pero no lo encendió; se limitó a tenerlo entre los dedos—. Él estaba muy estresado, pero pensé que se debía al trabajo. Una mañana se despertó. Era sábado. Se volvió hacia mí, aún en la cama, y me dijo que ya no me quería. Simplemente... era así. No había nadie más. Y no quería conocer a nadie. Dijo que quería estar solo durante un tiempo. Tener espacio para pensar.

—¿Cómo puede uno desenamorarse de un día para otro?

—He pensado mucho en eso.

—Parece tan injusto. Nos enamoramos a la vez, pero dejamos de estarlo por separado.

Jeremy suspiró y asintió, luego miró el reloj.

—Será mejor que me marche. No me había dado cuenta de la hora que es.

Habíamos estado allí sentados durante tres horas.

Me entretuve en la cocina mientras Jeremy cogía los zapatos. Nos quedamos en el vestíbulo mientras él se los ponía y luego comprobamos los horarios de los autobuses.

Miró a su alrededor antes de irse, deteniendo su atención en la escalera, como si intentara llevarse el recuerdo consigo.

—Tengo la impresión de haber retrocedido en el tiempo, Al.

Asentí. Conocía bien esa sensación.

—Me ha encantado verte —dije—. De hecho, esta tarde me siento casi normal.

—¡Genial! Yo también. —Dio un paso hacia el exterior y se quedó en el porche, haciendo tiempo antes de enfrentarse al frío.

—¿Te apetece repetirlo? —pregunté.

—Claro, ¿cuándo?

—¿Mañana?

—Perfecto, hasta mañana entonces. Después de comer.

De: Alexandra Waters
Enviado: 20 de enero de 2019, 23:14
Para: Emily Anderson
Asunto: Desde Sheffield, con amor

Querida Emily:

Añoro Londres. Te echo de menos. Incluso añoro el barco. Echo de menos estar mareada en la cama. Nunca pensé que lo diría. Me parece raro no escribirte mensajes durante todo el día. ¿No se te antoja ridículo que lo que más me cuesta en este momento sea no poder preguntarte qué te apetece para cenar o enviarte fotos de Malcolm?

No es que no quiera a mi padre, pero esto no es la vida real. Bueno, lo es, pero parece mi vida real de hace quince años. Nunca habría imaginado que terminaría volviendo aquí. Es una especie de sueño donde yo soy yo y a la vez no lo soy, y esta es mi casa aunque no del todo, e intento moverme a pesar de que tengo las piernas hundidas en el fango y no consigo hacer acopio de fuerzas para salir. Aquí no hablamos de ti, es como si nunca hubieras existido.

Creo que debería estar enfadada. He leído que la ira es el sentimiento adecuado en este período, pero aún no la he experimentado. Sé que eso es algo que siempre te molestó. Así que, allá va, hay algo que no entiendo, tal vez algo que sí me hace sentir enfadada: ¿cómo pudiste permitir que dejara mi trabajo sin tener otro cuando sabías que ibas a abandonarme? ¡Eso me saca de quicio! Me desespera que me animaras a dejarlo todo pensando que podía confiar en ti cuando ya sabías que estabas a punto de romper conmigo.

De todos modos, dime cuándo vienes y así podremos hablar de todo esto tranquilamente. Tal vez incluso podamos volver a casa juntas... Creo que podemos arreglar las cosas.

Te quiero. Besos,

Ally

P. D.: Hoy he visto a Jeremy. ¿Te había hablado de él alguna vez? Fue mi mejor amigo en la escuela primaria y luego nuestras familias también se hicieron amigas porque nos casamos. Nunca hemos quedado los dos, al menos no desde la infancia, pero ha sido bonito verlo. Hice tu *brownie* favorito y también le encantó. Lo está pasando fatal. Ya te lo contaré cuando nos veamos.

De: Emily Anderson
Enviado: 21 de enero de 2019, 14:11
Para: Alexandra Waters
Asunto: re: Desde Sheffield, con amor

Querida Ally:

No es que no quiera ver fotos de Malcolm, es solo que no me parece buena idea que estemos intercambiando mensajitos todo el día. No quiero que te formes una idea equivocada, o que mantengas la idea que ya tienes metida en la cabeza. Estos emails también tendrán que acabarse pronto. No voy a ir a verte, Al, ni volveremos juntas a casa. He empaquetado el resto de tus cosas. Ya sé que no quieres oírlo, pero está hecho. Creo que estoy siendo muy razonable y te estoy concediendo el tiempo necesario, sobre todo si tenemos en cuenta que robaste mi gato. Pero tendrás que devolverlo pronto.

Puedes volver a Londres y encontrar otro empleo. Ahí tienes un ejemplo de las cosas que te decía: no es responsabilidad mía ir a buscarte y devolverte a casa. ¡No eres un ser pasivo, Ally! ¡Puedes elegir! Siempre me he preocupado por ti. Recuerdas las cosas de una manera distinta a cómo sucedieron. Nunca te obligué a que dejaras el trabajo. Me ofrecí a ayudarte durante un tiempo mientras decidías qué querías hacer y tú aceptaste. Pero no hiciste nada. Lamento que eso te colocara en un callejón sin salida, lo lamento de veras. No pensé que acabaría dejándote cuando lo hice y me siento mal por ello, pero no eres responsabilidad mía, Ally. No podía seguir ocupándome de ti.

Un beso,

Em

P. D.: Creo recordar que algo me dijiste de Jeremy. El niño gay con el que te casaste, ¿no? Está bien que tengas compañía. Claro que le encantaron tus *brownies*, son los mejores.

4

Plan de ataque

Jeremy volvió al día siguiente, y al otro. Se acostumbró a venir en cuanto salía de trabajar y ambos adoptamos la rutina de sacar a Pat de paseo, a veces por el camino más largo y otras apenas un par de vueltas a la manzana, en función del tiempo que hiciera y del ánimo de la perra. A la vuelta siempre pasábamos por el colmado a comprar harina, azúcar o lo que hiciera falta para el manjar del día. Jeremy no estaba muy dotado para la cocina, pero fue mejorando bajo mi supervisión. Lo puse a tomar medidas, a fundir y a engrasar los moldes para nuestras creaciones, cada vez más elaboradas. Hablamos mucho sobre el colegio y sobre los conocidos mutuos. Hablamos mucho de Emily y de Ben. Como no éramos capaces de sacarnos de nuestros perpetuos lamentos melancólicos, nos dedicamos a pergeñar planes para recuperarlos. A medida que las estrategias se volvían más y más ridículas, nos reíamos de ellas, pero ambos conservábamos una brizna de esperanza. Yo intenté imbuir esos planes del realismo suficiente para que parecieran posibles. Improbables, pero posibles.

Cuando llevábamos un par de semanas entregados a esta nueva rutina juntos, un día, mientras yo añadía una capa de rosas en el lateral de un enorme bizcocho sonrosado y blanco con ayuda de una manga pastelera y aspiraba el aroma floral que flotaba en la cocina, Jeremy se asomó por encima de mi hombro y dijo:

—Al, ¿puedo contarte algo?

—Claro.

No le prestaba mucha atención en ese momento, la verdad, ya que estaba concentrada en apartar con la muñeca un pelo fantasma que notaba acariciándome la cara cuando me inclinaba hacia el pastel. En la cocina hacía calor.

Jeremy se quedó callado durante un instante sin dejar de observarme.

—Ben está aquí.

Fruncí el ceño: el glaseado no quedaba como cabía esperar.

—¿Qué quieres decir?

—Está aquí. En Sheffield. Bueno, al menos lo estaba. Creo que vino a visitar a alguien, o tal vez se haya mudado aquí por fin. Lo habíamos hablado alguna vez.

Me di la vuelta, aún con la manga pastelera en la mano.

—No hablas en serio.

Contemplé la cara de Jeremy, intentando dilucidar si me estaba gastando una de nuestras bromas. Ben está aquí y vamos a ir a buscarlo. Ben está aquí y lo seduciré porque me va a tocar la lotería. Me di cuenta de que Jeremy no bromeaba. Ben estaba aquí y no había ningún plan.

—¿Cómo lo sabes? Creía que lo habías eliminado de todas partes.

—Estaba de compras con mi madre y lo vi. Pasó corriendo a nuestro lado. No es que huyera de mí —aclaró enseguida—, simplemente iba corriendo.

—¿Te vio?

—No, estoy seguro de que no, iba con la cabeza baja.

—Si iba cabizbajo... quiero decir, ¿estás completamente seguro de que era él?

Me callé al ver su mirada fría.

—Sé qué aspecto tiene Ben —dijo en tono neutro—. ¿Acaso no reconocerías a Emily si pasara corriendo a tu lado?

Pensé en todas las veces de las últimas dos semanas en que había creído ver a Emily entre la gente. Una noche deseé que estuviera aquí con tanta intensidad que me convencí de que, cuando mirara por la ventana, la primera persona que vería doblar la esquina sería ella. O la segunda. O tal vez la tercera.

Negué con la cabeza. Los ojos de Jeremy brillaban de una manera inusitada y él estaba más emocionado de lo que lo había visto en todos esos días.

—Y, ahora, ¿cuál es el plan?

Él sonrió.

—Bueno, resulta que me he enterado de que va a correr la media maratón.

Iba a preguntarle cómo lo sabía, pero, antes de que pudiera hacerlo, Jeremy cogió el móvil y me plantó una captura de pantalla delante de mis narices. La foto mostraba el registro de inscripción a la carrera de alguien junto con el comentario «ya no hay vuelta atrás» y el emoji de la carita horrorizada. Una persona llamada Ben86 había respondido: solo decía «aargh». El emoji era el del mono con la cabeza en las manos. No es que me tomara esto como una prueba sólida, pero no quise decírselo a Jeremy ahora que lo veía tan contento y decidido.

—Aún no pillo el plan. ¿Qué vamos a hacer? —pregunté, frunciendo el ceño—. ¿Animarlo en la meta?

A mi cabeza acudió una imagen de Jeremy, vigilante y ansioso, enarbolando un cartel casero mientras un Ben horrorizado pasaba corriendo ante él.

—No, Al. —Me miró con los ojos muy abiertos, como si yo estuviera pasando por alto el detalle más obvio del mundo—. ¡Vamos a correrla!

Dio una palmada en la mesa al decirlo, y esta se tambaleó bajo el impacto; ambos hicimos el gesto de salvar el pastel de una posible caída.

Me eché a reír a carcajadas. Si no me imaginaba ni corriendo hasta la esquina, menos aún una media maratón.

—Jeremy. No pienso correr nada contigo.

—¡Claro que sí! —Jeremy se mostraba imperturbable, como si se hubiera preparado de antemano contra todos mis argumentos—. Necesitas concentrarte en algo tanto como yo. Algo que le demuestre a tu padre que sigues activa. No te va a dejar que vegetes en casa eternamente.

—En realidad estoy activa buscando trabajo —protesté con indignación.

Pero mientras las palabras salían de mi boca fui consciente de que no había solicitado ningún empleo: incluso los diez minutos de búsqueda en LinkedIn se volvían una tarea demasiado ardua la mayoría de los días. No soportaba la idea de encontrar trabajo aquí. Ni en Londres. Ni en ningún lugar donde no estuviera Emily. Prefería persistir en ese limbo, en ese perpetuo Día de la Marmota que había creado a mi medida.

—Diría que puedes añadir una segunda ocupación a tu agenda —replicó Jeremy—. Podríamos correr con Pat en lugar de pasearla.

Ambos miramos a Pat, que estaba tumbada en su cama, dormida, sacudiendo una pata gris de vez en cuando persiguiendo a los conejos que veía en sueños.

—O, si no —continuó—, podríamos salir a correr después del paseo con Pat y antes de ponernos a cocinar.

—¡Yo no corro!

Sentí una sensación de náuseas que me era familiar. Había mantenido una relación complicada con eso de correr; de hecho, con el ejercicio físico en general. En el colegio, la asignatura de Educación Física nunca había sido un problema porque se me daba realmente bien no hacer nunca nada: me ponía la última de la fila en gimnasia e iba cediendo el turno a los niños con más ganas hasta que se pasaba la hora, o me ofrecía para ser la fildeadora en los partidos de *rounders*, lo que me permitía chatear con mis amigas y limitarme a levantar el brazo sin mucho énfasis en dirección a la pelota y poner cara de desilusión cuando se me escapaba.

—Claro que corres, ¡no seas tonta!

—No puedo. ¿No te acuerdas de las clases de Educación Física?

—Pero de eso hace más de una década. Puedes haber evolucionado desde entonces.

—¡Pues no lo he hecho! La carrera campo a través me traumatizó para siempre. ¿Mil seiscientos metros para empezar? Fue horrible. Siempre llegaba la última y la señorita Miller se ponía fastidiosamente protectora conmigo. —Dibujé una sonrisa condescendiente e imité su voz, aguda y repelente—. «Vamos, Alexandra, tampoco está tan lejos, ¿no?» No creo que haya sudado en su vida.

—Sí, era una auténtica vacaburra, ¿verdad? —Jeremy se sentó con aire reflexivo—. ¿Crees que era de los nuestros?

Lo miré, intentando discernir si hablaba en serio.

—¡Por Dios, Jeremy! En mi vida he conocido a una lesbiana más lesbiana que ella. Era tan irritante... la odiaba.

—La amabas.

—No, la odiaba. Me arruinó la vida con esas carreras.

—La amabas y la odiabas porque no podías asumir que te gustara alguien que llevaba un cronómetro colgado del cuello a todas horas, incluso cuando sustituía al profesor de mates.

Recordé todas las ocasiones en que me arrastré a la clase de EF solo para ver a la señorita Miller. Su cabello rubio recogido en una coleta tensa, casi como una vena a punto de explotar; sus brazos fuertes y tonificados, no blandengues y débiles como los míos, que sujetaban con firmeza la lista de alumnos mientras formábamos. Nunca había querido darme cuenta de que, cada vez que decía mi nombre, el estómago me daba un vuelco, y no solo por los mil seiscientos metros de tortura que me aguardaban.

—Puede ser —concedí.

—Así que estás basando tu decisión en un resentimiento juvenil. A todos se nos daba fatal esa clase, Al, pero eso no significa que no puedas hacerlo ahora. Es una carrera, no un partido de hockey, no hace falta tener dotes especiales. Además —añadió cuando yo ya abría la boca para protestar—, esto es exactamente algo que sorprendería a Emily, ¿no te parece? Que te empeñaras en hacer algo que escapa a tu zona de confort. Que te plantearas un objetivo. Que aparecieses toda sexy enfundada en licra...

No podía negar que ahí llevaba razón. Emily se pasaba la vida haciendo cosas como esa. Una carrera a través del parque por el cáncer de mama, diez kilómetros por los refugiados. Rechacé sus invitaciones tantas veces que al final dejó de decírmelo. Miré a Jeremy y no pude evitar sonreír al ver que me dedicaba su mirada especial de pobre cachorrillo. Y él se tomó mi sonrisa como un sí sin fisuras.

—¡Bien, Al! —Se levantó y me cogió por los brazos, obligándome a ejecutar una especie de danza de la victoria—. No te arrepentirás. ¡Nos divertiremos!

—Aún no he dicho que sí —contesté, al tiempo que me deshacía de él y me volvía hacia el pastel inacabado—. Supongo que podría intentarlo. —Me volví hacia Jeremy y lo apunté con la manga pastelera—. Pero si no me gusta a la primera lo dejo, ¿vale?

Él asintió, aún sonriendo de oreja a oreja.

—¡A sus órdenes! Pero te prometo que nos divertiremos. Voy a planear una ruta para principiantes. Yo también lo soy.

Metí el dedo en el glaseado y me lo llevé a los labios. Jeremy se había lanzado a una búsqueda por el teléfono, supongo que en un intento de hallar la ruta perfecta para convencerme.

Recordé un día del pasado verano: yo iba en pos de Emily, que se abría paso en una bulliciosa calle de Hackney. Ella esquivaba a transeúntes, niños en bici y perros salchicha con una habilidad que solo resulta posible cuando estás furiosa de verdad. Yo no solo había perdido la oportunidad de salvar a los niños corriendo con ella por Victoria Park, sino que además había llegado escandalosamente tarde. Tan tarde que me había perdido toda su carrera. Pensé en Sara sin hache. Seguro que corría a todas horas. Yo sabía que siempre andaba apuntándose a esos terribles cursos donde tienes que pagar para sumergirte en el barro y escalar muros. Era probable que eso fuera lo que estuviera haciendo en ese momento. Me permití imaginar lo que sería cruzar la línea de meta de una media maratón. Resplandeciente, con el pelo estupendo. Solo se me notaría un poco sin aliento y sudada de una forma sexy. Por alguna razón, Sara sin hache estaría en los márgenes, oculta en las sombras, oscurecida, cansada y poseída por los celos ante mi magnífico logro... y ante mis piernas. Emily también estaría allí, llorando de orgullo y de remordimientos.

Di los últimos toques al pastel y admiré mi obra durante un par de segundos antes de coger el cuchillo y partirlo por la mitad de un golpe certero. Jeremy dio un respingo.

—¡Ni siquiera me has dado tiempo a sacarle una foto!

—Esto no se mira, se come.

Metí la mitad dentro de la fiambrera más grande que encontré y se lo di a Jeremy para que se lo llevase a casa.

—Al, si vas a ser una artista profesional de la pastelería necesitarás pruebas de tus obras maestras. La próxima vez haz una foto. Si tiene buen aspecto, llamará la atención de la gente. Todos comemos por los ojos, recuérdalo.

—Gracias, Mary Berry.

Cuando se iba, Jeremy se volvió hacia mí y dijo:

—Tengo un buen presentimiento, Al. Mañana traeré las zapatillas de correr.

Lancé un suspiro y lo empujé hacia la puerta.

—Dios, ¿en qué lío me he metido?

Esa noche, mucho después de que Jeremy se hubiera ido, ante la luz azulada del portátil que brillaba en la oscuridad de la cocina, sentí que los engranajes de mi cerebro se ajustaban en torno a algo que parecía vagamente un objetivo. Reconocí la emoción expectante y los nudos en la boca del estómago. Mientras buscaba en diversas páginas zapatillas de correr, camisetas reflectantes y cintas para el pelo (algo que solo había usado de adorno alrededor de 2002), me sentí como quien está a punto de dar un vuelco a su vida. Tal vez correr me ayudara a llenar el tiempo hasta que Emily cambiara de opinión. Tal vez el mismo acto de correr la haría cambiar de opinión. Entré en una página llamada «Corredoras» y devoré todos sus artículos, desde el que explicaba la mejor postura hasta el que aconsejaba cómo alimentar el cuerpo para que rindiera al máximo. Me decepcionó comprobar que los pasteles no entraban entre las recomendaciones del desayuno ideal. Esa noche me salté el cigarrillo que me había acostumbrado a fumar antes de acostarme. En su lugar tomé dos galletas de avena y chocolate mojadas en el té, por la avena (una fuente de energía) y los carbohidratos (aunque de eso no estoy muy segura), y, al terminar, me sentí, al menos, en el punto de partida hacia alguna parte.

5

Nuestro Everest

De pequeña sufría mucho de dolor de barriga. La mayoría de los días era una molestia fácil de ignorar e incluso de olvidar. En los días buenos ni siquiera aparecía. Pero en los malos me vencía por completo. Entonces era cuando mi madre se sentaba en el borde de mi cama, movía la cabeza y me acariciaba el pelo. Me decía que podía quedarme en casa y esas palabras lograban que una ola de alivio me tranquilizara. La perspectiva de no tener que hablar con nadie durante el resto del día era el mejor antídoto contra el nudo del estómago. Podía comer tantos Coco Pops como quisiera para desayunar y tumbarme en el sofá en bata. Si hubiera podido pasarme sola todos los días en lugar de ir al colegio, lo habría hecho.

Desde que Emily y yo cortamos, el dolor de barriga se había convertido en algo cotidiano. Por las mañanas oía que mi padre se preparaba para ir al trabajo. La puerta de la nevera al abrirse y cerrarse, el tintineo de las llaves cuando las cogía de la mesa de la cocina. Cerraba los ojos y volvía a ser una chica de catorce años que se tomaba un día libre porque decía que le dolía la barriga, lo cual era verdad y mentira a la vez. No tenía un virus que pudiera contagiar, sino el mismo dolor que me asaltaba a los cuatro años, a los catorce y probablemente lo haría también a los cuarenta. Veía la semilla de la preocupación hinchándose y mutando dentro de mí, multiplicándose como las células que corrían por mis venas hasta instalarse incómoda y dolorosamente en la boca del estómago.

Oí la puerta de la calle abrirse y un rumor de pasos: imaginé a mi padre revisando que llevaba la cartera y las llaves antes de coger la mochila y el bocadillo que había dejado al final de la escalera. Me invadió una mezcla tan fuerte de nostalgia y de amor que los ojos se me llenaron de lágrimas. Él hacía lo mismo todos los días. Poco después me llegó el portazo, la señal que esperaba para calzarme las zapatillas y bajar. Malcolm estaba tranquilo, aseándose en el suelo de la cocina, lo que significaba que papá le había dado de comer. Yo había dejado el teléfono abajo esa noche para evitar la compulsión de comprobar si había algún mensaje de Emily. Fingí adoptar la rutina habitual: deambulé por la cocina con falsa despreocupación, puse la tetera a hervir y rebusqué en la alacena mi taza favorita antes de entrar en la salita donde se hallaba el teléfono. El corazón me latió más deprisa cuando desconecté el modo avión y aguardé a que los mensajes aparecieran. Había varios correos de propaganda y un mensaje de texto de mi padre.

> Que tengas un buen día, Al. Gracias por el pastel. Estoy seguro de que lo devorarán enseguida, todos menos la señora Jones, que ahora no toma gluten. Le daré un poquito del glaseado.

Me resultaba increíble que Emily se hubiera rendido con tanta facilidad en el tema de Malcolm, la verdad. En un intento de animarme y no volverme a la cama hecha polvo pensé que tal vez me escribiría desde el trabajo. En cierto sentido agradecí la distracción que suponía la inminente carrera que me había sugerido Jeremy.

Sin muchas ganas abrí el WhatsApp y eché un vistazo a los mensajes que había dejado sin contestar. Tenía silenciados los de un grupo donde estaban todas las profesoras de mi antigua escuela. Lo habíamos llamado «Aquelarre», con el emoji de la bruja, el del caldero y el de una carita riendo, en referencia a un texto en el que se describía así al personal femenino que un alumno había enviado por error a dirección. Al ver sus mensajes comprendí que no estaban al tanto de lo que me había pasado. Resultaba casi un alivio pensar que, para mis antiguas compañeras de trabajo, Emily y yo seguíamos juntas. Había otro mensaje, de Fran, mi colega favorita del Aquelarre: «¡El colegio es una mierda sin ti! ¡¡Estoy a punto de matar a un niño!! ¡¡¡Y no es broma!!! Nos tomamos un vino pronto, ¿vale?».

También había un par de mensajes de Beth, de Tom-y-Beth, una pareja a la que conocíamos desde la época de la facultad. Eran amigos de Emily, en realidad, compañeros de curso, y ambos habían desarrollado brillantes carreras en el mundo de la abogacía y tenían un piso propio de una habitación en Stoke Newington que compartían con un perro salchicha llamado Stephen. Beth había mandado el primer mensaje el día en que me fui de Londres y el último apenas un par de días atrás, un escueto: «Dinos si necesitas algo, besos». Quise responderle. Necesitaba tantas cosas, pero ninguna que estuviera al alcance de Beth o de Tom. Pensé en todas las tardes maravillosas que había pasado sentada en su carísimo sofá, bebiendo buen vino y acariciando la cabecita de Stephen. Todo superacogedor, con la luz siempre a una intensidad adecuada justa y esa clase de música que una no ha oído en su vida pero que siempre te encanta. También hablábamos en serio. No nos limitábamos a criticar a la gente del trabajo o cotillear sobre amigos comunes. Me pregunté si Emily iría ahora con Sara sin hache. Si le preguntarían por las cosas que la preocupaban. El plástico, seguro. Vasos de papel reciclable y calabacines de granjas felices. Stephen ya se habrá olvidado de mí. Cerré el WhatsApp y me tumbé en el sofá, que estaba en el lado opuesto de la sala, lejos del teléfono y de la gente que habitaba en él.

El tiempo se me echó encima, y poco antes de la hora en que solía llegar Jeremy tuve que enfrascarme en una enloquecida búsqueda tanto en el armario de mi padre como en el mío, a ver si encontraba algo que remotamente tuviera aspecto de ropa de deporte. Me conformé con unas mallas que solía combinar con un suéter ancho para estar por casa y una camiseta sin mangas que no me había puesto desde los dieciséis años. Tendría que llevar un sujetador normal —el único que había traído, de hecho—, ya que nunca había visto la necesidad de invertir en uno que quedara bien con camisetas de deporte. Me observé en el espejo que había al final de la escalera, un espejo que mamá había calificado de «poco halagador». Hice una mueca de disgusto al verme la piel macilenta, los puntos negros que saltaban a la vista en mi mejilla derecha y esas profundas ojeras de las que era incapaz de librarme a pesar de haberme acostado a una hora trágicamente temprana durante las últimas dos semanas. Las ojeras se me habían grabado en la cara, como si alguien me hubiera arrancado la piel normal y me hubiera dejado esos surcos hundidos en su lugar. La camiseta se me pegaba en lugares que no existían años atrás y acentuaba la forma de la barriga de una manera innecesaria. No me importaba mi aspecto cuando iba vestida normal, pero sí me daba rabia no tener pinta de alguien a quien esperarías ver en una carrera. Esa ropa me hacía sentir como una impostora. Imaginé a la gente mirándome, fijándose en que mis brazos se llenaban de puntitos de color rosa con el calor del esfuerzo y en las inevitables marcas de sudor. Cogí una sudadera de la percha y al instante sentí que pasaba más desapercibida. Deambulé por la cocina, con los pies enfundados en unas viejas zapatillas de deporte, dando traguitos de agua e intentando mantener la calma. Pensé en Emily. Ansiaba que supiera lo que yo estaba haciendo, ansiaba que supiera que lo intentaba. Al coger el teléfono y ver la pantalla en blanco tuve ganas de gritar.

Cuando Jeremy llamó a la puerta, había logrado desanimarme tanto a mí misma que ya había decidido anunciarle que lo dejaba. Pero al verlo sonriendo, con una camiseta un pelín estrecha y algo más parecido a un bañador que a un pantalón de deporte, con las piernas blanquísimas y las viejas zapatillas de gimnasia, comprendí que rendirme no era una opción.

—¿Lista? —dijo en cuanto abrí la puerta—. ¿Has desayunado algo consistente?

No llegó a entrar: prefirió quedarse en el umbral de la puerta, como si cruzarlo pudiera pinchar su burbuja de energía.

—Claro que he desayunado —dije, indignada porque en mi vida me había saltado una comida; luego añadí—: Jeremy, estoy hecha un manojo de nervios.

—No tienes por qué, solo probaremos hasta dónde podemos llegar en media hora. Incluso podemos hacer parte del camino andando. —Me señaló con el teléfono—. Tengo un plan de entrenamiento.

Media hora se me antojaba una cantidad horrible de tiempo: era más que un capítulo entero de *Frasier*, era un episodio completo de *EastEnders*.

—¿Dónde vamos a correr?

—Bueno, había pensado empezar aquí, ir hacia la casa de mi abuela y luego volver.

Contemplé la cuesta que debía descender y luego subir, y después miré a Jeremy.

—¡No es tanto! —dijo él—. Al final, la adrenalina liberada te ayudará. Lo leí en algún sitio.

Respiré hondo.

—Vale, ¿podemos acabar con esto ya?

Nos pusimos a correr juntos y tratamos de mantener el ritmo del otro, con bastante torpeza. Me sentía como si tuviera que trotar tres veces más que él para alcanzarlo, ya que mi metro cincuenta de altura no podía compararse con su metro ochenta y pico. Bajamos la cuesta a una velocidad que me pareció bastante digna y lo cierto es que no lo pasé tan mal: en realidad tenía su gracia. Había olvidado esa sensación que una tiene al correr, como de no poder parar. Alcanzamos el final de la cuesta con la piel algo sonrosada, nada más, y tomamos la carretera llana que partía de ahí. Fue entonces cuando las cosas empezaron a ponerse feas. Cada paso resultaba mas difícil y fui consciente de que mi respiración se volvía más y más pesada a medida que pasaban los minutos, y de los gruñidos involuntarios que la acompañaban. Jeremy parecía aguantar bien. Se le veía morado, pero bien. Bajé el ritmo hasta adoptar lo que se ha dado en llamar marcha rápida y le hice señas para que siguiera adelante. Sentí un dolor seco en la parte trasera de la garganta que se extendió hasta la mandíbula y la lengua. Por un instante me pregunté si eso era lo que se notaba al ahogarse. El desayuno seguía asentado en el estómago; de hecho tuve la impresión de que todas las comidas ingeridas a lo largo de mi vida se acumulaban allí dentro, ejerciendo de contrapeso, haciéndome sentir completamente mareada.

Levanté la vista. Jeremy me hacía gestos con una sonrisa en la cara, que ya se veía un poco más tensa que antes. Movía la mano abierta mientras me decía algo exagerando mucho la apertura de la boca. «Cinco», decía. Lo primero que se me ocurrió fue que hablaba de kilómetros, pero enseguida caí en la cuenta de que no hablaba de eso, sino de minutos. Llevaba cinco minutos de carrera y todo el cuerpo me ardía. Me sentí más desgraciada que nunca.

—¿Cuándo paramos? —grité, con una fuerza sorprendente dado que estaba segura de que cada una de mis respiraciones podía ser la última.

—Al final de la calle —dijo al tiempo que hacía un gesto vago en dirección al sendero interminable que había frente a nosotros— podemos caminar durante dos minutos.

El final de la calle parecía una meta lejana e imposible. Me sorprendí al notar lágrimas en los ojos y me las limpié con la mano enseguida; noté las mejillas pegajosas por el sudor. Con los ojos puestos en el cuerpo de piruleta de Jeremy seguí adelante. Cuando por fin nos acercamos al final de la calle, Jeremy empezó a darse la vuelta cada pocos segundos para dedicarme gestos de aliento y al final acabó corriendo hacia atrás de cara a mí. Sin saber por qué, sentí que eso era lo más irritante que me había sucedido en la vida. No me digné a mirarlo, me negué a reconocer aquellos gestos de ánimo hasta que por fin se paró. Lo alcancé un minuto entero más tarde. En cuanto me detuve, todo el malhumor se esfumó: jamás me había sentido tan aliviada de estar quieta y de pie. Nunca más daría por sentado ese enorme placer.

—Lo estás haciendo genial, colega —dijo Jeremy, al tiempo que me daba una palmada en el hombro y me dirigía hacia un senderito boscoso—, pero no podemos parar: solo andar durante dos minutos.

Visto de cerca, Jeremy presentaba un aspecto idéntico a como yo me sentía, lo cual me hizo sentir infinitamente mejor. Quizá tampoco lo encontraba tan fácil. Quizá sería yo la que terminaría animándolo dentro de un rato.

Los siguientes veinte minutos fueron los más lentos de toda mi existencia. Detesté tanto los períodos de carrera, que se traducían en un dolor puro y sin adulterar, como las fases de paseo donde las piernas me flaqueaban; apenas empezaba a disfrutar del alivio de poder respirar cuando ya me tocaba acelerar de nuevo. No se me ocurría haber vivido un instante igual, uno en el que hubiera sido tan plenamente consciente de todas y cada una de las partes de mi cuerpo, excepto quizá durante el sexo, aunque lo de entonces era sin duda mucho menos excitante. Notaba de una manera increíble cómo el estómago y las caderas oscilaban de un lado a otro, en apariencia por voluntad propia, y la cinturilla del pantalón que se doblaba, con lo que tenía que subirla cada treinta segundos. Al principio, siempre que pasábamos delante de alguien, enderezaba la postura e intentaba disimular el esfuerzo, pero hacia la segunda mitad de la carrera perdí por completo las ganas de aparentar y opté por demostrar una elaborada cojera acompañada de potentes gruñidos. En un sentido extraño, hacerlo tenía algo de liberador. El tramo que se acercaba de nuevo a la cuesta que conducía a mi casa formaba parte de una calculada fase de recuperación, pero caminamos en un silencio solo interrumpido por los fuertes jadeos y, por mucho que me avergüence confesarlo, la necesidad de escupir. Una vez llegados al pie miramos hacia arriba. Era nuestro Everest.

—Vale —dijo Jeremy; incluso su ánimo alegre y reluciente palidecía en cierto modo ante la perspectiva de ese último tramo vertical—. Un último esfuerzo, no tardaremos más de treinta segundos si corremos a la máxima velocidad.

La idea de ir a la máxima velocidad por una subida tan empinada que el ayuntamiento le había colocado una barandilla me habría parecido ridícula media hora antes, pero entonces yo solo quería llegar a casa cuanto antes. A mi mente vinieron imágenes de un té y de galletas, como si se tratara del deseo largo tiempo postergado de una excursionista que llevara días en ayunas. Asentí.

—Tres, dos... —contó Jeremy, y, sintiendo todos mis músculos en tensión, planté la mirada en la farola que había al final de la cuesta. Se trata de llegar a la farola, me dije, y estaremos en casa—, uno, ¡ya!

Di unos cuantos pasos y cubrí los primeros metros; para mi sorpresa me sentí mejor. «Quizá todo saldrá bien al fin y al cabo», pensé, «quizá ya sea una atleta». Pero entonces, de repente, el cuerpo dijo basta, como si no hubiera notado aquel arranque veloz hasta unos segundos más tarde. Tenía la impresión de que las piernas se me quedaban atrás, atravesadas por todo tipo de dolores intensos. Respirar era ya una misión imposible: daba igual el aire que tomara, los pulmones seguían vacíos, calientes, ardiendo.

Cada centímetro de mi cuerpo me ordenaba que parase; rendirse habría sido lo más fácil. Pero algo dentro de mí mantuvo el movimiento de las piernas. Apenas oía a Jeremy, que ya estaba arriba, doblado sobre esa línea de meta imaginaria, animándome mientras intentaba no vomitar. Yo seguía mirando la farola. Un paso más cerca, dos... hasta que por fin la toqué con la mano y me sentí como si hubiera llegado a casa después de uno de los jueguecitos terroríficos de It. Me paré, doblé las rodillas e incliné la cabeza, mareada por la falta de aire y al tiempo más feliz que nunca de haber llegado a la cima. Las lágrimas que había estado conteniendo durante todo el tiempo brotaron por fin. Jeremy y yo caminamos en silencio hacia la puerta de casa; él me abrazaba por los hombros con torpeza y afecto.

Entramos, nos descalzamos y nos lanzamos a beber agua en jarras de cerveza hasta que la respiración de ambos recuperó el ritmo normal.

Me senté a la mesa de la cocina, me sequé el sudor de la frente con el dorso de la mano y le pregunté:

—¿Y cuánto hemos corrido? ¿Cuántas veces tendremos que hacer esto?

Jeremy miró el teléfono.

—Ejem —dijo, mirándolo de reojo y esbozando algo parecido a una sonrisa—, hemos hecho cuatro kilómetros.

—¿Y eso en millas cuánto es? ¡Háblame en millas! —Me levanté a rellenar la jarra con agua, tenía la impresión de que nunca volvería a rehidratarme.

—Dos millas y media.

Asentí, impresionada.

—Bueno, no está mal... ¿Cuántas tiene la carrera?

—Poco más de veinte kilómetros, así que unas trece.

Incluso a Jeremy, que había estado representando el papel de Mister Motivador durante toda la mañana, se le veía horrorizado ante la perspectiva de correr más de cinco veces la distancia lograda ese día. El contraste entre el hombre rebosante de energía y entusiasmo que había aparecido en la puerta y el maltrecho y derrotado que se sentaba entonces a la mesa era casi insoportable. La idea de renunciar se me antojó terrible para él y, por increíble que suene, me descubrí animándolo a alcanzar juntos esas trece millas.

Sin ducharnos, nos sentamos frente al ordenador y desayunamos, de nuevo, tostadas con mantequilla de cacahuete mientras leíamos planes de entrenamiento y los relatos de otras personas que habían participado en carreras similares. Pat y Malcolm nos contemplaban desde el suelo, tan desorientados por el cambio de rutina como pendientes de la mantequilla de cacahuete. La pantalla se nos llenó de caras sonrientes, con un aspecto indudablemente radiante a pesar de haber corrido una maratón, y me pregunté si eso podría pasarnos a nosotros. Algunos tenían pinta de atletas profesionales —dientes blancos, barrigas planas y piernas torneadas bajo prendas de licra de vivos colores—, pero otros recordaban más a unos simples seres humanos que habían hecho el esfuerzo de intentarlo. Echamos otro vistazo rápido en las páginas de ropa deportiva, pero los precios nos asustaron y decidimos que ya iríamos al pueblo a ver qué podíamos encontrar. Luego ambos nos inscribimos en la carrera, pasándonos el ordenador portátil con aire solemne.

—Ocho semanas —dije mirando a Jeremy. Ocho semanas atrás yo vivía con Emily. Todo podía cambiar en ocho semanas.

—Podemos lograrlo —afirmó él, con el vigor restaurado gracias a la tostada y el azúcar. Meneó la cabeza, como si estuviera asombrado por su propia genialidad—. Ben nunca se lo creerá. Lo cierto es que quiero que vea esta faceta mía, ¿lo entiendes? No quiero que su último recuerdo de mí sea, bueno...
—La voz se le apagó.

—Lo sé —dije, mojando aún hambrienta una galleta integral en mi té, ahora ya frío.

Yo seguía sin estar del todo convencida de que participar en esa carrera fuera la manera de recuperar a Ben, ni siquiera tenía claro que Ben fuera a correr en ella, pero sí entendía las razones por las que Jeremy necesitaba hacerlo. Además, una parte de mí sentía que era algo tan impresionante y tan impropio, un cambio de registro tan valiente, que Ben tendría que apreciarlo por fuerza. Anoté mentalmente que debía comunicárselo a Emily más adelante. Esperaba que se lo contara a Sara sin hache y que esta se viera lógicamente amenazada por mi floreciente vena atlética.

Por fin Jeremy se marchó a tomar una ducha y a echar una siesta reparadora, y en el recién estrenado silencio de la casa pude evaluar nuestra gesta. Las piernas, que aún seguían frías por el viento, temblorosas en aquellas mallas andrajosas, empezaban a desprender un dolor constante aunque no del todo desagradable. Era imposible no sentirse satisfecha con una misma, y me resultaba inconcebible no solo que Emily ignorase mi hazaña sino que la hubiese llevado a cabo sin ella. Decidí que era algo demasiado confuso y triste para enfrentarme a ello, así que cogí a Malcolm en brazos y me fui al salón con la intención de poner la tele y quedarme grogui hasta la hora de comer. En cuanto me senté en el sofá, Malcolm huyó y se instaló al otro lado de la puerta, decidido a limpiarse cada centímetro de pelo que yo me había atrevido a tocar con mis asquerosas manos humanas.

Permanecí sentada hasta que me quedé helada: la camiseta seguía pegajosa y se me pegaba a las lumbares. Con bastante desánimo admití que tendría que ducharme. Había estado eludiendo las duchas, sobre todo aquellas que incluían el lavado completo de cabello y la depilación, porque el silencio me resultaba insoportable. No había nada que sofocara el interminable monólogo interior ni el balbuceo de esa tristeza constante, y eso me llevaba a tener que encarar algunos sentimientos que intentaba mantener sepultados. Todas y cada una de las duchas que me había dado desde que llegué a Sheffield habían terminado en una dramática llorera bajo el agua.

Subí a mi cuarto, cogí la mullida toalla de color rosa que colgaba del armario de la ropa blanca y me la acerqué a la cara para aspirar aquel olor a jabón del hogar. Pensé en lo agradable que resultaba tener un armario como ese, algo que solo existía en las casas y no en los malditos barcos, donde las toallas siempre están un poco mojadas porque no hay lugar donde colgarlas. Fue la primera vez que el recuerdo del barco no disparó una oleada de náuseas sino de indignación. No me gustaba vivir en aquel barco ni secarme siempre con toallas húmedas. Me pregunté si estaría haciendo algún progreso. Luego me metí en la ducha, abrí el agua caliente y sollocé durante veinte minutos completos.

Al vestirme, inspeccioné en el espejo mis piernas sonrosadas como langostas en busca de alguna señal de crecimiento muscular. A pesar de que la razón me indicaba que era imposible que un único paseo bajo el frío generara unas piernas esculpidas y bronceadas por arte de magia, no pude evitar una punzada de decepción. Me daba la impresión de que, a cambio de aquel esfuerzo, una debía obtener alguna recompensa física que fuera más allá de unos pies doloridos y una ampolla gigante. Cogí el teléfono y miré el salvapantallas: una foto de Malcolm con un gorro de Santa Claus en la cabeza. Bueno, una foto de Malcolm con un gorro de Santa Claus que Emily había logrado acercar mucho a su cabeza mientras me decía: «Haz la foto, rápido. ¡Antes de que se dé cuenta!». Apoyé el dedo en la pantalla sobre la mano que aparecía en la foto. En esos días habíamos sido felices, ¿no? ¿Acaso los desgraciados toman fotos de sus mascotas disfrazadas?

Podría haberme echado a llorar si no hubiera gastado ya todas las lágrimas en la ducha. En su lugar, puse el teléfono boca abajo, me acerqué a la mesita de noche y revolví el interior del cajón de las «cosas» hasta encontrar lo que buscaba. Sentada en el borde de la cama, clavé el alfiler en la ampolla que había surgido en uno de los lados de mi dedo gordo. El agua me corrió por el pie y la ampolla se replegó en sí misma, como una rueda de bicicleta pinchada.

6

Run Direction

Suelo caminar a todas partes con los cascos puestos, pero ya había bajado la cuesta y estaba a punto de cruzar la carretera cuando me di cuenta de que me los había dejado en casa. Eché la vista atrás, abrumada, consciente de que no existía la menor posibilidad de que me molestara en subir a por ellos. El dolor de piernas por la carrera de antes apenas había menguado, así que por primera vez en mucho tiempo me puse a andar sola sin nada que me distrajera.

Era un camino que había recorrido cientos de veces, tal vez incluso miles, ya que era el mismo que pasaba por delante de mi antigua escuela de secundaria. Durante cinco años pateé esas calles bajo el sol o la lluvia. La calma del ambiente era extraña y a la vez familiar. Veía fantasmas por todas partes. Ahí estaba yo, cruzando la calle a todo correr porque llegaba tarde mientras los coches me pitaban. Riéndome con tantas ganas en la puerta del instituto que casi me pongo enferma. Volviendo a casa cogida del brazo, o a veces incluso de la mano, de una niña de la que estaba enamorada en secreto; la misma con la que, después de haberme despedido de ella, me pasaba la tarde entera soñando. La adolescente Ally nunca lo habría imaginado, pero ahora añoraba ese sentimiento. En aquel entonces no había apreciado la emoción y la dulzura que existían en aquellos amores imposibles. Daría cualquier cosa por cambiar el vacío y la náusea constante por aquella ensoñación vertiginosa.

Al acercarme a la zona de las tiendas pasé por delante del quiosco y del Tesco Express; até a Pat a la puerta del Bread and Butter, la panadería nueva (aclaro que cualquier cosa aparecida desde que me fui a la universidad se me antojaba «nueva»). A Pat se le salían los ojos y abría la boquita con ansia, ya que reconocía las señales que anunciaban premios. Entré en el establecimiento y sonreí, nerviosa, a las empleadas. Tenían un aspecto joven y moderno, no se parecían en nada a las damas entradas en años que habría esperado encontrar allí. Por suerte, la aparición de otro cliente, que se puso a charlar con ellas, supuso un alivio que me permitió mirar debidamente el mostrador en lugar de pedir a toda prisa para salir de allí cuanto antes. Me decanté por un pan con olivas verdes, un enorme bollo de queso, y, justo cuando estaba pagando, decidí añadir un dónut, bien bañado de azúcar y relleno hasta rebosar de crema de chocolate. Lo metí todo en la mochila y salí a buscar a Pat, emocionada ante la perspectiva de volver a casa a merendar.

En ese momento podría haber dado la vuelta y regresado alegremente a casa. Todos los propósitos matutinos de ir a comprar el equipo que me convertiría en atleta se habían desvanecido por completo y estaba segura de que había sido víctima de eso que los artículos llamaban «el subidón de los corredores»: los efectos engañosos del ejercicio físico que te hacen sentir feliz y serena durante un rato debido a las «endorfinas». Pues bien, las endorfinas se habían esfumado del todo. Sin embargo, como ya me había persuadido de esa excursión y se me antojaba agotador volver a pasar todo el proceso al día siguiente, Pat y yo paseamos hasta el final de la calle y nos paramos a las puertas de una tienda llamada Run Direction. Pat no sentía el menor interés por correr, pero estaba tan encantada de seguir el rastro oloroso de mi mochila que cruzó la puerta del establecimiento sin rechistar al tiempo que el timbre anunciaba nuestra presencia en el interior vacío. Me quedé un instante en la puerta, odiando la experiencia con todas las fibras de mi ser. Transcurridos un par de minutos, quedó claro que nadie saldría a recibirnos y que podíamos servirnos nosotras mismas. Sobreponiéndome a la sensación creciente de paranoia que me susurraba que tal vez había irrumpido involuntariamente en una tienda cerrada o en una casa privada de nombre y estilo poco habituales, me dirigí a un colgador lleno de camisetas de brillantes colores y tallas minúsculas. Estaba ya palpando todas las mallas una por una cuando por fin hubo señales de vida desde el otro lado del mostrador. Una chica salía de la trastienda cargada con una caja de cartón enorme en los brazos sobre la cual oscilaba una taza en precario equilibrio. Llevaba un montón de cartas entre los dientes y se hallaba tan concentrada en que no se le derramara la bebida o en que ninguno de los sobres cayera en ella que su único ademán hacia mí fue una rápida elevación de cejas.

—¿Necesitas...? —me ofrecí, haciendo un gesto desganado hacia la taza.

La chica meneó la cabeza mientras ejecutaba una especie de sentadilla intentando mantener la caja completamente recta. Ambas vimos que la taza amenazaba con deslizarse hacia un lado, pero ella se las arregló para dejar la caja en el suelo y coger la taza a la vez. Se sacó las cartas de la boca, se irguió con agilidad y las dejó en el mostrador al tiempo que me miraba con aire triunfal.

—¡Hola! —exclamó, riéndose de la espectacularidad de su aparición—. ¿En qué puedo ayudarte?

Hablaba con acento de Yorkshire. Más fuerte que el mío, suavizado después de años de convivencia con alguien de fuera de la región. Ella se pasó la mano por el cabello. Llevaba un flequillo largo que se empeñaba en cubrirle los ojos. Por alguna razón la timidez me asaltó de nuevo con más fuerza. Me sentía avergonzada por tener que explicarle a esa chica, embutida en unos tejanos pitillo, con los brazos delgados y ni una pizca de grasa en todo el cuerpo, que estaba segura de que ni una sola prenda de allí era mi talla; es más, que algunas eran de la talla de Pat. Tiré de la sudadera que llevaba debajo del abrigo abierto en un intento absurdo de que cubriera mejor mi cuerpo. Fui dolorosamente consciente de que llevaba unos tejanos viejos y anchos, y de que no me había molestado en maquillarme.

—Bueno —contesté despacio, sintiéndome como una impostora que quisiera asegurarse de usar las palabras adecuadas—, he empezado a correr. Hoy, la verdad.

La chica enarcó las cejas.

—Ah, vaya... ¿has venido corriendo hasta aquí?

—No... —repuse mirando a Pat, tumbada a mis pies, como queriendo evidenciar que, por preciosa que fuera, ya no tenía edad para correr, y luego a mí misma, que tampoco estaba lo que se dice en forma.

Levanté la vista y comprendí que la chica me estaba tomando el pelo.

—¿Así que has empezado a correr y necesitas ropa apropiada? —sugirió al tiempo que daba un sorbo al té. Cogía la taza con las dos manos, como si quisiera entrar en calor. Llevaba las uñas pintadas de un color azul intenso.

—¡Sí! Sí, exacto. Solo tengo unas mallas viejas.

—Eso no te servirá —dijo la chica—. ¿Cuánto tiempo piensas dedicarle? ¿Saldrás un par de veces por semana? ¿Unos cinco kilómetros?

—Quiero correr la media maratón —anuncié con rotundidad.

—¿La media maratón de aquí? —La chica señaló al suelo, como si la maratón fuera a realizarse en esa misma tienda en forma de millones de pequeñas vueltas—. ¿La que se celebra dentro de un par de meses?

—Ejem, sí... Ya sé que seguramente es imposible.

—No, no, no —dijo la chica; dejó la taza en el mostrador y levantó una mano en señal de advertencia—. No es imposible. Es todo un reto, pero desde luego que no es imposible.

—¿De verdad lo crees? —pregunté ansiosa, confiando a ciegas en la opinión de aquella extraña. Al fin y al cabo, tenía pinta de corredora y trabajaba en una tienda de equipamiento para correr, así que, si ella lo veía factible, quizá lo fuera.

—Sin ninguna duda —aseguró con firmeza—. Vamos a buscarte todo lo que necesitas y estoy segura de que lo lograrás.

Salió de detrás del mostrador y me hizo señas para que la siguiera al fondo de la tienda, a unas tres zancadas de distancia.

—¡Ah, qué bien, gracias!

Me emocionaba que no se hubiera reído de mí, de que alguien se tomara en serio mi nueva identidad de Corredora. No me había echado a carcajadas de la tienda. Era un inicio fantástico. Revisó la ropa que tenía colgada como si no la hubiera visto nunca antes o tuviera que mirarla entonces bajo una nueva luz, para discernir lo más adecuado para esa clienta inusual. Pat había perdido el interés por todo el tema y seguía mirando con anhelo mi mochila, deseando que las cremalleras se abrieran y el dónut cayera a sus pies. Mientras la chica empezó a llevar prendas de las perchas al mostrador, yo la observaba con atención. Tenía el cabello de un rubio oscuro, con mechas que ya solo resistían en las puntas, listas para ser cortadas. Fruncía el ceño y ponía caras raras cuando se le enredaban las perchas. En una ocasión incluso optó por arrancar la camiseta de una de ellas y llevarla hasta el mostrador sin la percha correspondiente. Era alta, y sus extremidades parecían chocar con todo. Era un poco como ver a Bambi de compras.

—¡Ya está! —anunció, sacándome del trance—. ¿Por qué no me dices qué te parecen estas?

Empezamos por las camisetas, decantándonos por una de manga larga porque, como decía mi padre, el tiempo estaba «helador», y otra de manga corta por si al día le daba por resultar excepcionalmente cálido. Murmuré en voz baja mis miedos de que nada de eso fuera para mí y ella los desechó, asegurándome lo contrario y afirmando que la ropa de correr tenía que ser estrecha para que nada colgara. «Ajustada» fue la palabra que usó, y yo asentí. Me prometí que lo recordaría cuando me la embutiera en casa. Nos decidimos por unas mallas hasta la rodilla porque yo era una persona «de natural caluroso» y porque eran un poco más baratas que las largas. Recordaban vagamente a unos pantalones de ciclista que solía ponerme en las fiestas escolares en 1999, y eso hizo que me gustaran más. La chica intentó convencerme de comprar zapatillas nuevas, pero tras ver los precios (con ojos llorosos) decidí que tendrían que esperar a otro día. Accedí, sin embargo, a comprar unos calcetines que costaban siete libras porque la chica me aseguró que «serían como un cojín para mis pies» y que «amortiguarían mis pasos». Me pareció mucho pedir a un par de trozos de algodón, pero me callé y acepté el consejo.

Mientras esperaba para pagar posé la vista en un folleto que parecía haberse fotocopiado en una máquina con poca tinta. Decía así:

> ¡Ven a correr en grupo!
> ¿Te has planteado alguna vez si correr es tu deporte? ¡Entonces pruébalo! Aquí no hay discriminación, ni tiempos mínimos, ni charlas sobre nutrición. La finalidad del juego es solo seguir la ruta. ¡Nadie se queda atrás!
> Si te apetece intentarlo, reúnete con nosotros todos los jueves a las siete de la tarde a las puertas del Parque Endcliffe.
> Email: Jo.runs@gmail.com para más información.

La chica me pilló leyendo el folleto.

—Ese es mi grupo —dijo.

Siguió doblando las prendas nuevas y colocándolas en la bolsa, pero de repente se paró y me miró, tan claramente emocionada por su propia epifanía que daba la impresión de que tenía una bombilla encendida sobre la cabeza.

—¡Tienes que venir!

Empecé a protestar, pero ella ya me había colocado un folleto en la mano.

—¡Claro! No sé cómo no se me ha ocurrido enseguida. Siempre andamos a la caza de nuevos miembros. Es perfecto para ti.

Abrí la boca de nuevo, pero ella no cedió.

—No podemos prometerte que consigas culminar la media maratón, pero sí que te divertirás.

Recordaba a la presentadora de un programa infantil. Me agradó su cursilería sin disimulos. Parecía no darse cuenta de ella. Me dio la bolsa y cogió la tarjeta de crédito que le tendía sin tan siquiera pararse a decirme a cuánto ascendía la cuenta antes de pasarla por la máquina.

—No sé —dije mientras cogía el aparato y me sobresaltaba al ver el total, ya que no estaba segura de que hubiera tanto dinero en esa cuenta—. Acabo de empezar y soy muy lenta...

No había terminado de hablar cuando la chica me señaló con el dedo el folleto.

—¡Nadie se queda atrás! —leyó en voz alta y muy despacio, como si yo no fuera capaz de hacerlo y así sofocar mis temores.

Me devolvió la tarjeta y esbozó una sonrisa triunfal.

—Nos vemos el jueves a las siete en punto.

No era ninguna pregunta. En circunstancias normales le habría dicho algo que no me comprometiera demasiado, pero había algo especial en esa chica y en su certidumbre de que podía lograrlo. Su entusiasmo era tan auténtico y contagioso que me descubrí sonriéndole como una boba.

—Vale, sí. De acuerdo, de acuerdo. Ya veré si puedo.

Me di la vuelta hacia la puerta, tirando de Pat, que se encontraba casi en estado comatoso, pero me paré antes de salir.

—Por cierto, me llamo Ally.

—Encantada, Ally. Yo soy Jo.

De camino a casa le envié a Jeremy una foto del folleto con las palabras:

¡Espabila, zorra, vamos a correr!

Me contestó casi al instante:

¡Sí! Esa es la actitud, Al. Sabía que te lo tomarías en serio. Yo también me apunto.

De: Alexandra Waters
Enviado: 3 de febrero de 2019, 17:25
Para: Emily Anderson
Asunto: ¿Hay alguien ahí?

Hola, Em:

No he tenido noticias tuyas desde hace un par de días. La verdad es que pensé que querrías venir a recoger a Malcolm cuanto antes, pero supongo que andarás demasiado ocupada estos días con todo lo que pasa. ¿Ya has sacado todas mis pertenencias del barco? Dejé varias cosas allí y a veces te imagino sentada en medio de mis trastos. No me importa que lo hayas tirado todo, pero me gustaría saberlo. Aquí tengo lo necesario, así que, si lo has hecho, no te preocupes. Lo entiendo perfectamente.

Esto no te lo vas a creer pero me he inscrito en una media maratón que se celebra en abril, con Jeremy... Ya sabes, ese amigo del colegio de quien te hablé. Tengo por delante ocho semanas para entrenarme, lo cual parece un poco loco, ya lo sé, pero a la vez factible. Nunca pensé que estaría tanto tiempo aquí, y en cierto sentido suena bien tener una meta, ¿sabes? Me notaba un poco hundida y ahora al menos tengo algo hacia donde nadar (bueno, más bien correr). También significa que tienes ocho semanas para venir a verme.

Ocho semanas. Suena como una vida entera pero hace ocho semanas llevábamos una vida distinta. Yo tenía un hogar contigo y pensaba que nuestro futuro estaba asegurado. Así que ¿cómo vamos a saber dónde estaremos dentro de otras ocho semanas?

Por cierto, aunque estaré muy liada con los entrenamientos, siempre tendré tiempo para verte.

Un beso,

Al

P. D.: ¿Aún sales con Sarah? No quiero preguntarlo. Odio hacerte esta pregunta pero no puedo evitarlo. La imagen de vosotras dos juntas se me ha grabado a fuego en el cerebro. Parece tan real, como si la hubiera visto un millón de veces. ¿Te atrajo desde que la conociste? Intento recordar cuándo empezó a trabajar contigo, pero no puedo. ¿Hace ya dos años? ¿Más? ¿Supiste ya entonces que acabarías haciendo esto? ¿He estado ciega durante tanto tiempo? Ni siquiera puedo empezar a contarte cómo me siento. No tienes ni idea porque nadie te haría esto jamás.

De: Emily Anderson
Enviado: 4 de febrero de 2019, 11:06
Para: Alexandra Waters
Asunto: re: ¿Hay alguien ahí?

Ally:

Ni siquiera sé por dónde empezar. Lamento no haberme mantenido en contacto, pero ya te dije que tengo mucho trabajo en estos momentos y que me parecía buena idea que no habláramos todos los días. Por el bien de las dos.

Sabes que quiero a Malcolm, pero no pareces tener planes de devolvérmelo y yo no tengo ni la intención NI EL TIEMPO de ir a por él. Ni siquiera puedo pensar en ello ahora mismo y confío en que estés cuidando de él. Dejémoslo así por ahora. El tema, Al, es que me pides que vaya a verte y tal vez podría hacerlo, pero algo dentro de mí se rebela ante la idea de verme obligada a ir hasta allí porque me robaste el gato. ¿De verdad pensaste que era la mejor manera de salirte con la tuya? Supongo que en realidad no tenías la cabeza muy clara en esos momentos.

¡Por supuesto que no me he librado de tus cosas! ¿De dónde has sacado una idea como esa? No sé cómo puedes decir algo así, Al. No he echado tus cosas a la basura. No te he echado a ti. No tengo la intención de no verte más. Por favor, deja de pensar así.

En lo que se refiere a la carrera, vaya... eso sí que no me lo esperaba. Pero me parece genial. Te sentará bien tener algo en lo que concentrarte. ¡Aunque solo faltan ocho semanas, no es tanto!

¿Tu padre está de acuerdo con que te quedes? ¿No tienes planes de volver a Londres? La gente de aquí te echa de menos y no has contestado los mensajes de nadie. Beth me dijo que te había mandado tres y que ni siquiera los habías leído. Tengo la impresión de que has levantado las barreras, como si quisieras eliminar toda esta parte de tu vida. No era solo mi vida, Al, sino también la tuya. Tu lugar está aquí, aunque sea sin mí.

Tal vez me equivoque. Pero, en cualquier caso, creo que deberías comunicarte con la gente que te quiere y se preocupa por ti, Al. No tienes que eliminarlos de tu vida. También son tus amigos.

Buena suerte con el entrenamiento.

Un beso,

Em

P. D.: Sí. Creo que ya sabes que sigo con Sara. No quiero hacerte daño, Ally, pero esa es la verdad.

7

Tortura organizada

Descubrí una foto nueva en el perfil de Instagram de Sara sin hache. La había subido la noche anterior y la reconocí al instante porque era la misma que yo había sacado cientos de veces. Era una vista del atardecer desde nuestro barco. Desde el barco de Emily. Si una se sienta en cubierta a la hora adecuada puede captar el sol en los árboles y las sombras en el río. Nunca me cansé de tomar esa foto. Verla en su perfil tuvo algo de placer perverso, como cuando te rascas una costra hasta que sale sangre.

Emily no había actualizado su perfil. No había compartido ninguna *story*. Me pregunté si había dado su beneplácito a la foto o si en cambio regañaría a Sara sin hache en cuanto la viera. Quizá habían estado juntas cuando la hizo. Hice una captura de pantalla de la foto y luego volví a poner el teléfono en modo avión antes de levantarme de la cama.

Esa tarde era nuestro primer encuentro con el club de corredores, así que había quedado con Jeremy en anular nuestra cita de la mañana y vernos directamente en el parque. Me preparaba para una jornada de televisión y hastío existencial cuando oí la llave en la cerradura. Miré la hora. Era mediodía.

—¿Hola? —grité hacia el recibidor.

Mi padre entró en el salón seguido de cerca por Malcolm, que albergaba la esperanza de obtener doble ración de comida.

—¿Todo bien, Al? —dijo él, apoyándose en el marco de la puerta.

—Sí —respondí mirando la taza. Tardé unos segundos de más en preguntar—: ¿Y tú?

Me molestaba que se hubiera presentado en casa a esa hora y que me hubiera pillado en pijama y sin duchar.

No me hizo caso.

—Disponía de un rato libre antes de comer así que se me ocurrió la idea de que nos diéramos un paseo. —Estaba claro que era más una orden que una sugerencia, pero intenté protestar de todos modos.

—¡Papá! No, estoy demasiado cansada. Ni siquiera me he vestido. Y hace un frío que pela. —Miré hacia la televisión, a sabiendas de que cualquier resistencia sería en vano.

—Me cambio de zapatos y ya estaré listo —dijo en tono alegre antes de desaparecer en el vestíbulo—. ¿Coges tú la correa de Pat y las bolsas?

Permanecí sentada durante unos instantes, haciendo acopio de ánimos para salir. No me terminaba de gustar cómo sonaba aquel paseo. No era un gesto propio de mi padre. Aun así, obedecí y me puse los tejanos y las botas de agua. Aparté a Pat del comedero de Malcolm. Este se hallaba tumbado en el vestíbulo, haciéndose el muerto. Para salir tuvimos que saltar por encima de él.

—No seas tan cascarrabias —le dije—. Quien duerme, pierde. —Y añadí, en dirección a papá—: Espero que esté bien.

—Claro que está bien —dijo él— ¡Míralo!

Malcolm se dio la vuelta con los ojos cerrados.

Charlamos un poco sobre el tiempo tan horrible que hacía, como si ese paseo fuera algo de lo más normal, no una obligación familiar.

El bosque estaba embarrado y nos fuimos quedando en silencio a medida que nos acostumbramos a la quietud y al crujido de nuestros pies en los charcos. Caminamos así durante unos minutos. Saludamos a un par de paseantes de perros y vimos a un hombre que corría a toda velocidad provisto de una mochila reflectante, pero aparte de ellos daba la impresión de que teníamos el lugar para nosotros solos.

—Dime, ¿cómo estás? —dijo por fin mi padre. Se le notaba tenso, como si fuera él quien estuviera allí en contra de su voluntad.

—Bueno, bien.

—No.

Supe que negaba con la cabeza sin necesidad de mirarlo.

—No estás bien. Dime qué te pasa.

Su voz no sonaba enojada, más bien impaciente. Era tan impropio de mi padre formular esa clase de preguntas... Esa y cualquier otra, la verdad. Me vi obligada a contestar.

—Vale. Estoy muy triste, papá. —Pensé que diría algo, pero se limitó a seguir andando en silencio a mi lado—. Me siento como si volviera a tener diecisiete años cuando tengo veintinueve. Es como si no hubiera hecho nada en los últimos doce años: he vuelto a la casilla de salida. Y echo de menos a Emily. Y estoy furiosa con ella. Y me compadezco de mí misma. Y estoy furiosa conmigo misma por ser tan patética. Y no tengo la menor idea de lo que voy a hacer.

Me reí para aligerar el dolor de oír algunas de esas palabras en voz alta.

Por el rabillo del ojo vi que mi padre asentía, como si me diera la razón. Bastante grosero por su parte.

—Tienes todo el derecho a estar furiosa con Emily y también a estar triste, pero esto tiene que terminar, Al.

—¿Qué tiene que acabar?

—Los lamentos. ¡La autocompasión! ¿Crees que dormir y andar tirada por la casa va a cambiar las cosas?

No dije nada. Noté que el labio inferior me temblaba.

—No me limito a estar tirada en casa. He ido a correr con Jeremy.

—Ah, vale... ¿Y él te pagó por ello? ¿Ese es tu nuevo empleo? Lo miré, pero él seguía con la vista al frente, con aire decidido. Pasamos junto a una familia que llevaba a un golden retriever enorme y tremendamente sucio de barro. Ambos nos disculpamos avergonzados por los gruñidos de Pat ante los avances amistosos del otro perro.

—No —dije por fin—. Ya sé que he estado un poco... Solo creía que a estas alturas mi vida ya no sería una mierda. —Me mordí el carrillo por dentro sin querer: nunca me había acostumbrado a decir tacos delante de papá.

—¡Tienes veintinueve años! —exclamó él, sin hacer caso al «mierda»—. ¿Por qué deberías tenerlo todo resuelto?

—Bueno... a mi edad tú y mamá ya me teníais a mí. ¡Cuando tenías veintinueve años yo tenía seis!

Mi padre soltó un bufido que podría haber sido una carcajada, o algo parecido.

—Yo no tomaría el hecho de tener un hijo como la medida de la madurez. ¿Acaso crees que tu madre y yo lo teníamos todo claro solo porque te engendramos a ti? Deja que te diga que esos fueron los años más duros de mi vida. Por Dios. —Se estremeció, como si el recuerdo de mi infancia lo persiguiera.

—¡Vaya!

Mi padre suavizó la expresión de su cara.

—Fueron unos años buenos, por supuesto —aclaró—. Pero supusieron un terrible esfuerzo. No me sentía completamente realizado cuando tenía tu edad. Tu madre estaba a mi lado, gracias a Dios, pero no era todo coser y cantar, ni tampoco lo que yo me había imaginado que sería. No puedes esperar que todo vaya según el plan previsto. Ni puedes venirte abajo cuando no es así. Esa no es una opción.

Permanecimos un minuto callados. Pensando en mamá.

—Ella era la mejor, ¿no?

Mi padre se frotó las manos para calentárselas.

—Sí. ¿Y sabes qué te diría ahora mismo, Al?

Lo pensé unos instantes pero no pude evocarla.

—En realidad, no, papá.

No habló enseguida. Quizá las palabras que él había imaginado en su boca tampoco le salían con tanta fluidez como esperaba.

—¿Quizá «haz el favor de animarte»? —sugerí por fin—. ¿O «hay muchos más peces en el mar»?

—Tal vez —asintió papá—. Creo que te diría «siempre nos tendrás a nosotros».

El «nosotros» fue como una puñalada en el corazón; después de tantos años lo partió como si fuera de mantequilla.

—Mira, sé que no puedo seguir viviendo contigo. Lo siento, papá. Me he refugiado en casa sin haber sido invitada, como una adolescente adulta.

—No te hace falta una invitación para venir a casa. También es la tuya.

Acalló mis protestas y siguió hablando:

—Aunque está claro que entiendo lo que quieres decir. ¿Y si pagas algo de alquiler? ¿Eso te ayudará a dejar de sentirte como una adolescente?

—¡Claro que te pagaré un alquiler! Lo último que quiero es ser una carga.

—Vale, estoy de acuerdo. Ya lo arreglaremos. Me alegra poder serte útil. Pero, Al, para pagar un alquiler tendrás que conseguir...

—Un empleo. Sí, papá, lo sé, gracias.

—No tiene por qué ser en un colegio si no quieres. Aunque sigo pensando que es una pena desperdiciar todos tus estudios.

Comencé a desconectar de lo que me decía.

—Tal vez el problema sea que no has encontrado la escuela adecuada. Sabes que podría mirar si surge algo en...

—No, gracias, yo me ocupo.

La idea de trabajar en el mismo centro de enseñanza de mi padre me provocaba sudores fríos. Ese colegio, el mismo donde estudié y del que solo quería escapar.

—Vale, bien. Siempre y cuando no sigas pasándote el día sentada en casa. No lo soporto, Al. Me deprimo solo con verte. Vales demasiado para eso.

—Ya lo he pillado.

Decidí que en un día como ese podía ignorar el hecho que había dejado escapar mi padre (lo de ser una presencia inesperada que le arruinó la juventud) y concentrarme en la parte donde se me había abierto un poco.

—Me gusta hablar contigo, aunque solo sea para oír que soy un desastre —dije, mientras rodeábamos el árbol que, años atrás, habíamos fijado como punto de retorno de ese paseo.

—¿Quién si no iba a decírtelo? Quiero que seas feliz. Te soy sincero: me encantaría que hablaras más conmigo. Sé que piensas que no entenderé las cosas como lo hacía tu madre, pero no me das la oportunidad de comprobarlo.

Recorrimos el camino de regreso prácticamente en silencio, apenas comentamos de pasada lo sucias de barro que llevábamos las botas o los colores cambiantes del cielo con el movimiento de las nubes. Cuando nos acercábamos a casa hablamos del hambre que nos había entrado de repente y de todo lo que podíamos comer aprovechando que mi padre estaba en casa. Apuntamos opciones. Nada de verdura, eso estaba claro. Sugerí otra ración de *fish and chips* y añadí sin pensar: «¡Y esta vez pago yo!». ¿Qué más daba cargar algo más a la tarjeta de crédito? Seguro que la ropa de correr y los *fish and chips* se equilibraban, ¿no?

Mi padre se llevó la mano al pecho, un gesto irritante, propio de él, como si la mera idea de aceptar tal acto de generosidad de su hija le provocara un infarto. No le hice caso, y cuando salimos del bosque a la carretera exclamé:

—¡Es una oferta limitada! Caducará.

—Entonces tráeme una ración completa, por favor.

Le di un cabezazo suave en el brazo y él me propinó una palmada en la cabeza con la otra mano. Volvíamos a ser amigos.

—Pues podrías hacerme un favor. En lugar del reembolso financiero.

Lo miré, pero él seguía con la vista al frente. Estaba claro que llevaba un rato planeando decirme lo que fuera a decir. Me pregunté si toda la idea del paseo y de la charla obedecían precisamente a eso.

—¿De qué se trata?

—Creo que es algo divertido. —Continuaba mirando hacia delante, entornando los ojos como si quisiera distinguir algo a media distancia—. Necesitamos a alguien que venda las fantas el viernes por la tarde en la discoteca del colegio.

—Oh, no, gracias. —Y con eso quería expresar un no rotundo.

—Ally —dijo volviéndose hacia mí—, necesitamos a alguien. Solo tienes que estar detrás de una mesa y servir fantas.

—Deja de decir fantas. ¿Qué quieres decir con la discoteca del colegio? Pensaba que ya no se hacían.

Él pareció ofendido.

—Es para los de séptimo: una fiesta en honor a Siria.

—Vaya por Dios. Seguro que la gente de Siria se emociona con eso. Es justo lo que necesitan.

—Pues yo diría que sí. Han logrado recaudar cien libras, Ally.

—Vale. Pero no estoy segura de que sea una fiesta, ¿no, papá? No estamos en 1995...

—Llámalo baile si quieres. De acuerdo. Es un baile. —Chasqueó los dedos como si lo recordara justo entonces—. Un baile temático... sí, algo de la costa.

—¿La costa?

—Sí, sí.

—¿Qué costa?

—Ya sabes. La costa, el mar. Al, has estado en Cleethorpes. ¡Olas, arena, cubos y palas!

No mencionó el sol, claro, y no precisamente porque lo olvidara sin querer.

—¿El tema es Cleethorpes?

—Creo que sí. —Asintió—. Les dimos tres opciones a escoger: la costa, el invierno nevado o el espacio exterior.

—¿Cómo se os ocurrieron?

—Bueno, eran los decorados que ya teníamos.

—Ya. Bien. Nada de esto tiene ningún sentido. Estamos en febrero.

—¡Fueron ellos los que votaron, Al! Todo fue justo y democrático.

Vaya por Dios.

—Lo que no entiendo es por qué necesitas mi ayuda, seguro que hay suficientes profesores para hacerlo.

—¡Nos faltan voluntarios! Es viernes por la noche y la mayoría de la gente ha estado trabajando toda la semana. —Su mirada era acusadora y yo no tenía respuesta para eso—. Lleva contigo a Jeremy si lo prefieres. Como te he dicho, solo se trata de ponerte detrás de una mesa y repartir...

—¡Sí, ya lo sé! Repartir fantas. Maldita sea. ¿Cuánto durará?

—Apenas un par de horas.

—De acuerdo. No suena muy mal.

—Te necesitamos allí una hora antes para preparar las cosas y otra después para recogerlo todo, claro.

—Vale.

—Sobre las diez de la noche se habrá acabado, Al. Como muy tarde. Venga.

Me dio un apretón en el hombro. Otra persona me habría sometido a una especie de abrazo sin escapatoria para el que habría tenido que pedir clemencia al tiempo que accedía a la demanda. Esta era la versión de papá.

—Luego te invito a una copa —añadió.

—Muy bien. Trato hecho.

Escucha, Jeremy, papá nos ha metido en un embolado el viernes por la noche. Un baile benéfico del colegio, aunque él se empeña en llamarlo discoteca por Siria. El caso es que solo tenemos que colaborar con los preparativos, poner bebidas y recoger luego. Mi padre dice que nos invitará a una copa cuando se acabe y creo que tendremos picoteo gratis. Lo siento. Este es uno de los mensajes más trágicos que he enviado jamás. Al menos en décadas, te lo juro.

No podré soportar una fiesta por Siria. ¿Qué diantre nos ponemos para eso? ¿Calentadores? ¿Habrá una bola de espejitos? Iré, claro.

La bolsa con la ropa de correr seguía en el mismo rincón de mi cuarto donde la había soltado hacía unos días. A Malcolm le había dado ya por sentarse encima, ya por desgarrarla, así que presentaba bastante peor aspecto. Me puse unas bragas de más de diez años: apenas tenían elástico y estaban grises de la lavadora. En cierto sentido, la vejez y la comodidad de esas bragas horribles suavizaba la agresiva novedad de una ropa de correr que ya había decidido que odiaba. Me tomé un rato para arrancar las etiquetas del pantalón, ayudándome con los dientes, algo que sabía que no debía hacer. Estaban llenos de pelos del gato. Por fin me senté en la cama y me los puse, sin terminar de creerme que lograra subirlos por encima de las rodillas. Tuve que levantarme y menearme un poco hacia delante y hacia atrás, pero los deslicé hasta el ombligo. Eso me gustó y, aunque se me pegaban a las rodillas, en conjunto no me sentaban mal. Eran estrechos, pero no tenían esa estrechez de los tejanos cuando me los probaba: parecían estar pensados para ser así, como si quisieran contener toda la pierna.

Ponerme el sujetador de deporte resultó ser una hazaña tan complicada y agotadora que, durante unos minutos de absoluto desconcierto, requirió toda mi atención. Jo me había asegurado que esa era la talla, pero parecía tan pequeño y rígido que me costaba creer que pudiera ajustarlo a mi cuerpo. Me estiré y sacudí los brazos arriba y abajo hasta que se colocó en su sitio. Al exhalar el aire, me sorprendió descubrir que no me sentía como si me estuvieran cortando por la mitad. Escogí una camiseta de manga corta gris que ocultaba toda la carne que se derramaba más allá del sujetador, y, en conjunto, tuve que admitir que mi aspecto no era tan horrible como había previsto.

Mi padre me saludó cuando iba a reunirme con Jeremy. Supuse que le alegraba verme salir de casa, aunque fuera vestida con

89

esa ropa de deporte que aún no había pagado. Y, de hecho, vi que la ropa en concreto le hacía gracia.

—¡Buena suerte, Mo! ¡A por el oro!

—Uf. Ciao, papá.

—¡Creo que somos los primeros! —dijo Jeremy mientras nos acercábamos a las puertas del parque, pero tras avanzar solo unos pasos distinguí a una chica desgarbada con una cola de caballo y una sudadera reflectante de color verde que estaba rodeada de otras siluetas oscuras. La reconocí al instante. Sentí un cosquilleo en el estómago.

—Ahí están. —Le di un codazo a Jeremy y señalé al pequeño grupo de personas.

Eran cuatro, incluida Jo, lo cual me tranquilizó un poco: al menos no era un enorme grupo de superatletas embutidos en licra, tal y como esperaba.

Al aproximarnos, levanté la mano en una especie de saludo y Jo entornó los ojos durante un segundo, intentando discernir quién le hacía gestos desde lejos; luego, para satisfacción mía, se le iluminó la cara y me devolvió el saludo con entusiasmo, instándonos a unirnos a ellos.

—¡Has venido! —exclamó cuando ya estábamos más cerca—. Estoy tan contenta de que lo hayas hecho... ¡Es genial!

Para mi sorpresa, me dio un pequeño abrazo. Su cabello olía a limpio y me maldije por haber estado regodeándome en la pereza todo el día ya que no me cabía duda de que el pelo me apestaba a la tostada con queso que había preparado a la hora de comer y a cantidades industriales de champú en seco.

—Y has traído a alguien —dijo Jo volviéndose hacia Jeremy. Hice las presentaciones y ella también le dio un abrazo antes de dirigirse al grupo con estas palabras—: Atención, ellos son Ally y Jeremy y correrán hoy con nosotros. Planean correr la media maratón en abril, así que quieren intensificar su entrenamiento.

Pensé que era una manera educadísima de decirlo. Intensificar el entrenamiento añadiendo no una, sino dos carreras, a mi repertorio.

—Ally, Jeremy, ellos son Jane, Jim y Jas. —Hizo un gesto con el brazo y presentó a todo el grupo como si fueran una sola persona.

—Vaya, sois todo «jotas» —comenté.

—¿Perdona, querida? —dijo Jane.

—Vuestros nombres... todos empiezan por jota.

Jo sonrió.

—Así es —confirmó, como si hablara con un niño que ha acertado el color de algo.

Se volvió hacia el grupo para explicarles la ruta mientras yo me moría de vergüenza y Jeremy se burlaba de mí. Me propinó un codazo mientras nos dirigíamos a la verja del parque.

—Venga, anímate, Jalexandra.

Nos indicó que corriéramos a un ritmo en el que nos resultara «cómodo hablar», pero eso para mí no existía, así que me limité a adoptar un paso que no me dejara atrás. Iba al final del grupo, justo detrás de Jane, que corría con la vista puesta en el suelo. Por delante, un jadeante Jeremy charlaba con Jo. Me concentré en observarlos a todos, intentando evaluar su esfuerzo. Mantuve la vista pegada a las zapatillas de Jane, que eran de un blanco reluciente con tiras de color rosa, cómo no... Recién estrenadas, pensé. Se veían enormes, como si alguien le hubiera atado unas almohadas a los pies. Me sentí obligada a seguir su ritmo e intenté colocarme a su lado. Jo hacía que todo pareciera un paseo. Miraba a Jeremy y asentía con aire alentador a los intentos de él por responder a sus preguntas y respirar a la vez, algo que cada vez le costaba más. Su sonrisa habitual se transformó en una mueca. Caí en la cuenta de que, a pesar de que no me importaba que Jane o cualquiera de los otros oyera mis respiraciones entrecortadas, no me pasaba lo mismo con Jo. No quería que supiera que me estaba agotando, que sudaba, o que llevaba el pelo pegado a la frente.

Al acercarnos a un semáforo, Jo nos recordó que ya habíamos recorrido «casi dos kilómetros», y todos respondimos con expresiones que fueron desde el «guay» al «maldita sea». Entonces empezó a llover. Y no era una llovizna sino un diluvio de los de verdad, en plan apocalíptico, como si alguien derramara un infinito cántaro de agua sobre nuestras cabezas. El resto de la carrera se convirtió en una mezcla de gotas gordas de agua y sudor avanzando por el puente de mi nariz y cayéndome en la boca. Pese a la incomodidad de notar los pies mojados y de que la sudadera cada vez pesaba más, la carrera se volvió más fácil. Todos bajaron el ritmo para evitar resbalones, el ruido ambiental sofocó nuestros jadeos, las calles se limpiaron y el aire se llenó del perfume de las hojas húmedas. Rodeamos por fin la base de la colina y tomamos el camino de regreso a la puerta del parque. Aunque tanto los músculos de las pantorrillas como el chirrido de mi respiración me suplicaban parar, una voz interior me chilló que siguiera. Decidí que no me rendiría hasta que me cayera, lo cual resultaba innecesariamente melodramático: solo faltaban unos metros para la línea de meta. Redujimos la marcha hasta detenernos a los pies de un árbol grande. Jo se volvió hacia el grupo y se secó el agua de la cara.

—¡Buen trabajo, chicos! —gritó, haciéndose oír por encima de la lluvia—. Muchas gracias por venir. Siento mucho lo del mal tiempo. —Lo dijo con absoluta sinceridad, como si hubiera sido ella quien convocara las nubes—. Espero veros a todos la semana próxima: con suerte acabaremos menos mojados —añadió mientras yo me escurría los bajos de la sudadera.

La gente se fue marchando y Jo se dirigió a nosotros. Jeremy y yo discutíamos sobre pedir un Uber para volver a casa en lugar de esperar al autobús.

—¿Qué os ha parecido? —Hizo una mueca al ver nuestros rostros inexpresivos y helados de frío.

Me apresuré a asegurarle que no me había molestado la lluvia.

—Estoy muy contenta de haber venido —concluí, y para mi propio horror le di una palmada en el brazo. A mi lado, Jeremy esbozaba una sonrisa irritante.

—No te imaginas lo a punto que hemos estado de abandonar —comentó él.

—Bueno —dijo Jo—. Yo también estoy encantada de que estéis aquí. ¿Os veo la semana próxima?

—Claro, no faltaremos —dijo Jeremy, respondiendo por los dos.

—Genial. Pues hasta entonces. ¿Por qué no me das tu número de teléfono? Solo por si os retrasáis o algo; así sabré que no me estáis abandonando. —Me guiñó un ojo y el corazón me dio un vuelco.

No me atrevía a mirar a Jeremy, pero podía percibir su emoción efervescente: emitía un leve ruidito en una frecuencia solo audible para los histéricos.

—Claro, sí, me parece muy sensato. —Introduje lo que esperaba que fuese mi número en el móvil de Jo—. ¿Me... me das el tuyo?

—¡Ya lo tienes, boba! Está en el folleto.

Se trataba sin duda de un puro formalismo. Seguro que anotaba los números de teléfono de todos, era lo normal. Pero no pude evitar percatarme de que no se lo pedía a Jeremy.

—Vale, chicos, feliz vuelta a casa.

Jo nos sonrió y, sorprendentemente, se puso a correr en dirección contraria. ¡Otra carrera!

—¿Por qué no me das tu número de teléfono? —decía Jeremy con voz aguda mientras los dos caminábamos, obedeciendo al acuerdo tácito de que los cinco minutos del trayecto de Uber no serían suficientes para todo lo que teníamos que comentar. Necesitábamos andar. Me permití el lujo de pensar que quizá Jo quisiera mi número por razones que nada tenían que ver con la organización de las carreras.

Cuando nos alejábamos del parque distinguimos un pub en la esquina. Todavía conservaba las luces de Navidad en la ventana y un muñeco de nieve nos guiñó el ojo. Se me antojó el lugar más acogedor del mundo.

—Podríamos... —sugerí, señalando el pub.

—Perfecto. —Jeremy me cogió del brazo y aceleramos la marcha en dirección a la puerta.

Era improbable que nos cruzáramos con nadie del colegio en ese lugar. Se encontraba en lo alto de una cuesta tan empinada que hacían falta ganas para llegar allí, y por lo general su parroquia estaba compuesta por caballeros ya entrados en años. La moqueta desprendía aquel olor fuerte a cerveza seca. Era más probable que nos topáramos con el abuelo de algún conocido tomándose la caña del jueves, o con unos adolescentes bebiendo en plan furtivo, que con alguien de nuestra edad. Seguros de que podíamos relajarnos, nos dejamos caer en sendos butacones situados junto a un fuego poco vivo y nos turnamos a la hora de pagar las rondas de cerveza barata y de patatas fritas. Evocamos las innumerables tardes que habíamos pasado allí en lo que parecía ser una vida anterior. Yo con dieciséis años, anhelando desesperadamente que nadie me pidiera el carné; yo con dieciocho, sentada al final de una mesa en un taburete demasiado alto para ello, sintiéndome fatal por estar en medio pero a la vez incapaz de irme a casa por si la chica de la que estaba enamoradísima me prestaba por fin un átomo de atención. Pensé en cómo habría sido traer a Emily en esos años de adolescencia y comprendí que ella no le habría encontrado la gracia. No conseguía imaginar a Emily bebiendo jarras de sidra barata o empeñándose en fumar los Silk Cuts que le había robado a su abuela hasta que conseguía dejar de toser y disfrutar del dulce colocón.

Hacia el final de la segunda caña, cuando ya estábamos secos y habíamos entrado en calor, hicimos un resumen breve de la tarde. Estábamos muy animados, como atletas que acabaran de batir su propio récord.

—Tía, de verdad, creo que he nacido para correr. Ahora que he encontrado mi deporte ya no habrá quien me pare.

—Fijo, fijo. Sé a qué te refieres. Ni siquiera me cansé tanto, ¿no? Diría que la falta de aliento era más bien debida a la lluvia.

—¡Exacto! Por la lluvia. En serio, lo hemos hecho genial. Todo saldrá bien.

—Será un paseo y...

Jeremy me miró con aire travieso por encima de la jarra.

Yo resplandecía, desafiándolo a proseguir, porque sabía a la perfección lo que iba a añadir.

—Y —dijo metiéndose una patata frita en la boca y masticándola con fuerza para añadir un melodramático efecto sonoro— te vas a follar a Jo.

—¡Jeremy! —protesté al tiempo que le propinaba una patadita en el tobillo—. No voy a follarme a... —hice una pausa antes de decir su nombre— Jo. Ni siquiera se me había pasado por la cabeza.

Cogí la jarra para apurarla.

—Mientes, pero vale.

—¡No miento!

—Ally, lo has tenido en la cabeza todo el tiempo. No le has quitado los ojos de encima, casi daba miedo.

—¡No es verdad! ¡No!

Sabía que me tomaba el pelo, pero aquella parte de mí que padecía el pánico constante de ser tomada por una chiflada peligrosa empezaba a preguntarse si había algo de verdad en sus palabras.

—Estoy bromeando, Al. Bueno, no en lo de querer tirarte a Jo.

Solté un suspiro de exasperación. Nos quedamos callados durante un minuto.

—¿Sabes quién odiaría a Jo?

Jeremy negó con la cabeza.

—Emily la odiaría.

Jeremy parecía escandalizado. Y emocionado.

—¿Por qué? —Se palpó el bolsillo del pantalón, un acto reflejo en busca del paquete de cigarrillos para acompañar el cotilleo. Decepcionado, se percató de que no los había cogido para ir a correr.

—Jo es... —Moví la mano, buscando la palabra adecuada—. Amable. Emily diría de ella que es falsa o insulsa. Odia a la gente amable, le parecen aburridos.

—Menuda joya.

Me encogí de hombros. No podía defenderla ni atacarla. Me había fiado de sus opiniones sobre las personas durante mucho tiempo.

—¿Y a ti te parece insulsa? ¿O falsa?

—¡No! Vaya, no lo sé. No la conozco lo bastante para juzgarla.

—Solo lo bastante para saber que quieres follártela.

Asentí: sabía que él no iba a cambiar de opinión.

—¿Sabes lo que Emily odiaría aún más que a Jo? —preguntó él—. A ti con Jo.

Lo miré sin entenderlo del todo.

—Juntas. ¡Odiaría veros saliendo juntas! —exclamó, desesperado ante mi lentitud de comprensión.

—No sé. No me cabe duda de que ella y Sara sin hache se lo están pasando muy bien. Lo más probable es que ni siquiera se fijara.

—¡Claro que lo haría! Lo detestaría. Eso llamaría el cien por cien de su atención, Al: que corras la media maratón con tu joven y guapa entrenadora personal, quien además es tu amante.

Me eché a reír.

—Vale, pero, por favor, no vuelvas a decir la palabra «amante».

Medité un momento sobre lo que había dicho Jeremy.

—La idea de estar con alguien que no sea Emily me pone un poco enferma.

—Ya lo sé. Pero eso es algo temporal. Y si ella puede divertirse con otra chica, tú también. No tiene por qué ser el amor de tu vida, solo se trata de pasar un buen rato. Tómatelo como una manera de llamar su atención.

—No sé... ¿Por qué iba Jo a interesarse por mí? No es que esté en mi mejor momento. —Me sacudí los restos de patatas fritas de la sudadera—. Aparte de que no sabemos si le gustan las mujeres, ¿o sí?

—¡Claro que sí! Ya no quedan heterosexuales. Te pidió el número de teléfono, te invitó a correr... Ten un poco más de

confianza en ti misma. Solo piénsalo: abre la mente a la posibilidad de tener un rollo. No se trata de enamorarte de ella ni de
casarte.

—Se trata de liarme con ella para contárselo a Emily.

—En realidad, sí. —Miró hacia la barra para ver si había mucha gente—. ¿Tomamos la última?

Sin una comida como Dios manda (en mi opinión no existen
suficientes bolsas de patatas fritas en el mundo para conformar
una comida), otra caña me habría despeñado por el cerro de la
borrachera. Dudé. Tampoco me apetecía lo más mínimo volver
a casa sola.

—¿Te apetece comer algo y luego ya vemos?

—Sí, sí, ¡mil veces sí!

Jeremy se levantó de la mesa con torpeza. Ambos íbamos bien
cargados.

—Oye —dijo en voz baja al salir mientras me cogía de la
mano y le daba un ligero apretón—, gracias por todo.

Fuimos a un restaurante indio que servía comida para llevar.
Estaba a unos minutos de distancia, a medio camino entre el
pub y mi casa, y, una vez hubimos recogido la comida (en una
caja, lo que, junto con la sonrisa irónica del hombre que nos
atendió, me hizo sospechar que nos habíamos pasado a la hora
de pedir), caminamos hacia mi casa por calles oscuras y silencio-
sas. Había parado por completo de llover, pero la gente aún no
se atrevía a salir.

Frente a la puerta de casa busqué la llave en el bolsillo con
cremallera de mi diminuto pantalón de licra. Tuve la impresión
de que volvía a tener dieciséis años y me preparaba para fingir
que estaba sobria delante de mi padre después de una noche de
Bacardi Breezers. Por fin entramos y llamé a papá en voz alta
para saber si estaba allí. Estaba, y venía hacia nosotros, atraído
por el aroma del *tikka masala*.

—¿Todo bien, Al? ¿Jeremy? —preguntó al aparecer en el
vestíbulo con la mano tendida hacia él—. Hacía años que no
te veía.

—Hola, Graham —dijo Jeremy, muy serio, mientras le daba la mano, en una representación perfecta de un hombre sobrio.

—¿Y qué tenemos aquí? —quiso saber mi padre con la vista puesta en la caja de comida y sin hacer caso a las pintas que llevábamos ni al hecho de que deberíamos haber vuelto a casa al menos dos horas antes.

—La carrera nos dio hambre —dije en tono defensivo, pero él no apartó la mirada de los recipientes de plástico.

—Sí, ¿te apetece probarlo, Graham? —propuso Jeremy—. Hemos comprado un montón.

—Creo que podría ayudaros, sí.

Y así, Jeremy, papá y yo nos sentamos bajo la tenue luz de la cocina, con los platos llenos de curri multicolor y papadams grandes como hogazas de pan, y comimos en un silencio cordial, apenas interrumpido para pasarnos los recipientes, quejarnos de la música que sonaba en la radio (que ninguno nos molestamos en cambiar) y coger tres cervezas de la nevera (porque según mi padre el curri no sabía igual sin ella). Con aquella música horrible, el exceso de carbohidratos, el perro y el gato sentados junto a la mesa pendientes de si les caía algo, me sentí feliz por primera vez en mucho tiempo. Aquella noche las cosas eran como tenían que ser. Disfruté del calor de la cocina, del leve mareo por la bebida y del agradable dolor que sentía en todo el cuerpo.

—¿Así que tú también vendrás a echarnos una mano en el colegio la semana que viene? —preguntó mi padre a Jeremy.

—¡Sí, Graham! He oído que estamos montando una discoteca por Siria.

Le di una patada por debajo de la mesa.

Mi padre rezongó algo mientras intentaba leer la etiqueta del botellín de cerveza, para lo cual lo sostenía a bastante distancia.

—Allí estaré.

—Muy bien.

Jeremy se fue a su casa para tomar una merecida ducha. Tras

el sonido de la puerta al cerrarse, la casa pareció súbitamente vacía.

—¿Y cómo fue la carrera? —dijo papá después de un buen rato callado. Se apoltronó en la silla y dio el último trago a su cerveza.

Yo estaba metiendo los platos en el lavavajillas, de espaldas a él.

—Bien, gracias.

Comprendí que no se conformaría con eso y, efectivamente, al darme la vuelta me lo encontré mirándome con aire expectante. Se le veía mucho mayor. Cansado de una jornada laboral y de su desgraciada hija. Percibí cuánto anhelaba que las cosas fueran mejor.

—Bueno, conseguí terminar. —Sonreí y alcé las cejas.

—¿Y cómo fue? —No hizo el menor caso a mis cejas y mordisqueó los restos de un papadam que quedaba en la bolsa.

—En realidad, si descontamos lo de acabar empapados por la lluvia, estuvo bien.

—¡Perfecto! —exclamó sonriente—. Así que te has divertido esta tarde.

Lo dijo en un tono más interrogante que afirmativo, deseando que le confirmara que lo había pasado bien, que me había olvidado de todo durante unas cuantas horas.

—La verdad es que sí, papá.

Resplandeciente de satisfacción, anunció que iba a prepararse una taza de té y a acostarse. Mientras aguardaba a que hirviera el agua, lo abracé por la cintura y recliné la cabeza en su hombro. Mi padre no es propenso a las carantoñas, el contacto físico entre ambos era algo raro si descontábamos los saludos o las despedidas, pero un par de segundos después dejó que su cabeza se apoyara en la mía. Sentí su respiración.

Permanecimos así durante unos instantes. Luego le di un apretón fuerte y él soltó un silbido, como si se le escapara el aire, para asegurar que la sinceridad del momento había pasado ya. Le dije que iba a darme una ducha y subí al cuarto de baño.

Fue solo al entrar en mi habitación, desnuda y secándome con fuerza todo el cuerpo para entrar en calor, cuando me percaté de que la ducha no me había hecho llorar.

De: Alexandra Waters
Enviado: 6 de febrero de 2019, 23:47
Para: Emily Anderson
Asunto: Novedad: ya soy una atleta

Emily:

Me parece bien que estés con ella, pero tenía que preguntártelo. A veces en mi cabeza las cosas se vuelven peores de lo que son en realidad y siento la necesidad de conocer la situación. Gracias por no tirar mis cosas. Ni siquiera puedo pensar en qué habrá en esas cajas, ¿ropa y trastos, supongo? Tengo la impresión de que todo lo que importa probablemente es tuyo. Supongo que si crees que merece la pena conservarlo puedes traérmelo cuando vengas a buscar a Malcolm.

No sé si voy a volver a Londres. Me consta que debería responder a todo el mundo, pero, seamos sinceras, Em, a ellos nos les importo mucho, ¿no crees? En realidad siempre fueron amigos tuyos. Quizá quede un día con ellos para un café y me digan lo mucho que lo sienten y que las cosas no van a cambiar y que no quieren ponerse del lado de nadie pero las dos sabemos cuál es la verdad. Están de tu lado. Yo era solo parte de tu entorno... y ya no lo soy.

No es culpa tuya. Es mía por dejarme convertir en una extensión de ti en los últimos años. Eres fantástica, y cuando estaba contigo pensaba que yo también lo era, pero, en realidad, ahora creo que eras solo tú, que yo me olvidé de mi parte. Quizá por eso ya no me quieres. Es fácil descartar a alguien que no existe del todo. Espero que sepas a qué me refiero. Creo que no me estoy explicando muy bien.

Así pues, creo que voy a quedarme un tiempo por aquí. Al menos durante un par de meses. Puedes venir cuando quieras.

Hoy salí a correr con un club de aficionados. Pensé que sería horrible, pero no lo fue. La chica que lo organiza todo es muy amable.

Hice una pausa después de teclear la palabra «amable». Lo era, pero ¿no habría otra palabra mejor para llamar la atención de Emily? ¿Qué podía decir para enloquecerla?

«Está muy buena.»

Dios, no. Parecía escrito por un adolescente.

«Es muy misteriosa.»

No he descrito a nadie usando el adjetivo «misterioso» en toda mi vida. No soy Peter André.

«Es muy interesante.»

¡Interesante! Bingo. Odiaría que lo dejara ahí.

«Me hace sentir como si de verdad fuera capaz de lograrlo. ¡Incluso se anotó mi número de teléfono!»

¿O acaso debería decir que me lo pidió? Eso era verdad, pero... ¿no sonaba a alarde por mi parte? Aunque, puesto que estaba intentando alardear, quizá lo mejor fuera no disimularlo.

«Me hace sentir como si de verdad fuera capaz de lograrlo. ¡Incluso me pidió el número de teléfono!»

Esa era la buena.

> También comí pollo al curri con papá y Jeremy. Sí, lo has leído bien: ahora como pollo.
>
> En cualquier caso, espero que estés bien. A lo mejor ni siquiera me contestas. No he tenido noticias tuyas desde hace un par de días.
>
> Te quiero. Besos,
>
> Ally

> De: Emily Anderson
> Enviado: 8 de febrero de 2019, 08:30
> Para: Alexandra Waters
> Asunto: re: Novedad: ya soy una atleta
>
> Hola, Al:
> Sé que han pasado un par de días. No se trata de una demora extraña para contestar un email. Al revés, creo que la mayoría de la gente consideraría que no he tardado mucho.

Ni siquiera sé qué decirte, tu correo me disgustó mucho. Preferiría que no fuera verdad, pero si soy sincera conmigo misma sé que lo es, al menos en parte. Pero yo no me enamoré de una prolongación de mí, Ally, me enamoré de ti. De ti como persona. Eres una persona completa. No sé qué pasó para que acabaras sintiéndote de otra forma. Espero que no fuera culpa mía.

Por si te sirve de algo, tampoco es agradable que te sitúen en un pedestal.

¿Te acuerdas del ascenso que pedí? Debe de hacer unos dos años de eso ahora. Me esforcé muchísimo y durante todo ese tiempo tú te mantuviste obstinadamente segura de que lo conseguiría. En tu cerebro no había espacio para la duda. Y luego no fue así, y me sentó fatal, y salí con la gente del trabajo y me enfadé con ellos, y al volver a casa supongo que tenía un aspecto terrible. Llevaba los labios manchados de vino y el maquillaje corrido, y me sentía un fracaso. Y tú me miraste de esa forma... como si hubiera caído el telón y por fin hubieras visto que yo no era un ser con poderes mágicos. Es cierto que enseguida tomaste las riendas del tema, me limpiaste el maquillaje, me hiciste un sándwich y me dijiste que todo saldría bien, pero la mirada al llegar a casa estuvo allí. Te intranquilizaba que yo no fuera un diez, te desilusionaba, incluso, y eso acaba siendo demasiada presión para una persona.

Claro que merece la pena conservar tus cosas. No son todas mías. Eso te lo has inventado tú y lo sabes. Esta era tu casa. Tus cosas tienen su valor.

No me sorprende en absoluto que comas pollo. Lo creas o no, ya estaba al tanto de tu afición a comer nuggets cuando llegabas a casa con un par de copas de más. ¡Haz lo que te dé la gana! Tu dieta no es asunto mío, pero me gustaría apuntar que nunca lo ha sido. Tengo la impresión de que me has transformado en una especie de monstruo autoritario y omnipresente. No dudo que a veces puedo ser un poco exigente, pero no soy una tirana y me parece injusto que me pintes de esta forma.

El club de corredores me parece una gran idea, es genial que hayas encontrado a un grupo tan alentador y a una instructora tan simpática (¡¿a lo mejor le gustas?!). De verdad que espero que el entrenamiento te vaya bien.

¿Cómo está Malcolm? Ni siquiera tengo ánimos ya para pedirte que me lo devuelvas, ¡pero ya sabes lo que tienes que hacer!

Un beso,

Em

8

Scouts

A lo largo de la semana siguiente sucedieron dos cosas que cambiaron mi vida: de adolescente crecidita pasé a ser una adulta relativamente funcional. En primer lugar, encontré trabajo. Y en segundo lugar socialicé con alguien más aparte de mi padre y de Jeremy.

El empleo llegó primero. El sábado posterior al club de corredores saqué a Pat de paseo matutino porque me había despertado a las seis y no vi posibilidad alguna de volver a dormirme. Pat no tenía esos problemas y se enfureció conmigo por sacarla de la cama a una hora tan indecente, pero se animó en cuanto sintió el sol invernal. Tomamos una ruta ya conocida que pasaba por delante de la tienda donde había comprado la ropa de deporte y atisbé por el escaparate a ver si Jo andaba por allí. No había nadie. Sin embargo, la panadería donde me había comprado el dónut de crema se encontraba ya en plena actividad a pesar de que el cartel de la puerta indicaba que seguía cerrada. Me detuve ante un anuncio que había colgado en la puerta.

Se necesita personal: más información en el mostrador

Me sorprendí al notar que el corazón me daba un vuelco. No había caído en lo mucho que quería trabajar, en lo mucho que echaba de menos tener un objetivo diario, tanto por mí como para complacer a mi padre. Y, más concretamente, en lo mucho que me apetecía trabajar tan cerca de esos dónuts. Toqué con los nudillos en la puerta para atraer la atención de la mujer que se hallaba detrás del mostrador con una pizarra en la mano. Acudió a abrirme con el ceño fruncido y me dije que debería haber esperado a que el establecimiento abriera al público.

—¡Hola! —De repente me puse nerviosa, avergonzada de mi conducta impulsiva—. He visto el anuncio en la puerta y quería... ¿información?

—¡Oh! —La expresión de su cara se suavizó—. ¡Es increíble! Lo he colgado literalmente hace diez minutos. ¡Has madrugado!

Sonreí y señalé a Pat como si quisiera decirle: «Ya sabe cómo son estas cosas». Pat me miró, disgustada de que insinuara que ese paseo temprano había sido idea suya.

—En realidad solo necesitamos tu currículum.

Titubeó, apoyada en el marco de la puerta, como si se le ocurriera entonces que era poco probable que yo llevara conmigo un currículum impreso a las seis de la mañana. Se colocó las gafas redondas de concha en la cabeza.

—¿Sabes qué? Dado que estás aquí, podrías entrar y hacerme un resumen rápido.

La perspectiva de una entrevista improvisada me horrorizó, pero enseguida me percaté de que tenía mucho que contar. Expuse los años que había trabajado de camarera mientras estudiaba y luego le hablé de los pasteles y de los cursos que había hecho, los cuales, descritos en voz alta, sonaban bastante impresionantes. Leí en su cara que le complacía lo que estaba oyendo.

—Todo eso suena genial. Oye, ¿por qué no vuelves algún día del próximo fin de semana? ¿El sábado, tal vez? Hablaremos con calma y podrás hacer unas cuantas horas detrás del mostrador. Tómatelo como una prueba, ¿de acuerdo? Tendrá que ser temprano, te lo advierto, así que quizá no sea el mejor día si tienes grandes planes para el viernes por la noche...

Negué con la cabeza. Tal vez demasiado rápido. Pero ¿acaso la fiesta por Siria podía entrar en el grupo de los grandes planes?

—¡Sí! Quiero decir que puedo venir el sábado. Me va genial. No tenía nada previsto para la noche del viernes.

Salí del local alentada por una sensación de pura suerte y de ligereza que me duró toda la mañana. Decidí escribirle un mensaje a papá, que daba una clase especial para alumnos de alto rendimiento los sábados por la mañana. Algo que, por suerte, yo nunca tuve que soportar.

> ¿Sabes quién ha conseguido un curro? Yo no, ¡pero casi! Tengo una prueba el sábado que viene en el Bread and Butter, la panadería. La dueña es muy amable y parecía encantada con mi experiencia, así que ¡crucemos los dedos! Así podré pagarte el alquiler que quieras... dentro de lo razonable. ¡Hasta luego!

Respondió casi al instante. Debía de tener el móvil debajo del pupitre:

> Me alegra oírlo.

Y luego, antes de que pudiera guardar el teléfono, me llegó otro mensaje:

> Buena suerte... ¡vas a «amasar» una fortuna!

Me reí.

> PAPÁ. ¡Ponte a trabajar!

Seguía tan animada a la hora de comer que cuando recibí un mensaje de Jo preguntándome si estaba libre, no entré en pánico y le contesté inmediatamente diciéndole que no. Lo leí, lo releí, y dediqué unos instantes a comer patatas fritas con sabor a vinagre de una bolsa que tenía abierta en la encimera antes de lavarme las manos, coger el teléfono y responder: «Claro, por qué?».

Esa tarde me dejé llevar por la espontaneidad. No cuestioné

para qué querría verme Jo o si tal vez le habían robado el móvil y estaba siendo víctima de un *catfishing*. Tuve un breve ataque de pánico cuando se demoró un poco en contestar, pero luego la pantalla se iluminó.

> ¿Te apetece hacer una carrera extra? Pensaba en probar una ruta nueva en los Picos. No estaría mal enfrentarte a unas montañas...

A ver, desde luego que no me apetecía hacer una carrera extra. No quería «enfrentarme a unas montañas», pero sin duda quería salir con Jo, las dos solas. Pensé en cómo se lo diría a Emily: «Jo y yo hemos estado entrenando juntas. Las dos solas».

> Sí, claro, ¿dónde nos vemos? Prométeme que no me darás mucha caña. ¡Las montañas no son lo mío!

> Jaja, no me pasaré, te lo juro. Te recojo, ¿dónde vives?

Subí corriendo a ponerme mi único atuendo deportivo, que había lavado ya varias veces hasta conseguir que cediera lo bastante para sentirme cómoda en él. Me paré frente al espejo preguntándome qué hacer con todo lo referente al peinado y el maquillaje. En condiciones normales no me habría planteado peinarme o pintarme para salir a correr, pero lo de ese día no era una carrera como las otras. Abrí el viejo bote de rímel intentando no cuestionarme demasiado el porqué y lo apliqué a las pestañas hasta conseguir el efecto deseado; luego me puse corrector de ojeras en un intento de presentar buen aspecto. Me cepillé el pelo, que brillaba más de lo habitual debido a la escasez de lavados, y me lo recogí en una media coleta. Ya bajaba la escalera cuando decidí volver arriba para echarme un poco de bálsamo labial y así completar el conjunto. No me miré al espejo por si cambiaba de opinión.

Mientras me ataba los cordones de las zapatillas oí el ruido ensordecedor de la bocina de un coche. Salí enseguida, con el móvil y las llaves en la mano, y en cuanto vi el cielo encapotado me arrepentí de no haber cogido un impermeable. A unos metros había un viejo Fiat de color granate con el motor en marcha. Saludé y ocupé el asiento del copiloto. Con solo cerrar la puerta me asaltó la sensación de intimidad que surgía al estar en un espacio tan limitado con alguien a quien apenas conocía. Era un vehículo pequeño y rocé su mano con la mía cuando me ajusté con torpeza el cinturón de seguridad. Ella no pareció darse cuenta ya que estaba ocupada en reprenderme por la empinada cuesta que conducía a la casa de mi padre.

—¡Es como una montaña, Ally!

El coche avanzó un poco y se caló, y noté que sus mejillas se enrojecían: era la primera vez que notaba en ella algo parecido a la inseguridad.

—¿Qué tal el día? —preguntó cuando consiguió arrancar.

—Bastante bueno —dije en dirección al salpicadero—. Voy a empezar un trabajo nuevo. En el Bread and Butter. Frente a la tienda donde trabajas, en realidad.

—¡Genial! ¡Enhorabuena! ¿Y dónde estás trabajando ahora?

—Bueno, ahora mismo... en ningún sitio.

—Ah, ya. Vale. Bien... ¡Pues entonces es mejor aún!

Me clavé las uñas en las palmas de las manos.

—¿Y tu día qué tal?

—Bueno, bueno. Un día tranquilo en la tienda. —Estaba distraída, concentrada en la rotonda.

La radio estaba puesta y nuestra conversación se desvaneció. Yo era muy consciente de mi cuerpo en aquel espacio diminuto y me dediqué a mirar por la ventana, volviéndome hacia ella de vez en cuando. Jo estaba pendiente de la carretera. Hay algo en una mujer al volante que me resulta especialmente atractivo. No sé si es porque no sé conducir y se me antoja un milagro que alguien pueda manejar un vehículo, o por la sensación de ceder el control a otra persona. He intentado no analizarlo demasiado para no arruinar ese fetiche inofensivo.

Al llegar al lugar previsto, miramos hacia el cielo: en lo alto de los Picos las nubes se veían aún más amenazadoras. Jo realizó unos estiramientos apoyándose en el coche y yo la imité como pude, a sabiendas de que poco podía hacer por mis pobres e inexpertos músculos en ese momento. Había hecho a pie la ruta que ella sugería y ya me había resultado dura. Aun así, ella era la experta y creía que podía lograrlo... y a la vez yo tampoco había conseguido sacudirme de encima el recuerdo de nuestra primera y exultante carrera juntas. No pensaba renunciar a esto con ella, incluso si implicaba un rato de dolor.

—El nuevo plan consiste en vencer a la lluvia —dijo Jo—. Creo que podemos acabar en cuarenta y cinco minutos si nos esforzamos de veras.

Aprecié con sinceridad el uso del «nosotros» cuando quería decir «tú».

—Podemos intentarlo. —Sonreí.

Emprendimos la marcha a un ritmo que me resultó cómodo durante cuarenta segundos aproximadamente, antes de quedarme sin aliento. Jo demostró su amabilidad unos minutos más tarde y se adelantó en lugar de esperar a mi lado oyendo mis jadeos. Correr por la hierba en lugar de por la calle resultaba parecido a lo que me imaginaba que era abrirse paso por la arena. O sobre cemento. Las cuestas se sucedían antes de que el suelo se nivelara de nuevo, lo que dificultaba pillar un ritmo constante. Me sentía como la cabra más torpe del rebaño, siempre a la cola. En lugar de una carrera me habían liado a escalar una colina. Para cuando me encontraba de vuelta aproximándome al coche, Jo ya no era ni siquiera un punto en la lejanía. Por lo que yo sabía, podría haber cogido el coche, abandonarme allí y estar ya de camino a casa. Sin embargo, al acercarme la vi apoyada en una valla, en el borde de un campo, justo delante de mí. Tenía los brazos cruzados y supe que sonreía. Cuando llegué no hizo la tontería de adelantarse para que chocáramos las manos en el aire, o, Dios no lo quisiera, de abrazarme; se limitó a decir «buen trabajo» y me pasó la botella de agua. En ese momento las nubes se abrieron y empezó a llover con fuerza. Era esa clase de tormenta que te empapa al momento. Había salido de la bañera más seca de lo que estaba cuando abrí la portezuela del coche y me refugié dentro. Nos reímos al ver que las ventanillas se cubrían de vaho e intentamos secarnos las caras en unas sudaderas igual de mojadas.

—¡Lo siento, no tengo toallas! —dijo Jo, mirando desesperadamente en derredor como si existiera la posibilidad de que una apareciera por arte de magia. Se la veía horrorizada de la inconveniencia de haber invitado a alguien a su coche y no poder atenderlo como era debido.

—No pasa nada. Tampoco esperaba que llevaras una toalla en el coche.

—Ya —dijo ella, secándose una cortina de agua que le caía por la cara después de haberse inclinado a buscar una toalla debajo del asiento—, pero quizá debería ir más preparada.

—Está claro que nunca fuiste una Brownie.

—Pues no, insistí en ser Scout.

Se quitó la sudadera y se acomodó en el asiento.

La observé. Siempre he tenido un radar terrible para detectar a los gais y, como muchas lesbianas que conozco, una tendencia a establecer juicios basados en estereotipos anticuados y francamente ofensivos. No había identificado a Jo como tal cuando nos conocimos, pero todas las pistas gais que acumulaba en mi arsenal empezaron a agitarse ante la mención de los Scouts. ¿Pantalón corto? ¿Encender hogueras? Imaginé a una pequeña Jo recogiendo su insignia de «hazlo tú mismo», y, aunque sabía que era ridículo (yo había estado en los Brownies, por Dios), fue como si todas las piezas encajaran. ¡El interés incansable por los deportes! ¡La coleta severa de profesora de Educación Física! ¡Los Scouts, por Dios, los Scouts!

—Ah, ¿sí? —comenté en mi tono más despreocupado.

—Sí. —Dio un golpecito al volante con la mano, pero sin llegar al gesto de poner en marcha el coche para volver a casa—. Solo quería hacer lo mismo que mi hermano. Además —prosiguió con mucha más convicción—, así me libraba de esas dichosas faldita pantalón.

Me reí.

—¡Eh, yo las llevé!

—Y estoy segura de que te sentaban genial.

Sonreí ante el cumplido dirigido a mi yo de nueve años. Empecé a relajarme.

—Así que primero fuiste Scout y luego... ¿te pusiste a trabajar en una tienda para corredores? —pregunté tras una pausa.

—¡Oh, no! Sigo trabajando para los Scouts, preparándome para obtener la insignia de corredora.

—¡Ah, buena suerte!

—Gracias.

Sonrió hacia el parabrisas, sin dejar los golpecitos al volante con los dedos, y luego apoyó la espalda en el asiento.

—Estoy a punto de terminar un máster en Ciencias Sociales. Llevo dos años con él. En realidad, mi trabajo en la tienda sirve para pagarlo. Me tomé un año sabático para ahorrar, pero, oye, esos títulos son carísimos.

—Dios mío. —La miré aterrada: el término «año sabático» me llenó de pavor—. ¿Cuántos años tienes?

—Veinticuatro.

Se echó a reír al verme la cara de susto.

—No sé por qué —dije negando con la cabeza— imaginé que éramos de la misma edad.

—¿Por qué? ¿Qué edad tienes? —Su voz denotaba preocupación: ¿y si yo era una cuarentona bien conservada?

—Veintinueve.

—¡Ah! —exclamó aliviada—. ¡No eres tan mayor!

—¿Que no soy tan mayor?

—¡No lo eres para nada! Como pusiste esa cara... ¡No nos llevamos tantos años!

Ella sonrió.

—Ya... Es solo que no sabía que aún estabas en la universidad. Se te ve muy... —tardé un poco en encontrar la palabra—, muy organizada.

Ella soltó un bufido y dijo:

—Seguro.

—¿De qué es el máster?

Echó el asiento hacia atrás y me indicó que hiciera lo mismo. Daba la impresión de que íbamos a quedarnos un rato en aquel coche con los cristales empañados de vapor, al menos hasta que el diluvio parara, pero descubrí que no me importaba seguir en aquel interior húmedo, con la ropa húmeda y junto a esa persona húmeda. Podría haberme pasado allí el día entero.

—De Historia. —Tal y como lo dijo, parecía más bien una pregunta que una afirmación. Ni siquiera me miró antes de empezar a disculparse—. Ya, ya sé que no tiene ninguna salida y que debería haberlo hecho en derecho, en química, en odontología o algo así... —Gesticulaba con la vista puesta en el techo del coche—. Pero todas esas cosas no me interesan lo más mínimo.

Por fin me miró buscando en mi expresión la señal de que iba a juzgarla.

—¿Por qué ibas a hacer odontología? —Fue lo único que se me ocurrió—. Jamás lo habría hecho aunque me lo hubieran permitido, algo de por sí imposible: habría sido un peligro para los dientes de la gente. Y para sus vidas.

—Lo sé. Es solo que la gente no para de preguntarme qué haré después y yo les digo que lo más probable es que acabe dando clases o algo así aunque, la verdad, no sé si estoy segura de ello. A lo mejor me quedo a trabajar en la tienda de deportes para siempre y tampoco pasaría nada.

Me miró en busca de asentimiento y, de repente, me sentí mil años mayor que ella. Y ni un mes más sabia.

—No pasaría nada —confirmé. Decidí guardarme para mí que era una profesora fracasada.

Jo meneó la cabeza.

—De todos modos —dijo con énfasis, como si lleváramos horas hablando de ella—, cuéntame... —Se paró de manera brusca al darse cuenta de que ni siquiera sabía por dónde empezar.

Decidí acudir en su ayuda.

—Bueno, volví hace solo un mes, pero la verdad es que me

crie aquí —dije, contando mentalmente los días transcurridos desde que aparecí con una maleta triste y un gato furioso.

—Ah, ¿y qué te ha traído de vuelta?

—Echaba de menos el sol, ¿no lo ves?

—Claro. Aquí puedes sufrir una sobredosis de vitamina D.

Permanecimos calladas durante un minuto.

—Dejé mi empleo. Y luego mi novia cortó conmigo.

—Oh, vaya... Mierda, lo siento, Ally.

—Sí, tranquila, todo bien —dije, lo cual era lo más ridículo que podía decir—. Todo estará bien —me corregí.

—¿Estuvisteis mucho tiempo juntas?

—Sí. Siete años.

—Mierda —repitió—. ¿Os conocisteis en la facultad?

Asentí. De repente me noté acalorada y pegajosa. Hasta entonces había disfrutado de la intimidad de las ventanillas empañadas y de los picos oscuros e irregulares que teníamos de fondo. Me recordaba a Kate y Leo en *Titanic*. Aunque con más licra. Pero cuanto más pensaba en Emily, cuanto más la añoraba, la situación se volvía más claustrofóbica. ¿Qué creía que iba a pasar en ese coche destartalado con alguien que era casi una adolescente? Quise abrir la ventanilla, pero la lluvia no amainaba. Me pregunté cuándo nos pondríamos en marcha.

—Mis padres se conocieron en la universidad —dijo ella—. Y yo siempre creí que allí conocería a la persona de mi vida.

A pesar de mi incomodidad no pude evitar una leve emoción al oír la palabra «persona» en lugar de «hombre».

—¿Pero no ha sido así?

—No. Ha habido unas cuantas historias. —Dibujó con las manos unas comillas al pronunciar «historias», como si estuviera cuestionando su importancia—. Supongo que nadie me ha atraído lo suficiente.

—Literalmente no entiendo lo que debe de ser eso.

—¿A qué te refieres? A ti te gusta la gente...

—Demasiado —terminé la frase por ella—. Creo que pongo a la gente en pedestales y ellos luego no saben vivir a la altura

—afirmé, lanzándome a una especie de autoanálisis improvisado.

Ella asintió y dijo:

—Pero en resumen no me parece algo malo. Querer tanto.

Iba a protestar, pero me interrumpió:

—¿Tu novia era más como yo?

—¿Te refieres a si no me quería lo suficiente?

Volvió a asentir, esbozando una especie de sonrisa por la frialdad de la pregunta.

—Creo que me quería. No creo que pudiera quererme como yo la quería a ella. Tal vez ese siempre iba a ser el final de lo nuestro. Creo que quizá, hacia el final, quererme se volvió bastante difícil.

Jo no intentó decirme que estaba segura de que ese no había sido el caso, un detalle que aprecié y me ofendió a la vez.

—¿Crees que hay alguna posibilidad de que volváis a estar juntas?

—Eso espero —dije en un tono bastante desesperado—. Sé que tendré que verla de nuevo en algún momento porque vendrá a recoger a nuestro gato.

Jo asintió al oírlo pero no insistió con más preguntas, confirmándome así que estaba familiarizada con la dinámica de las relaciones lésbicas.

—Suena estúpido, pero pensé que el hecho de poder hacer esta maldita carrera probaría que puedo interesarme por algo más allá de nuestra relación y así demostrarle... —Me percaté de que en verdad ignoraba lo que quería decir. No podía soltarle a Jo que quería que Emily me viera con ella. Que en ese momento deseaba enviar alguna clase de señal para informarle de dónde y con quién estaba.

—Ya lo entiendo —aseguró Jo.

Yo no estaba muy convencida de que así fuera, pero era amable por su parte comentarlo y opté por creerla.

—Y lo vas a bordar. —Lo dijo con tal falta de convicción y con tanta amabilidad a la vez que me eché a reír y ella hizo lo mismo.

Con las risas, nuestra burbuja triste, rara y pegajosa se hizo pedazos; ambas movimos los asientos hacia su posición inicial y por fin Jo metió las llaves en el contacto. Se incorporó a la carretera vacía mientras la lluvia azotaba el parabrisas, pero antes se volvió hacia mí y me sonrió.

—Gracias por venir a correr conmigo esta tarde.

—Oh, de nada —dije—. La verdad es que estás mejorando mucho, te superas más y más cada día que te veo.

Ella me dio una palmada en la rodilla y eso me hizo conservar la sonrisa durante todo el trayecto hasta casa.

Esa noche, tras una larguísima ducha caliente, me senté con mi padre y algo de cenar a ver el rollo que emitían por televisión los sábados por la noche. Malcolm se acomodó entre los dos con la vista fija en mi plato. Papá no había sabido qué decir cuando me vio llegar después de la tarde pasada con Jo, mojada como un pollo, temblorosa y con una sonrisa boba en los labios, pero su reacción consistió en meterme a empujones en el cuarto de baño e insistir en prepararme una cena como es debido. Sentada con él en el sofá mientras me comía una salchicha a trocitos y me reía de las tonterías del programa televisivo, percibí una paz que no había sentido en mucho tiempo. No me preocupaba qué haría al día siguiente ni me distraía el peso de la tristeza alojado en el estómago. Viví el momento, con Malcolm, papá y las patatas fritas, y me relajé.

Al meterme en la cama, quité el modo avión del teléfono móvil y contuve la respiración a ver qué noticias me traía. Había un mensaje de Jeremy para confirmar la Cor-Dom-Party del día siguiente (habíamos quedado para correr y luego irnos a tomar una cerveza y un asado) y un par correos de spam. Nada de Emily. Y nada de Jo. La sensación familiar de desilusión me invadió, aunque no de manera abrumadora. Más bien como si eso fuera lo habitual, lo rutinario.

Una vez hube terminado el email para Emily que había estado meditando todo el día, hasta tal punto que las líneas prácticamente se escribieron solas, volví a poner el teléfono en ese tranquilizador modo avión y lo dejé en la mesita de noche. Cuando cerré los ojos, en lugar de las imágenes de recuerdos antiguos y falsos de siempre, me vino a la cabeza la tarde pasada al lado de Jo en aquel coche viejo y lleno de vaho y una mano que bajaba la ventanilla empañada.

De: Alexandra Waters
Enviado: 15 de febrero de 2019, 22:34
Para: Emily Anderson
Asunto: re: re: re: Novedad: ya soy una atleta

Emily:
Gracias. Tanto Malcolm como yo estamos bien.
Entrenar es fantástico: hoy salí a correr con Jo, las dos solas.
El camino era muy empinado y ella se adelantó enseguida, ¡pero yo conseguí seguirla durante todo el camino! Creo de verdad que estoy llegando a algo. Justo al final empezó a llover y nos quedamos EMPAPADAS. Fue muy divertido. Tuvimos que quedarnos sentadas en el coche hasta que la tormenta escampó. Charlar estuvo bien. Jo me ha echado veinticuatro años, ¿te lo imaginas? Supongo que porque ella tiene esa edad y yo siempre he parecido más joven.
Es una persona muy interesante. Me preguntó por ti. Creo que el entrenamiento personalizado resultará muy útil.
En cualquier caso, espero verte pronto.
Te quiero. Besos,
Ally

9

Fiesta por Siria

—Dios, ¡ese olor! —exclamó Jeremy cuando entramos en el colegio a las seis de la tarde del viernes.

No existe un olor comparable al de tu viejo instituto. Es muy específico. Acre. Apesta a almuerzo, a sudor y a hormonas. A pies, a laca y a desodorante barato.

—Lo sé. Me está poniendo un poco enferma.

—Tengo la sensación de que el olor va a llamarme maricón.

—Tal cual. Me empuja contra las taquillas. Dios, siento haberte metido en esto, Jeremy.

—No pasa nada. Nos dan patatas fritas gratis, ¿verdad?

Asentía a su pregunta cuando se nos acercó mi padre con un aspecto visiblemente nervioso.

—¡Qué suerte que ya estéis aquí! Hay mucho que hacer. Ah, y veo que habéis tenido la buena idea de traer café —dijo señalando los vasos de plástico llenos de vino blanco que Jeremy y yo sosteníamos en las manos—. Os hará falta energía.

—Ya nos conoces, Graham. Siempre preparados.

—Desde luego. Bien, acompañadme y os enseñaré dónde os necesitamos.

Resultó que Jeremy y yo teníamos en realidad poco que hacer, pero mientras lo hiciéramos muy despacio podríamos ahorrarnos ayudar al resto de los docentes que, con las corbatas aflojadas y sin zapatos, se dedicaban a colgar guirnaldas y a sacar lo que parecían ser miles de sillas de la sala. Dispusimos dos mesas junto a las puertas que daban al pasillo y con mucho cuidado nos entretuvimos en alinear vasos desechables llenos de refrescos (cómo han cambiado los tiempos) exactamente igual que si fuéramos a servirlos en un cóctel formal. Nos emocionamos al descubrir que la escuela había pedido literalmente cientos de bolsas de patatas fritas.

—Patatas por Siria —dijo Jeremy con ironía mientras se echaba otra en la boca mientras vertía limonada en el último vaso que quedaba vacío en la mesa.

Contemplamos nuestra obra con admiración mientras íbamos dando cuenta del vino, y siempre que alguien pasaba a toda prisa nos poníamos a romper cajas de cartón o cogíamos varias botellas de dos litros de Coca-Cola y lo mirábamos con empatía. Ambos habíamos pasado suficiente tiempo en empleos odiosos como para haber perfeccionado el arte de parecer siempre ocupados.

Mi padre vino a revisar nuestro trabajo a las siete menos diez, o, como dijo él, a «diez minutos para el despegue».

—Buen trabajo, chicos. Pues ahora solo necesito que os quedéis toda la noche detrás de esta mesa. Alguien debe estar a cargo de la mesa todo el rato, ¿me entendéis? Los chavales se vuelven locos si nadie controla las fantas.

—Entendido. Somos regalafantas. —Le dediqué un saludo militar que él ignoró.

—Bien —dijo mirando el reloj—, tengo el tiempo justo para ponerme el disfraz.

—¡Papá! ¡No! No lo dirás en serio, ¿verdad?

—Por supuesto que hablo en serio. —Me miró, preocupado por si no había terminado de entender el concepto de fiesta temática.

—¿De qué irás vestido, Graham? —Jeremy estaba encantado.

—De salvavidas.

Se lo veía muy satisfecho consigo mismo.

—Por Dios, papá, déjate la camisa puesta. Te lo ruego.

—Bueno, os veo en un rato —dijo, sin hacerme el menor

caso—. Recordad, una fanta por persona. Dos si veis a alguien al borde de la deshidratación.

—No te imaginas lo que pueden llegar a beber estos chicos, ¿verdad? Ese es el tema —comentó Jeremy con semblante muy serio.

Por suerte mi padre no le oyó.

—¡Hasta luego, Graham! —Jeremy se despidió de mi padre mientras este trotaba en dirección a los servicios.

Por mucho que se hubiera decidido a través de una votación justa y democrática, el problema de una fiesta temática escolar sobre la costa para chavales de entre once y doce años en el mes de febrero es que a los pobres no les dejan llevar la ropa apropiada. O sí se lo permiten, pero en versiones muy adaptadas al tiempo. Chicos con bermudas y camisetas. Chicas en bañador, con una falda encima y un chaquetón, por si acaso. Cero tolerancia con los biquinis. Todos llevaban chanclas, que tuvieron que desechar al instante porque se les llagaban los pies. Una cría se presentó con lo que parecían ser los zapatos de tacón de su hermana mayor y se dio de bruces contra el suelo antes incluso de pisar la sala. Hubo bastante follón en ese momento porque tuvieron que vendarla. Lo bueno de los alumnos de esas edades es que siguen siendo niños, algo que se te escapa cuando eres tú quien estás en el instituto. Jeremy y yo nos pasamos más de la primera media hora, mientras llegaban, riéndonos hasta las lágrimas, entonando un «mira ese» o «mira aquella» en bucle. Habíamos tomado bastante vino.

—Dios, Al —dijo Jeremy desde la silla de plástico donde se había dejado caer sin la menor ceremonia y con una pierna apoyada en la mesa—, me va a dar dolor de estómago.

—Bueno, tampoco me extraña. Creo que te has comido unas ciento cincuenta bolsas de patatas.

—No. Me refería a estar aquí otra vez. ¿Recuerdas que tuvimos una de estas fiestas en séptimo?

Asentí mientras intentaba evocar aquellos días sombríos. Estoy segura de que me he esforzado por borrar gran cantidad de recuerdos de aquella época.

—Sí, pero no había ningún tema especial, ¿verdad?

—No. Pagamos una libra y a cambio nos dejaron correr a oscuras con un subidón de azúcar durante un par de horas.

—Pues de verdad que pagaría una libra por eso ahora, a mi edad.

—Uf, recuerdo a mi pequeño yo y me gustaría poder decirle que...

Se calló, sin saber muy bien cómo terminar la frase. Sacudió el vaso, que estaba vacío. Se lo llené de limonada y permanecimos en silencio durante unos minutos.

—Me gustaría poder decirle que no le ocurría nada, ¿sabes? Me pasé la infancia aterrado por si me descubrían. Eso me hacía plantearme todo lo que hacía. Recuerdo perfectamente estar aquí mirando al resto de los chicos y preguntarme si llevaba el pelo distinto o si mis zapatillas eran distintas. Estaba tan angustiado de que algo me delatara... Estaba tan triste, Al. A veces pienso que, a pesar de toda la mierda que me he comido desde entonces, nunca he estado tan triste como entonces.

Lo miré. Era un tipo enorme. Un gigante en una silla de plástico con un vasito de limonada en la mano y los ojos brillantes.

—Lo siento mucho, Jeremy.

—¿Por qué te disculpas? Tú también pasaste por eso.

—No, no de esa manera. Yo no estaba triste sino desconcertada. No tenía la menor idea de lo que me pasaba y pensaba que todo el mundo se sentía igual que yo. Y era consciente de que estabas triste, pero simplemente no sabía cómo abordarlo. No entendía lo que había pasado. Sabía que tu padre se había ido pero no sabía qué hacer al respecto, así que me limité a...

—Ally, tenías once años. No tienes por qué disculparte en nombre de tu yo infantil.

—Sí que debo. O al menos quiero hacerlo. Ojalá hubiera hecho algo más. Ojalá existiera otra versión de ti y de mí en ese baile. Si pudiera retroceder en el tiempo, iría a buscarte y bailaría contigo toda la noche.

—Bailar para olvidar. —Sonrió.

—Exactamente. Bailar para olvidar. Yo andaba demasiado pendiente de ese grupo de niñas horribles a las que veía como lo más de lo más. Cada vez que sonaba una canción que me gustaba, me arrastraban al baño a ponernos más brillo en los labios o al pasillo a cotillear sobre algún chico.

—¿Ves? Eso es lo que me hubiera gustado vivir a mí.

Nos callamos entonces ya que por nuestro lado pasó un grupo de chicos corriendo, empapados en sudor, persiguiéndose con un bote de desodorante. Por un instante me pregunté si debía hacer algo para detenerlos, pero iban a tanta velocidad... Eso fortalece el carácter, pensé para mis adentros.

—¿Sabes una cosa? —preguntó Jeremy—. Llegó un momento que estaba tan triste que mi madre me llevó al médico.

—¿Qué? No lo sabía.

—Pensó que había pillado algún virus raro. Algo que me tenía cansado a todas horas. Imagínatela: «¡No se dedica a correr con los otros chicos, doctor! Se pasa el día sentado, mirando por la ventana».

—¿Embutido en un batín de seda y con un martini en la mano?

Jeremy se rio.

—Sí. Y con las gafas de sol puestas y un cigarrillo en una de esas largas boquillas. —Se palpó el bolsillo de manera instintiva. Estaban allí—. Pues el médico dijo que necesitaba salir más. Que eso me sentaría bien y me alegraría el ánimo. Dijo que tal vez debiera jugar al fútbol o practicar algún deporte. Hacer amigos.

—Dios, ¿desde cuándo el fútbol alegra la vida a alguien?

—Lo sé. Tuvieron que pasar varios años, literalmente, antes de que alguien sugiriera ir a terapia y más años aún para que me recetaran algo por primera vez.

—¿Y te ayudó?

—¿El qué?

—Cualquiera de las dos cosas.

Se encogió de hombros y rompió a tiras el vaso reciclable, como si estuviera pelando un plátano.

—Las cosas ayudan a veces y luego dejan de hacerlo. Y entonces aparece algo nuevo. Y después se repite la historia. A temporadas paso por una serie de días malos después de meses de estar bien. Entonces me asalta el miedo de volver a caer en picado, pero al poco tiempo mejoro. A veces me cuesta más. Y hay ocasiones en que existe algo que de verdad me deprime o me angustia y al mismo tiempo me preocupa que no sea real. Tardo un poco en discernir si puedo confiar o no en lo que siento.

Me miró y vio cómo me mordía el carrillo por dentro.

—Pero ahora me encuentro bastante bien, Al.

—¿Crees que es por esto de salir a correr? A lo mejor el primer médico tenía razón.

Jeremy me dio una leve patada.

—¡Oh, sí, quizá lo siguiente sea el fútbol! No sé... no. ¿O tal vez sí? ¿Un poco? ¿Unos días más que otros? La verdad es que me gusta la rutina. Me gusta estar al aire libre. Me gustas tú. Todo eso contribuye. Pero también te sienta bien a ti, ¿verdad? Supongo que es algo humano. Al menos para mí. No es una cura.

Asentí.

—Entonces es algo así como un mantenimiento, ¿no? El ejercicio te ayuda a seguir adelante cuando estás en forma, pero si estás hecho polvo no sirve... Es como revisar el aceite del coche todos los días. A veces se requiere a un mecánico que eche un vistazo al motor.

—¿A qué viene esa analogía con un coche? Sabes que no sé conducir.

—¡Ni yo tampoco! Se me ocurrió, nada más. Pero es buena, ¿verdad?

—Sí, bastante.

Me pasó el vaso que había estado manoseando: los lados habían ido quedando abiertos con la base en el centro.

—Una flor para la dama.

La acepté e intenté meterla en el bolsillo frontal de la chaqueta.

—¿Crees que ahora lo tienen más fácil? —le pregunté.

—¿Los niños gais?

Asentí.

—Espero que sí.

Los chavales se dieron cuenta enseguida de que a Jeremy y a mí nos importaba poco si cogían una, dos o cuarenta bebidas.

—Seño, ¿trabaja usted aquí?

—¡No!

—Seño, ¿es usted profesora?

—No, ni siquiera eso.

—¿Puedo coger otra bolsa de patatas?

—Sí.

—¡Yo he cogido cinco bolsas!

—¡Genial!

Poco antes de las nueve mi padre apareció en la sala, en un alarmante estado de sudor. Recé para que no hubiera estado bailando. Llevaba una camiseta de color rojo brillante con la palabra «salvavidas» bordada en la espalda, remetida en unos pantalones de correr que le quedaban enormes. El conjunto se completaba con unas gafas de sol apoyadas en la cabeza y un silbato colgando del cuello.

—¡Ally, Jeremy! Están a punto de tocar la última canción de la noche. ¿Queréis venir?

—¿Van a poner *Flying without Wings*?

—¿Qué?

—Nada, da igual.

Yo iba a decirle que no sentíamos el menor deseo de unirnos a la fiesta cuando Jeremy se me adelantó:

—Perfecto, Graham. Vamos, Al. —Me tendió la mano y me levanté de la silla.

La sala estaba a oscuras a excepción de unas luces tristes que emanaban de la cabina del DJ. El olor no era de este mundo. Te pegabas al suelo al andar, como sucede en las discotecas de verdad. Los profesores se habían retirado a las paredes y hablaban por teléfono. Tuve la impresión de que los críos podrían haber estado tomando chupitos de tequila y esnifando cocaína en las repisas de las ventanas sin que nadie se diera cuenta. Nadie salvo mi padre, claro. Él y su silbato.

One Last Time, de Ariana Grande, sonaba a todo volumen por los altavoces y los chavales empezaron a gritar y a correr a abrazarse unos a otros como si se tratara del fin del mundo.

—¿Bailas?

—Jeremy... —supliqué.

—Venga, Ally, no puedes abandonarme en otra fiesta. ¡No en la fiesta por Siria!

—¡Dijiste que no tenía que disculparme por eso!

—No tienes que hacerlo si bailas conmigo ahora.

Así que bailamos: con mis manos sobre sus hombros y las suyas en mi cintura. Fuimos dando pasos de un lado a otro, dejando entre nosotros tanto espacio como era posible para respetar la tradición de las lentas. Rodeada de preadolescentes y profesores, en una sala que olía a sudor y al nauseabundo y dulce desodorante, no pude evitar reírme a carcajadas.

—¡Otra noche de viernes salvaje para los dos!

—¡No nos para nadie! ¿Cuándo sentaremos la cabeza?

Jeremy me hizo girar y al hacerlo me quedé de cara a mi padre. Nos observaba con una débil sonrisa en la cara. Saludó y miró la hora. La canción terminó justo antes de que dieran las nueve y mi padre hizo sonar el silbato. Fue ensordecedor. Los fluorescentes se encendieron al instante. Un cortarrollos total.

—¡Eso es todo, amigos!

Mi padre echaba a los críos de la sala como si fueran ovejas: iba con los brazos extendidos y el silbato en la boca.

—No os olvidéis las chanclas —gritaba—. Todas las que queden por aquí acabarán en la basura. No las echéis a perder, chicos, pensad en el entorno. ¡Pensad en Siria!

Una vez hubimos recogido y mi padre se hubo cambiado de ropa, nos encontramos a las puertas del colegio. Hacía un frío polar.

—Os prometí una bebida, ¿verdad? —Se subió la cremallera y nos miró a los dos—. ¿Tú también vienes, Jeremy?

—Sí, Graham, gracias. Nunca he rechazado una invitación, que yo sepa.

Fuimos al pub de la esquina y mi padre pidió tres cervezas en la barra. Cuando llegó a la mesa ya casi se había bebido toda la suya. Me percaté de que no le habíamos servido ni un refresco en toda la noche.

—Estas cosas son agotadoras.

—Sí. Mucha energía adolescente incontrolable.

Di un sorbo a la cerveza mientras echaba un vistazo por si había algún conocido, pero la parroquia estaba formada en su mayor parte por hombres de la edad de papá.

—¿Algún cotilleo de la noche, Graham? —preguntó Jeremy.

—Nada especial. Un tobillo torcido. Una discusión porque alguien se había sentido desplazado en uno de los bailes de grupo.

Sonreí.

—Siempre dicen que los días escolares son los mejores de la vida. Mienten como bellacos, ¿no?

—No sabría decirte. A ti te gustaba el colegio, Al.

—¿Tú crees?

—Cuando eras pequeña, sí.

—Bueno, cuando se trataba de dibujar y cantar estaba bien, sí...

—Ya. Antes de que tuvieras que esforzarte.

—Claro, papá.

Nos quedamos un instante en silencio. Mi padre empezó a construir una torre con los posavasos.

—Este pub está muy bien —dijo Jeremy, mirando a su alrededor—. Es acogedor.

—Sí, a mí también me gusta. Aunque ahora lo han cambiado. Han puesto todas esas modernidades. —Mi padre señaló al fondo, donde había una butaca de aspecto muy cómodo y una bonita lámpara encima de una mesita—. Solíamos venir con mamá, ¿lo recuerdas, Ally? No era tan cuco, pero tenían juegos de mesa. Nos pasábamos horas jugando al Scrabble.

—Me acuerdo.

—Tú siempre perdías, ¿verdad? Siempre quedabas la última.

—¡Era una niña, papá! ¡Y jugaba contra dos adultos!

—Sí, también me parece recordar esta excusa ya de entonces.

Jeremy preguntó a mi padre algo sobre la cerveza que bebíamos y yo me alejé mentalmente de la conversación. Miré alrededor, intentando recordar dónde nos sentábamos años atrás, pero papá tenía razón. Ahora todo estaba distinto. Ni las sillas ni las mesas eran las mismas, y su disposición también había cambiado. Las luces eran más tenues. Intenté conjurar la imagen de mi madre sentada a la mesa con nosotros, pero no lo conseguí del todo. No tenía sentido. La veía demasiado joven, como congelada en el tiempo. No era como debía ser. La torre de posavasos de mi padre se derrumbó y no pude evitar que me asaltara una oleada de tristeza por él.

—¿Os apetece otra, chicos?

Interrumpí a Jeremy antes de que aceptara la invitación.

—No para mí, tengo que estar en el trabajo muy temprano. No quiero llegar resacosa el primer día.

—Eso es muy sensato por tu parte, Al.

Nos despedimos y Jeremy fue hacia la parada del autobús. Mi padre y yo solo teníamos un cuarto de hora de paseo hasta casa.

Pasamos la mayor parte de ese tiempo en un silencio afectuoso, solo cortado por algún estremecimiento involuntario o un castañeteo de dientes.

—Gracias de nuevo por esta noche.

—De verdad que ha estado bien, papá.

—Me gustó tenerte allí.

La casa estaba helada cuando llegamos, como siempre. Lancé las llaves en la mesa del recibidor y encendí la lámpara. La bombilla era nueva y su brillo iluminó las caras de dos criaturas hambrientas que nos contemplaban en la oscuridad.

—Sí, sí, ya estamos en casa —dijo mi padre, agachándose a acariciar la cabeza de Malcolm—. Ya estamos en casa.

10

Bread and Butter

Adoro la paz de una casa llena de seres durmientes. Mientras bajaba la escalera al amanecer del sábado me sentí como la única persona del mundo que estaba levantada. Abrí la puerta de la cocina: Pat dormía en su cesta y el único sonido era el rumor del reloj de pared. Pat levantó la cabeza al oírme pasar y me observó con los ojos entornados y soñolientos, preguntándose si podía ser ya la hora del desayuno. Creo que decidió enseguida que todo era un sueño, porque volvió a apoyar la cabeza contra su barriga peluda con un ligero suspiro.

Me pregunté por un momento qué haría Emily a esas horas, si estaría acostada en nuestra antigua cama con Sara sin hache. ¿Dormirían abrazadas o de espaldas? Tal vez también se hubieran despertado ya y se estuvieran ahora pegando uno de esos polvos perezosos y lentos, polvos de primera hora. La clase de sexo que solíamos practicar cuando teníamos resaca: medio despiertas, con los ojos cerrados, todo olores y caricias. Esa idea fugaz fue tan singular como dolorosa. Más como si me frotara un cardenal que si estuviera metiendo el dedo en una herida abierta. Debe de ser un progreso, pensé mientras me acercaba a la pila y enjuagaba la taza con agua tan caliente que casi quemaba.

Al final, como me sucede siempre que me levanto temprano y con la sensación de que dispongo de todo el tiempo del mundo, acabé dándome cuenta de que se me hacía tarde y salí corriendo por la puerta: tenía solo quince minutos para recorrer un camino de veinticinco hasta la panadería. Cuando llegué, estaba segura de que al quitarme el gorro de lana me saldría vapor de la cabeza. Llamé a la puerta con suavidad para no asustar a la persona que había detrás del mostrador, pero ella se sobresaltó de todas formas. Sonrió al verme. No era la misma mujer con la que había hablado la otra vez: esta era más bajita y con el pelo rubio corto. Llevaba unas gafas redondas tan enormes que se le comían la mitad de la cara, que ya era pequeña de por sí, pero que a la vez le daban un aspecto muy moderno. Me pregunté cuándo esas gafas redondas e inmensas habían pasado de ser una reliquia del pasado (alrededor de 1998 cuando yo las llevaba en el colegio) a convertirse en algo estiloso. Quizá yo hubiera ido veinte años adelantada a la moda.

—¡Buenos días! —La mujer me sonrió. Hablaba con acento escocés, no de Sheffield—. Charlie me avisó de que vendrías... ¡Y aun así me has dado un susto! Siempre estoy en las nubes. Me llamo Sophie.

Dio un paso al lado para que yo pudiera entrar. El interior se veía muy distinto cuando estaba vacío, con solo una de las bonitas lámparas colgantes encendida alumbrándolo con una luz tenue. Contuve el aliento y solté un suspiro involuntario de placer.

—¡Dios mío! Huele que alimenta...

—Sí, acabamos de sacar la primera hornada de cruasanes —dijo ella, riéndose.

—¿Los hacéis aquí?

Asintió.

—Veremos cómo vas y a finales de semana tal vez te dejemos participar en la elaboración.

Asentí con fervor, emocionada al oír hablar del final de la semana incluso antes de que empezara la prueba. Obedeciendo sus instrucciones fui a dejar el abrigo y a ponerme un delantal y, mientras lo hacía, Sophie siguió charlando sin parar desde el otro espacio, donde parecía pelearse con la caja registradora, sin demasiado éxito a juzgar por las imprecaciones que soltaba de vez en cuando.

—Pues Charlie no vendrá hoy porque... —Hizo una pausa y luego exclamó—: ¡Mierda! Lo siento. Charlie no vendrá porque no se encuentra bien, así que me temo que esta mañana estaremos tú y yo solas.

—¡Ah, vale! —grité desde el cuartito donde estaban los delantales.

Intenté hacerme una coleta sin la ayuda de un espejo y pensé que no me había quedado del todo mal.

—De hecho —continuó ella—, es un auténtico milagro que estés aquí porque no sé qué habría hecho sola. No entra nadie a trabajar hasta más tarde y, por supuesto, nadie revisa el móvil a estas horas de la mañana.

Detecté una nota de irritación en su voz. Cuando conocí a Charlie tuve la impresión de que era la dueña del establecimiento, pero tal vez me equivoqué al pensarlo.

Salí del cuartito con el delantal puesto, sudorosa y lista para empezar.

—¡Ponme a trabajar!

Sin apenas levantar la vista del libro de cuentas, suspiró y dijo:

—Bueno, empecemos por el principio. ¿Te apetece una taza de té? La tetera está abajo.

Asentí y me dirigí hacia el sótano. Té antes que nada. Pensé que el lugar me gustaría.

Pasamos las dos horas siguientes, antes de abrir, amasando, mezclando y horneando a toda velocidad. Sophie estaba encantada ya que, aunque necesité instrucciones sobre algunas recetas concretas, solo tuvo que dármelas una vez. En poco rato el mostrador se llenó de bandejas llenas de delicias. Sophie hizo unas preciosas hogazas de pan ácimo en grandes hornadas («normalmente tenemos más variedad», me dijo a modo de disculpa, «¡pero hoy no hay tiempo para más! ») y llenamos con ellas unas cestas enormes. Trabajamos deprisa y en un silencio cordial durante la mayor parte del tiempo. La verdad es que no podíamos perder ningún minuto con charlas. Cuando llegó la hora de abrir, se secó la frente con aire melodramático y me dio una palmada en el hombro.

—¡Fantástico!

Me encantó cómo lo dijo y resistí la tentación de repetirlo.

Tuve unos minutos de descanso para tomarme un café y un cruasán de almendra antes de que le diéramos la vuelta al cartel, y a partir de ahí la mañana pasó volando. No pude pensar en otra cosa más que en dominar los aspectos básicos de la caja, colocar pastelitos y pan en bolsas de papel con la mayor delicadeza posible y correr abajo a introducir las bandejas en el horno gigante. No paramos hasta la hora de comer, cuando un chico de unos dieciocho años empezaba su turno. La siguiente vez que pude mirar el reloj ya eran las dos. Llevaba siete horas trabajando.

—¡Ally! —exclamó Sophie—. ¡Hoy me has salvado la vida!

El chico sonrió y puso los ojos en blanco, a lo que Sophie reaccionó clavándole un dedo en el costado. Se llamaba Nick y era el sobrino de Charlie, estudiaba en la Universidad de Sheffield.

—En serio, no sé qué habríamos hecho sin ti.

—Estoy muy contenta de que haya ido bien —respondí con sinceridad—. ¡Me he divertido mucho!

Casi me avergoncé al oírme, pero era la verdad, nunca había disfrutado tanto de un día de trabajo.

—Ahora deberías irte —dijo ella al tiempo que miraba el reloj—, apenas has tenido un descanso en toda la mañana. Pero ¿puedes empezar a trabajar ya del todo? Necesitamos a alguien que haga este turno varios días por semana.

Me vio la cara y confundió mi expresión de sorpresa con una de miedo a la sobrecarga de trabajo.

—¡Te prometo que no siempre es tan frenético! En condiciones normales estaremos tú, Charlie y yo a primera hora... Verás que todo es mucho más manejable.

—No, está bien, es solo que… —Me callé, luchando contra mi tendencia habitual a decir que no estaba segura o que necesitaba tiempo para pensarlo—. Sí, me parece perfecto.

Decir que sí a algo me sentó bien y, mientras Sophie me abrazaba por los hombros y me comentaba que estaba encantada, supe que había tomado la decisión acertada, y a la vez noté un nudo en la garganta: acababa de comprometerme a algo en Sheffield sin contar con Emily. No me había dado cuenta de lo mucho que me había aferrado a la idea de que Emily y yo nos reconciliaríamos por arte de magia y caminaríamos de la mano hacia el horizonte. O hacia nuestra casa. Me dije que había hecho bien. No tenía por qué ser un punto final, aún estábamos a media frase: como mucho era una coma.

Salí envuelta en una nube después de rechazar la invitación de Sophie de comer algo allí antes de irme. Deseaba estar a solas con mis pensamientos. Cogí el buñuelo más relleno de Nutella que quedaba y lo metí en la mochila, preguntándome si podría aguardar hasta llegar a casa para comérmelo. Tomé el camino hacia casa pero me di cuenta, sin ser consciente del todo, de que había cruzado la calle para pasar por delante de la tienda de Jo.

Atisbé a través del escaparate. En el interior había un hombre que, con las manos apoyadas en el mostrador, charlaba animadamente. No vi con quién hablaba. Él se volvió hacia el escaparate pero dio la impresión de que no se fijaba en mí. De repente se incorporó y avanzó en mi dirección. Abrió la puerta con decisión y pensé que iba a echarme la bronca por curiosear, pero pasó a mi lado sin apenas verme. No había ni rastro de Jo. Ya me iba cuando de repente la vi aparecer de debajo de un estante cargado de geles energéticos de vivos colores. Me alejé de un salto del escaparate. Yo no tenía intención de entrar, solo quería saber si estaba allí. Pero ya era demasiado tarde. Me vio y me instó con la mano a meterme en la tienda.

—¡Hola! Qué bonita sorpresa. —Parecía contenta de verme y a la vez nerviosa.

—¡Hola! —Me quedé plantada como una tonta en el umbral—. Sí... trabajo ahí enfrente, así que...

—Ah, claro. ¿Ha ido bien el día?

—Sí, hemos vendido un montón de pasteles.

—Genial.

Durante unos instantes no dijimos nada más. Ella me miraba con algo parecido a la impaciencia. No es que estuviera irritada, pero sin duda se la veía nerviosa. A punto de saltar.

—Oye... ¿estás liada? —Señalé los estantes llenos en la tienda vacía—. Lo siento, no quería molestar.

—No me molestas. Es solo que no esperaba verte.

Seguía de pie, frente a mí, sosteniendo una caja de cartón como si fuera un escudo.

Justo cuando iba a disculparme e irme, exhaló un largo suspiro y dejó caer la caja. Dirigió la mirada hacia la puerta, intentando discernir si había algún cliente a la vista y luego se sentó en el suelo, apoyando la espalda en los estantes que tenía detrás. Me apresuré a sentarme delante de ella, con las piernas cruzadas y la mochila en el regazo.

—Ese chico. Era mi novio y normalmente nos llevamos bien, pero... no esperaba que viniera hoy y me ha alterado un poco.

—Oh. —La verdad es que no sabía qué decir. Resultaba difícil adivinar cómo se sentía.

—Sí, cortamos hace unos meses, pero como fue una ruptura un poco complicada nos hemos ido viendo en varias ocasiones. —Enrojeció ligeramente al decirlo—. Pero, hace unas cuantas noches, descubrí que había estado viéndose con alguien y aun así me invitó a salir, así que me marché echando humo. No le he contestado a las llamadas y se ha presentado aquí, donde sabe que no puedo huir.

—¿Acababais de pelearos cuando he llegado? —Jugueteé con las tiras de la mochila mientras me iba sintiendo más y más incómoda, preocupada por que ese novio pudiera significar el final de mis grandes planes.

—No ha sido una pelea propiamente dicha. Más bien... la

reafirmación de lo que ya le había dicho. Creo que no le gusta que las cosas no salgan según su voluntad. Le avergüenza que me fuera y lo dejara plantado.

—Pero... ¿sale con una chica nueva?

Ella asintió y se encogió de hombros.

—Hombres —dijo en ese tono conspiratorio que usa a veces la gente. No sonó muy natural en sus labios, como si se lo hubiera oído a alguien e intentara imitarlo.

—Bueno, no sabría decirte...

—Eres una chica con suerte. ¿Nunca has tenido novio?

Había algo extrañamente íntimo en estar sentada allí con ella.

Negué con la cabeza de manera instintiva, pero me corregí enseguida.

—En una ocasión. Bueno, no es que fuera un novio. Cuando iba al instituto a veces me enrollaba con un chico al fondo del campo de deporte. —Hice una mueca al evocarlo—. Y luego, en la facultad, hubo una noche de borrachera después de que una novia me dejara en la que... experimenté con mi compañero de piso.

Jo se rio.

—Para eso es la universidad, ¿no?

—Para encontrarte a ti misma, probarlo todo.

—Sí, tal cual.

Nos quedamos unos segundos en silencio. Me moría por saber más sobre aquel novio y sobre si había habido alguna novia también, pero mientras hacía acopio de valor para preguntarlo, la campanita de la puerta sonó y ambas nos pusimos de pie. Me di la vuelta para ver si se trataba de nuevo del novio de Jo, con ganas de mirarlo mejor ahora que sabía quién era, pero en su lugar me encontré con un hombre de mediana edad, vestido con un atuendo de ciclista carísimo y muy revelador. Uno de esos culotes que recuerdan a los bañadores victorianos.

Jo lo saludó y se situó detrás del mostrador. Recogí la mochila dispuesta a irme y me detuve un momento frente a ella.

—¿Otro ex? —susurré.

Ella me dedicó una amplia sonrisa.

—Sí, ¿cómo lo has adivinado?

—La tensión sexual.

El hombre carraspeó, en un claro intento de llamar la atención de Jo.

—Me voy, hasta pronto.

—Eh, gracias por venir. Me has alegrado el día.

No supe qué decirle así que me limité a saludar y marcharme. Me descubrí sonriendo durante todo el camino hasta casa.

Me sentí aliviada al ver que el coche de mi padre no estaba en la calle. Me descalcé en mitad del recibidor para descansar del dolor de pies y me bebí una jarra de agua entera junto a la pila mientras escuchaba un mensaje de voz que Jeremy me había enviado durante su pausa para comer. Duraba más de cinco minutos, y aunque su intención era desearme suerte en mi primer día de trabajo, versaba casi por completo en sus intentos de averiguar cuál de sus compañeros le robaba la leche.

«Tiene que ser Nathaniel. Siempre me mira con ojos muy intensos. Como si me desafiara a acusarlo. Como si se la hubiera estado bebiendo delante de mis narices y poniéndose cachondo... Seguiré informando.»

Recogí la mochila del recibidor y me lancé a devorar el buñuelo dándole un generoso mordisco que me llenó los dedos de Nutella. Luego me fui arriba con el ordenador en las manos y me acosté sin quitarme la ropa. Entre las sábanas me llegaba el olor a pan, mantequilla y azúcar pegado a la piel o saliéndome por los poros. Me tumbé de espaldas, apoyé la cabeza sobre los almohadones y entré en mi cuenta de correo endureciéndome ante la previsible decepción. Tomé aire de golpe. Había un mail de Emily. Lo abrí, entornando los ojos para protegerme si era muy breve o por si contenía peores noticias que la de haberme abandonado y estar follando con otra.

De: Emily Anderson
Enviado: 22 de febrero de 2019, 13:40
Para: Alexandra Waters
Asunto: re: re: re: re: Novedad: ya soy una atleta

Eh, Al:

Me encanta saber que los entrenamientos van tan bien. ¿Sigues entrenando con Jeremy o ya lo haces solo con Jo? Parece que estás pasando mucho tiempo con ella. Está bien. ¿Tiene novio o alguien a quien conozcas? Me alegra saber que estás haciendo amigas nuevas.

Tengo que decirte que todo es muy raro aquí sin ti. En Londres, me refiero. Todos quieren saber cómo estás. No te han desterrado, Al. Aunque no lo creas se preocupan por ti. Este exilio que te has impuesto tenía sentido al principio, pero ya han pasado semanas. ¿Vas a seguir exiliada para siempre? ¿De verdad no vas a volver a vernos nunca más? No me creo que eso te haga feliz, en serio. Incluso si, como parece ahora, estás enamorada de tus nuevos amigos.

De todos modos, dime si estás bien, ¿vale?

Un beso,

Em

Me quedé mirando la pantalla. Lo leí un par de veces más solo para asegurarme de que mi reacción inicial era precisa. Me descubrí sonriendo con ganas, con gesto triunfal. ¡Llegaba a preguntarme si «tiene novio»! No me habría atrevido a afirmar que Emily estuviera celosa, pero resultaba evidente que se sentía molesta. Mi joven entrenadora le había llamado la atención. Hice una captura de pantalla para mandársela a Jeremy y cerré el ordenador. Preferí no responder enseguida, dejarla en espera. Me levanté. Tenía que quitarme la capa de mantequilla de la piel. No estaba exiliada, Emily. Era libre.

11

Asuntos propios

Al leer el email de Emily me había sentido poderosa y llena de energía. Pero, con cada instante que pasó desde entonces, fui volviendo poco a poco a mi yo habitual, que se planteaba si el plan tenía algún sentido y si Emily seguiría pensando de verdad en mí más allá de la mera curiosidad. Aun así, persistí en él y me concentré en crear un sucedáneo de vida que no incluyera a Emily con el objeto de presumir de él delante de ella. Decía que nuestros amigos mutuos estaban desesperados por retomar el contacto conmigo, pero yo apenas había tenido noticias suyas desde los primeros días de mi partida. Beth, de Tom y Beth, se había dado por vencida hacía tiempo, y casi todos los demás, personas con las que había compartido sobremesas o tardes de paseo por el Heath, nunca lo habían intentado siquiera. En parte me enojaba que Emily me los hubiera quitado, pero más que nada me sentía furiosa conmigo misma por haberme rodeado durante tanto tiempo de personas que no se preocupaban en absoluto por mí.

Sabía que un paso importante en esta nueva vida consistía en salir de casa para hacer algo que no fuera trabajar y correr. Algo que era más fácil de decir que de hacer. Estar ocho horas sin tregua de pie, salpicadas de paseos por las escaleras cargada con bandejas que pesaban lo suyo, me dejaba tan agotada que más de un día acabé acostándome a las ocho de la tarde. La parte positiva es que no me cabía duda de que mi empleo contribuía a mi entrenamiento para la carrera. El gran día se aproximaba a una velocidad alarmante. Jeremy y yo habíamos optado por centrarnos únicamente en el tiempo que corríamos y no en la distancia, y llegamos al acuerdo de entrenar dos veces por semana aparte del club. Los lunes, en cuanto salía de trabajar, Jeremy pasaba por mi casa a cambiarse y nos poníamos a ello. Con los cascos puestos ya que enseguida desistimos de intentar charlar. No se nos había ocurrido que podíamos correr cada uno por nuestra cuenta. Incluso habíamos intentado añadir algo de fitness a la rutina de los domingos, que incluía sujetarnos los pies mientras hacíamos abdominales en el jardín de casa. Unas sesiones que, en la mayoría de las ocasiones, terminaban con nosotros tumbados en la hierba y compartiendo un cigarrillo mientras veíamos en el teléfono tutoriales de YouTube con gente bronceada y segura de sí misma que hacía sentadillas y gritaba de felicidad.

Jeremy señalaba a la pantalla y decía:

—Por muy bueno que esté, creo que sería la última persona del planeta con quien saldría a tomar algo. ¿Me entiendes?

—Sí. Imagínate estar ahí mientras introduce el gin-tonic en la app de calorías —decía yo antes de darle una calada al cigarrillo—. ¡Qué depresión!

Pero, por mucho esfuerzo que le pusiéramos, era imposible no darse cuenta de que las distancias que recorríamos eran bastante distintas a la que se esperaba que cubriéramos el día de la carrera. «¡Ni siquiera se acerca!», exclamó mi padre durante la cena en un día en que Jeremy y yo lo habíamos pasado fatal para completar once kilómetros.

Cuando nos apuntamos, habíamos asumido la idea de que nuestros yos del futuro serían seres totalmente distintos, luminosos y capaces de hacer los veintiún kilómetros sin despeinarse. A medida que se acercaba el gran día, sin embargo, quedaba muy claro que seguíamos siendo los mismos bultos sudorosos que se arrastraban por las calles tres días por semana.

Lo mejor de todo es que cogí la costumbre de cruzar la calle al salir del trabajo para ver a Jo con bastante regularidad, es decir, todos los días. A veces solo me paraba para saludarla y darle un pedazo de tarta (ya sabía que la de plátano era su favorita), que ella devoraba en tres bocados mientras hablaba conmigo. La primera vez que lo hizo temí que se atragantara, pero resultó evidente que había desarrollado una especie de método respiratorio evolucionado, el mismo que se usa para tocar el didyeridú. Nunca se lo comenté para que no dejara de hacerlo. Era hipnótico.

Otros días, cuando la tienda estaba tranquila, pasaba más rato con ella. En una ocasión me puse a hacer inventario con ella, una tarea que duró varias horas y que debe de ser la más aburrida del mundo, pero el tiempo pasó volando.

—Ally, no puedo permitir que hagas esto después de haber trabajado todo el día —me dijo al tiempo que me tendía la carpeta con la lista de productos.

—No pasa nada... ¿qué voy a hacer en casa?

La verdad era que me emocionaba tener una excusa para pasar toda la tarde sentada a su lado, incluso si eso significaba que tenía que contar pantalones cortos.

—Será un tostón.

Se alejó para entrar en la trastienda a por una escalera.

—Pasar tiempo contigo nunca podría ser un tostón.

Eso fue fácil de decir cuando ella no estaba, pero resultó intensamente embarazoso cuando volvió. Las dos fingimos que no había sucedido.

—Y bien —me dijo después de ponerme a trabajar—, ¿resulta muy raro volver a vivir en casa?

—Sí, al principio lo fue, pero ya me estoy acostumbrando.

—¿Y volver a Sheffield, en general...? Me refiero a si te vas encontrando con gente.

—¿Como quiénes?

—¿Compañeros del colegio? No sé... ¡exnovias tal vez!

—¿Intentas preguntarme por mis exnovias?

—¡No! Bueno, tal vez... ¡Tengo curiosidad!

Sonreí. Era agradable que alguien sintiera curiosidad por mí.

—La verdad es que no me he encontrado con nadie. Ninguno de mis amigos vive aquí, a excepción de Jeremy: ya no volvieron después de ir a la universidad. Y, por lo que se refiere a las ex, tampoco es que tenga que preocuparme por evitar a un montón de mujeres.

—¿En serio?

—Me marché con dieciocho años, Jo. A ver... hubo un par de chicas en el instituto que me mantuvieron en el máximo secreto, así que no estoy segura de que pueda llamarlas novias.

Recordé una noche en sexto. Un grupo de amigos y yo habíamos conseguido que nos sirvieran alcohol en un pub de lo más cutre hasta que un chaval muy menudo y nervioso nos delató sin querer y nos echaron a todos. Entre risas y achispados por apurar las bebidas de golpe antes de irnos, nos reubicamos en el parque y esperamos a que la hermana mayor de alguien nos trajera refrescos con alcohol y Lambrini de la tienda veinticuatro horas, algo que la chica hacía a cambio de una propina. En la emoción de la oscuridad, dando tumbos sobre la hierba, alegres y algo borrachas, mi mejor amiga de entonces, Clare, y yo nos caímos al suelo. Ella resbaló porque llevaba unos zapatos de tacón de lo más inapropiado y me arrastró consigo; caí casi encima de ella. Nos reímos y gritamos, pero mientras yo me impulsaba con el brazo, apoyado justo en el costado de Clare, para incorporarme, nuestras caras quedaron a milímetros de distancia. Entonces las risas pararon y noté su aliento dulce, con sabor a sidra, en los labios. Pasaron apenas unos segundos que a mí se me hicieron eternos antes de que la boca de Clare dibujara una sonrisa y ella me diera una palmada en el brazo para apartarme.

—¡Levanta, perdedora...! —dijo en tono afectuoso, en voz baja para que nadie más pudiera oírlo.

Nos cogimos del brazo y seguimos adelante con la noche prevista, a base de tragos de vodka barato y esos Smirnoff Ice que podían tumbarte, hasta que Clare se mareó de verdad y tuve que acompañarla a casa. Intenté subirla a su cuarto sin despertar a nadie y conseguí quitarle el abrigo y meterla en la cama. Busqué a tientas un pijama para mí y me acosté con ella en la misma cama pequeña, como había hecho cientos de veces. Clare, acalorada y aturdida, se durmió al instante, pero dormida me cogió el brazo e hizo que rodeara su cuerpo. Aquella noche me dormí mientras el techo me daba vueltas, con el brazo entumecido y la cabeza apoyada en la nuca de Clare.

—¡Ally, eso suena muy triste!

—No creas. Ya me estaba bien.

Pensé un poco en ello. En su mayor parte mis primeras experiencias amorosas se habían basado en borracheras de una noche y toqueteos subrepticios.

—Me temo que mi vida amorosa ha sido muy sosa. No hubo nadie significativo antes de Emily.

Jo asintió.

—Yo cada vez que vuelvo a casa me topo con mi novio del instituto.

—Ah, ¿sí? ¿Y tu casa dónde está?

—En York.

—¡Oh, ya sabía que tu acento sonaba bastante pijo! Eso lo explica todo.

No me hizo caso.

—Chris Miller. Salimos durante seis meses antes de que me dejara por Jessica Robertson. A ella le compraron un coche al cumplir los diecisiete. No digo que exista relación entre ambos hechos, pero...

Sonreí.

—¿Y no le has olvidado?

—Aún me pone a mil.

Ese día, cuando terminamos el inventario y cerramos la tienda, nos quedamos un momento en la puerta. Jo vivía en dirección contraria a mi casa.

—¿De verdad no me vas a dejar que te pague? Te has ganado la mitad de mi sueldo de esta tarde.

—Por supuesto que no.

—¿Al menos puedo invitarte a una copa? —Señaló con la vista el pub que había al final de la calle.

El aire se tensó un poco entre ambas y el «sí» estaba a punto de salir de mis labios cuando de repente ella se dio una palmada en la cara.

—Oh, mierda, mierda, mierda. Lo siento. Acabo de acordarme de que tengo una cena de cumpleaños de mi compañera de piso. Oh, Dios. No quiero ir, creo que por eso lo había borrado de la cabeza.

—No te preocupes. De verdad, no me ha importado echarte una mano esta tarde. No me debes nada.

—¡Sí que me preocupo! Claro que sí. Y prefiero pagarte una copa que ir a esa cena. Será un horror. Ella se emborrachará tanto que no podrá probar bocado, lo sé.

Miró el teléfono y luego hacia mí, como si buscara la manera de librarse de esa cita con su compañera de piso.

—Venga, ve. En serio que no pasa nada.

Asintió. Su cara expresaba una gran decepción, lo cual me resultó gratificante.

—¿En otra ocasión?

—Claro.

Nos separamos con un ligero saludo y apenas había llegado al final de la calle recibí un mensaje de ella.

Nos vemos mañana?

No te preocupes, no te voy a dejar sin tarta.

¡No es eso! Quiero verte. No sé cómo voy a poder corresponderte a tantos regalos.

En mi cabeza se atropellaron mil respuestas que nunca enviaría. Mientras escribía, borraba y reescribía algo apropiado, que sonara ligón pero no mucho, ella acudió al rescate.

Oh, Dios, eso ha sonado fatal. Me refería a que un día haré algo por TI en lugar de al contrario.

Y luego:

¿Eso ha sonado aún peor?

Sonreí.

¿Mejor lo dejamos aquí? Dime cuándo estás dispuesta a recompensarme por mi trabajo y las tartas. Acepto vino.

Trato hecho.

Charlie y Sophie me invitaron a cenar a su casa el viernes a la salida del trabajo. Mi radar gay me había fallado, como siempre, pues resultó que estaban casadas. Habían comprado el local donde ahora estaba el Bread and Butter hacía unos años, cuando estaba en ruinas, y poco a poco lo habían reconstruido. Sophie me lo contó todo una mañana mientras yo lavaba los enormes boles y una cantidad en apariencia interminable de cucharillas. Se habían conocido en la universidad y habían decidido quedarse en Sheffield, y habían hecho su propia tarta nupcial en su establecimiento. Habían ido confeccionando las capas juntas: la de Sophie, de chocolate y mantequilla de cacahuete; la de Charlie, de limón, y una que escogieron juntas de moras y rosas. Incluso habían hecho unas diminutas novias para adornar la parte superior, unas figuras que habían hecho reír a todo el mundo porque a ambas se les daba fatal el glaseado fondant y las novias parecían pequeños aliens. Mientras me contaba esa historia, hice cuanto pude para conservar la compostura, intenté ocultar mi satisfacción manteniendo la vista puesta en el montón de loza por lavar y fregándola con energía. Sabía que si la miraba aunque solo fuera un segundo rompería a llorar. No podía creerme la suerte que tenía y no estaba muy acostumbrada a sentirme afortunada en esos días. Ni en mis sueños más delirantes de cuando vivía en casa con mi familia a apenas unos tres kilómetros subiendo por la carretera, yo, una joven lesbiana entusiasta de la pastelería, podría haber imaginado que encontraría a gente como ellas en esa misma calle. Y ya no hablemos de conocerlas y trabajar para ellas porque eso habría sido... bueno, directamente inimaginable.

Yo estaba agotada, pero la perspectiva de hacer algo que no fuera pasar la noche sentada con mi padre me pareció estimulante.

> Papá, mis jefas me han invitado a cenar así que ¡debo de estar haciendo algo bien! Nos vemos luego, no me esperes despierto.

> Por fin disfrutaremos de una noche de chicos en casa... bueno, con Pat. Diviértete. No hagas nada que yo no haría.

Charlie y Sophie vivían en el lado opuesto de la ciudad, en una zona que yo había asociado siempre de manera exclusiva a estudiantes y sitios de comida para llevar. Solía ir a comer por allí de vez en cuando, pero cuando pasamos delante de lo que antaño eran restaurantes vietnamitas baratos y supermercados turcos, me encontré con cafeterías de aspecto moderno y escaparates de lo más cuco y locales de cerveza artesana. Acerqué la vista a la ventanilla del autobús. Todo había cambiado. Me puse los cascos para escuchar un mensaje de voz de Jeremy.

«Eh, ¿qué tal? El curro ha sido un rollazo hoy. Más rollazo que de costumbre. No sé por qué esa gente se cree que soy el responsable de su mierda de banda ancha. También diría que alguien se ha estado masturbando al teléfono mientras hablaba conmigo, lo que... bueno... en otro momento... pero no cuando estoy leyendo un protocolo sobre el diagnóstico de problemas en redes. Me entiendes, ¿no? Alguien me ha estado estudiando en LinkedIn, pero no sé... ¿Acaso quiero pasarme la vida en atención al cliente teniendo en cuenta que odio a los clientes?

Supongo que no. Y sigo pensando, ¿quiero ser profe? Pero tú te dedicaste a ello y lo odiabas... ¿Por qué? ¿No se te daba bien? No te ofendas. Me gustaría trabajar en algo que ayude a la gente. Pero no con su banda ancha. Da igual. ¿Por dónde andas? ¿Ya vas de camino a la cena lésbica? Oye, ¿crees que te propondrán un trío? ¡Crucemos los dedos! ¡No te olvides de llamarme luego!»

Solté un suspiro y empecé a escribirle respuestas mientras lo estaba oyendo.

> Eh, la gente es un asco. Que la banda ancha te ponga cachondo es lo menos.

> No, olvida lo de quedarte en atención al cliente. Lo detestas.

> No me ofendes. Estoy segura de que serías un gran profe. ¿Dónde te gustaría enseñar? ¿En primaria? Diría que ese es más o menos tu nivel ;-)

> Hombre, claro que haremos un trío. Es superprobable. No seas ridículo. Son tan íntegras que creo que en su casa solo habrá quinoa y fotos de artistas locales. Apuesto a que en casa llevan jerséis con el arcoíris.

Su casa se hallaba al final de una hilera de viviendas pareadas y su puerta principal estaba pintada de un brillante color coral. Los marcos de las ventanas eran de color gris oscuro y había una jardinera llena de pensamientos.

Llamé con suavidad y Sophie abrió enseguida, como si hubiera estado esperándome detrás de la puerta.

—¡Ally! Pasa, pasa.

Me urgió a entrar y me dio un gran abrazo. Cogió las flores que les llevaba, un ramo de lo más anodino comprado en el supermercado, y se apresuró a buscar un jarro mientras gritaba:

—¡Charlie, Charlie, tienes que ver esto!

Iba vestida con tejanos y una camiseta negra, y en cuanto dejé el abrigo en el perchero me di cuenta de que en la casa hacía un calor tremendo. Como en los hogares de los abuelos. Tomé nota para decírselo a papá y así hacerlo sentir culpable, a ver si de ese modo subía un poco la calefacción.

Charlie apareció en la puerta de la cocina con un delantal puesto en el que se leía la inscripción «maestro panadero». Llevaba una cuchara de palo en una mano y un vaso de vino tinto en la otra. Se la veía extrañamente sonrojada.

—¡Ally! Termino en un segundo. ¿Qué quieres tomar? ¿Vino blanco? ¿Tinto? ¿Cerveza?

—Tinto mejor, gracias.

—Ahora te lo sirvo.

Sophie me guio hasta el salón. Su casa me recordaba al piso encantador de Beth y Tom en Stoke Newington. Suelos de parquet, notas de color y alfombras acogedoras. La pared del salón que estaba detrás del sofá estaba empapelada con motivos tropicales en tonos oscuros y en ella había un espejo enorme con marco dorado. Me paré frente a la foto en blanco y negro de su boda. Aparecían sentadas a la mesa partiéndose de risa: Charlie tapaba las orejas de Sophie con las manos.

—¿Todo bien?

Me sorprendió ver a Nick sentado en una butaca gris, con los pies apoyados en un puf y un iPad en la mano.

—Sí, ¿qué tal tú? —pregunté mientras agradecía con un gesto el vaso de vino que me pasó Charlie antes de desaparecer de nuevo en dirección a la cocina. Sophie apareció con su propio vaso y se sentó a mi lado en el sofá.

—Bien. —Apenas levantó la mirada del iPad. Tenía una cerveza a mano, sobre un posavasos.

Me pregunté si lo habían invitado a cenar, porque se le veía de lo más cómodo. Incluso llevaba las zapatillas puestas. No sabía que vivía allí, había dado por descontado que se alojaba en un colegio mayor.

Me volví hacia Sophie.

—Tenéis una casa preciosa.

—¡Oh, gracias! —Estaba radiante—. Hemos tenido mucha

suerte. La compramos en 2010. Una verdadera ganga —añadió en un tono casi culpable.

—Así eran las cosas. —Bebí un sorbo de vino, que estaba delicioso—. Creo que nunca podré comprarme una casa.

No lo dije para dar pena a nadie. Me limité a enunciar un hecho.

—¿Dónde vivías cuando estabas en Londres?

—En un barco. Pero no era mío. Mi novia... mi exnovia... Emily lo compró.

—¡Un barco! ¿Y cómo fue la experiencia?

—Bueno... no es para mí, la verdad. Era muy claustrofóbico, al final.

Nunca me adapté al barco, las cosas como son. Me recordé tropezando con todo continuamente.

Charlamos un poco más sobre la casa. Sobre decoración. Sobre la afición de Charlie a empezar proyectos de bricolaje para no terminarlos. Me enseñó el cuarto de baño, enlosado a medias, y un cuarto vacío donde Charlie había instalado un taller de «restauración y tapicería de sillas vintage», a pesar de que en su vida había restaurado y tapizado una sola silla.

—Está aprendiendo a hacerlo por YouTube —susurró Sophie.

Nos sentamos a cenar en la cocina, un poco apretados porque la mesa no era muy grande y estaba tan repleta de velas, botellas de vino y vasos de agua que me pregunté cómo íbamos a colocar los platos. Sin embargo, nos apañamos.

—¡No puedo creer que hayas hecho raviolis! —exclamé justo antes de meterme uno entero en la boca, algo que lamenté al momento, cuando noté que el relleno de ricota se me derramaba por la boca como lava ardiente.

—En realidad es muy fácil.

Charlie desdeñó el esfuerzo, desmentido por el lío que tenía en la encimera, y se dispuso a servirnos la ensalada. Una ensalada que, al mirarla de cerca, contenía más queso que la pasta. No me extrañaba que Nick prefiriera vivir allí.

Tomé un sorbo de otro vino, tan bueno como el anterior.

—Este vino también es increíble. ¿Sois expertas en eso? ¿Os sabéis todo eso de las notas y el cuerpo?

Sophie se echó a reír al oírme.

—¡Disculpa! —Charlie intentó dar la impresión de estar escandalizada pero acabó riéndose también.

—Lo siento, cariño, pero no. No eres una experta en vinos. —Sophie me miró—. Ahora te dirá que miento, y que sabe mucho de vinos, pero no es verdad. Los escoge por las etiquetas.

—¡No es cierto! Sé un montón sobre vino. Podría ser una pija experta si quisiera. Solo tendría que echarle un poco de dedicación y no tengo tiempo para ello.

Pensé en las sillas Frankenstein del cuarto de arriba.

—Yo no sé nada de vinos. Solo que este tiene un sabor exquisito. —Señalé el vaso—. Y que algo que sabe así tuvo que ser hecho en la bañera de alguien.

Nick iba metiéndose raviolis en la boca sin decir palabra, con la mirada al frente, como si quisiera que la cena hubiera terminado ya.

—Mi madre sí que sabía mucho de vinos —dije.

—Ah, ¿sí? —preguntó Sophie.

—Sí. Bueno... al menos le gustaba mucho, eso seguro. No, sí que sabía mucho. Vivió una temporada en España. O en Italia.

Mierda. ¿Cómo podía haberme olvidado de eso? Tendría que preguntárselo a papá.

—Tengo recuerdos de ir a la vinatería con ella y con mi padre los fines de semana. Ella escogía una botella para los dos. Vaya, ya sabéis cómo son estas cosas. Justo me ha venido a la mente la imagen. Y estoy segura de que era mamá quien decidía porque mi padre no entiende mucho de vino.

—¿Ahora solo te queda tu padre? —preguntó Sophie, y Charlie la miró de reojo.

—Sí, sí. Somos solo mi padre y yo. Mamá murió hace años.

—Lo siento. No lo sabía —dijo Charlie.

—La mía murió el año pasado —masculló Nick con la boca llena.

Sophie pareció horrorizarse. Las madres muertas no debían figurar en su lista de temas apropiados para cenas cordiales. Nick ni se enteró.

—Oh, mierda. Lo siento, Nick.

—¿De qué murió tu madre? —preguntó él.

Sophie dejó el tenedor en la mesa y se lanzó al vaso de vino.

—Cáncer. La historia triste de siempre. ¿Y la tuya?

—Infarto. La gente no cree que las mujeres mueran por esa causa, pero... —se paró un momento para masticar la ensalada— también pasa.

Me pregunté si iba a desarrollar la idea, pero se limitó a encogerse de hombros, en plan: «¿Qué se puede hacer?».

—Joder, Nick. Lo siento muchísimo. Es terrible, ¿verdad?

—Sí.

—Ya, bueno, sí. —Sophie se sirvió una segunda ración de pasta—. ¿Y qué hay de las vacaciones, Ally? ¿Tienes algo pensado para este año?

Después de la cena, Charlie insistió en que fregaría los platos más tarde a pesar de que me ofrecí a ayudarla varias veces. Logré convencerla de que me dejara recoger la mesa con ella. Sophie y Nick fueron a sentarse al sofá para el postre. Me habían llegado rumores de un tiramisú.

—No sabía nada de la madre de Nick —comenté mientras iba llevando cosas de un lado de la encimera a otro ya que no tenía la menor idea de dónde iba nada.

—Ay, sí. Pobre chaval. Ha pasado unos meses horribles.

—¿Ella era tu...?

—Mi cuñada. Pero mi hermano es un desastre. Él y Nick nunca se llevaron bien, así que de momento lo más sensato es que se quede aquí.

—Claro. —Se me cayó el tenedor de la mano y me di cuenta

de que había bebido mucho vino—. Tiene mucha suerte de poder contar con vosotras.

Charlie sonrió.

—Se lleva muy bien con Sophie. La adora, de verdad. Ella es tan... No quiero usar la palabra «dulce» porque no le hace justicia, suena a insulsa, pero ya me entiendes, ¿no? Tiene ese lado amable que a mí no me sale. Es muy maternal. Yo no. Soy práctica, lógica... ya me conoces. Pero a veces uno no necesita lógica. Necesitas a alguien como ella, que simplemente te escuche.

—Chicas, vosotras me dais esperanzas —dije llevándome la mano al corazón.

—Ally, eres una cría. Para ti la vida acaba de empezar. Estás bien. Deberías estar llena de esperanzas. En todo momento.

Casi rompí a llorar mientras ella sacaba el tiramisú de la nevera.

El resto de la velada es un poco confuso, la verdad, pero me consta que estuvimos charlando durante horas en el salón. Nick se volvió más locuaz a medida que avanzaba la noche y sentí que conectábamos a partir de nuestras profundas conversaciones sobre el tiramisú. Profundas para alguien como Nick.

—Te encantan los pasteles, ¿verdad? —me dijo al verme degustar otro pedazo de tiramisú.

—Pues sí. ¿A ti no te gustan?

—No mucho.

—Ah, ¿entonces no te gusta trabajar en la panadería?

—No, eso está bien. Me gusta el pan.

—Ah, bueno, algo es algo.

—Y me gusta currar con vosotras, chicas. —Lo dijo en un tono rotundo, sin un ápice de sentimentalismo.

—¡Nick!

—¿Qué?

—Eso ha sido precioso. Voy a romper a llorar.

—Vale.

Sobre la medianoche, después de vaciar otra botella de vino y servirme al menos cuarenta y cinco trocitos de tarta, se empeñaron en pedir un Uber y me metieron dentro. Todos salieron a despedirme a la puerta, incluido Nick, a quien, para vergüenza posterior, estreché entre mis brazos antes de irme.

—Sois las mejores jefas del mundo. ¿Qué jefe se molesta en hacer raviolis para sus empleados? ¡Ninguno! ¡Adiós, Nick!

De repente caí en la cuenta de que quizá estaba gritando. De camino a casa, con una sonrisa en los labios y la cara adormecida por el alcohol, supe que era un buen momento para enviarle una nota de voz a Jeremy.

«¡Jeremy! Oh, Dios mío. Son tan guais. Unos ángeles. Ánge-les. He tomado mucho vino. Me han dado mucho vino, ¿no te parece fantástico? ¡Ha sido genial! El auténtico amor existe, Jeremy. Existe de verdad. Lo he visto con mis propios ojos. Se adoran. Se aman y quieren a Nick... oh, y al pobre se le murió la madre. Es tan triste. Tan triste, Jeremy. Pero ¿sabes una cosa? Volveremos a vivirlo, Jeremy. Hablo del amor, no de la muerte. ¡Estoy segura! ¡Te amo! Estoy gritando, ¿verdad? Vale, voy a tomarme un vaso de agua. ¡Te quiero, guapo! ¡Ciao!»

Me respondió al instante:

«Estás gritando. ¿Al final no ha habido trío? Qué rollo. Yo también te quiero, Al. Ten cuidado, y dime algo cuando llegues a casa, ¿vale? Y sí, lo experimentaremos de nuevo: tanto el amor como la muerte».

Me puse a teclear como una loca para escribirle un mensaje a mi padre.

URGENTE!! Dónde vivió mamá??? España? O ITalia? ERa una experta en VInos? Bsoszzz

Cuando desperté al día siguiente, con los ojos enrojecidos, cogí el teléfono y vi la respuesta que me había escrito mi padre a las siete de la mañana. Lo oí trastear abajo mientras charlaba con los animales.

España. Vivió seis meses en Barcelona a los diecinueve años, antes de conocerme. Era muy aventurera. No eran tantos los que se atrevían a hacer esas cosas en aquella época. No sé muy bien lo que significa experta en vinos, pero sin duda sabía cuál escoger. Y se le daba bien beberlo. ¡De tal palo tal astilla, por lo que se ve!

Qué grosero.

Hacia el jueves, dos semanas antes de la media maratón, sentí que mi ánimo empezaba a flaquear de una manera alarmante. Jeremy había cancelado los entrenos dos días seguidos. El primer día no me preocupé. Incluso me alegré un poco: cualquier excusa parecía buena para tomarse un descanso. Le creí cuando me dijo que le dolía la cabeza. El segundo no se molestó en llamar. Simplemente no se presentó en casa ni respondió a ninguno de mis mensajes aunque vi que los había leído. Decidí entonces que iría a su casa (convencida de que se estaba zafando de la carrera y, de paso, de mí) si no tenía noticias suyas al día siguiente y lo arrastraría al club de corredores aunque fuera por las orejas.

Mientras caminaba al trabajo el frío arreció más que nunca: soplaba un viento afilado y granizaba por momentos. Me sentí muy desgraciada y, cuando por fin llegué a la puerta empañada de vaho de la panadería, con la cara helada y la nariz mocosa por el viento, pensé que no podría superar un día como ese. No había nadie arriba, pero al oír el rumor de la radio supe que Charlie o Sophie debían de estar abajo, ya enfrascadas en el trabajo. Encontré a Charlie sirviendo tres tazas de té y estuve a punto de darle un beso. La mañana pasó como de costumbre, con las tres trabajando sumidas mayormente en un silencio afable. Cuando llegó Nick para empezar su turno, y a pesar de mi cansancio, me sentía al menos un cincuenta por ciento más humana y capaz de afrontar el día. Aproveché para sentarme cinco minutos y engullir una *cookie* recubierta de chocolate blanco y tahini. Me entretuve echando un vistazo al Instagram, dando «me gusta» sin pensar a fotos de perros desconocidos y de elaborados pasteles que soñaba con hacer. Abrí la página de Sara sin hache en busca de contenido nuevo (no había) y mientras revisaba si algo se me había pasado por alto me saltó en la pantalla un mensaje de Jo. El estómago me dio un vuelco.

> Eh, ¿venís a correr esta noche? Se han rajado un par pero yo me apunto si venís tú y Jeremy. ¿Algún plan para luego?

Me había planteado la posibilidad de cancelar la carrera esa tarde si no conseguía convencer a Jeremy, pero nunca lograba encontrar las palabras adecuadas para negarle algo a Jo. Y, como no sabía resistirme a la emoción que aún sentía al verla en persona, le contesté:

> Oh, no, no te preocupes. J y yo no fallaremos. Sin más planes que caer hechos polvo luego, ¿por qué?

—¿A qué viene esa sonrisa? —Charlie estaba en el mostrador echándole azúcar al té.

Sentí que la cara me ardía de manera súbita.

—¡A nada!

—¡Seguro! ¿A quién le estás escribiendo?

—¿Qué pasa? —preguntó Sophie, asomando la cabeza desde lo alto de las escaleras.

—Ally tiene novia.

—¡No es verdad! ¡Dios mío! —exclamé, notando que la adolescente del pasado atacaba de nuevo para rebelarse contra cualquier figura paterna.

Volví la cabeza hacia la ventana y me metí otro pedazo de *cookie* en la boca.

—En ese caso, ¿a quién le escribes? —insistió Charlie mientras se acercaba, taza en mano, y se sentaba a mi lado, emocionada al percibir mi reacción.

—A nadie —dije con la boca llena, escondiendo el teléfono antes de que pudiera curiosear. Nuestras miradas se cruzaron y me eché a reír—. Vale, si tanto te interesa, le estoy mandando un mensaje a la persona que organiza el club de corredores.

—¿La persona?

—La chica.

—¡La chica! —Ambas se echaron a reír. Busqué apoyo en Nick con la mirada, pero él se limitó a sonreír y encogerse de hombros. Intuí que había tenido que soportar varios interrogatorios en esa misma línea.

—¡Sí! Es una chica; se llama Jo. Pero no es mi novia. —Pronuncié la palabra «novia» como lo habría hecho un niño de ocho años en el parque, horrorizado ante el concepto—. Tiene solo veinticuatro años, no es más que una cría. ¡No te ofendas, Nick!

Él asintió, absorto en su mundo.

—Y esa tal Jo —prosiguió Charlie sin hacer caso a mis protestas—, ¿está soltera?

—Sí, pero...

—¿Y es...? —Me interrumpió con un gesto muy parecido al que había hecho mi padre toda su vida para definir a los gais: inclinó la cabeza y agitó la mano con aire amanerado.

—¡No! Sí. Quizá. No lo sé.

Eso las emocionó aún más, y, siguiendo el patrón de las parejas que llevan mucho tiempo juntas y no han tenido una cita en siglos, se lanzaron a repasar todos los detalles de mi vida amorosa formulando interminables preguntas sobre Jo, sobre nuestros encuentros previos, y sobre quién le escribía a quién.

Cuando les dije que acababa de preguntar por nuestros planes para después del entreno, Charlie casi entró en éxtasis y empezó a dictarme respuestas que yo no enviaría jamás y a imaginar escenarios que nunca sucederían.

—Para ser exactas preguntó por mis planes y los de Jeremy... —protesté sin ningún éxito ante las instrucciones que me llegaban en estéreo.

—Mira —repuso Charlie después de buscar apoyo en la mirada de Sophie, quien asintió con firmeza, como si supiera de antemano el consejo gratuito que iba a darme su mujer—, ya sé que cuesta ponerse en circulación después de haberlo pasado tan mal con... —Se calló porque no recordaba el nombre, lo cual le hizo perder varios puntos en su papel de experta en mi vida amorosa.

—Emily —dije por ella.

Rebañé con los dedos las migas del plato y me las llevé a la boca mientras intentaba recordar cuánto les había contado sobre mí y mis circunstancias del momento.

—Eso —contestó chasqueando los dedos, como si lo hubiera tenido en la punta de la lengua—. Tienes que sobreponerte a lo de Emily, y a veces lo mejor es lanzarse a otra cosa.

—¿Y no es eso lo que estoy haciendo con los entrenamientos? —pregunté en tono relamido, a sabiendas de que no se refería a eso.

—Bueno, sí, pero yo más bien hablaba de lanzarse a otra historia. —Abrió mucho los ojos, preguntándose si esta vez lo había pillado. No le di la satisfacción—. Aunque sea solo para divertirse un poco.

Sophie volvió a su puesto detrás del mostrador, asintiendo con la cabeza. Las dos me dirigieron una mirada intensa. Las parejas casadas siempre estaban desesperadas por que los demás nos «divirtiéramos un poco».

—¡De acuerdo! —concedí, sin saber muy bien a qué accedía—. La veré después de la carrera... ¡con Jeremy!

Ambas parecieron conformarse con eso. Todavía quedaban clientes cuando acabó mi turno, y eso me permitió escabullirme sin más instrucciones. Al cerrar la puerta, oí el eco de sus voces diciendo «¡Ya nos dirás cómo ha ido!». Sonreía para mis adentros al poner un pie en la calle y el viento me refrescó la piel, aún caliente del interior. Por irritante que fuera, resultaba una sorpresa agradable que hubiera gente que quisiera vivir a través de mí. Mientras caminaba hacia casa me pregunté qué le escribiría a Emily. Me estremecí ante la perspectiva de escribir: «Esta noche he salido con Jo».

Tomé el autobús para ir a casa de Jeremy. No llevaba suelto y el conductor rezongó algo al respecto. Clavé el acento de Sheffield en mis disculpas, ya que no quería que me tomara por una estudiante recién llegada. Quería que pensara que era de aquí. Y lo era, ¿no? Me lanzó una mirada cargada de curiosidad. El autobús era mucho más caro en Sheffield que en Londres y al mirar el abono de transporte londinense que aún llevaba en el monedero tuve un ataque de nostalgia. Me encantaba coger el autobús en Londres. Lo usaba incluso cuando sabía que el trayecto hacia mi destino duraría horas en lugar de minutos. Contemplar las calles me hacía sentir parte de la ciudad y me daba una mejor comprensión de una capital que a veces podía ser abrumadora. Cuando llevaba solo unos años viviendo en Londres ya conocía mejor su trazado urbano que muchos de los nacidos allí. Ahora, al observar por la ventanilla las calles que se sucedían en el lento trayecto hasta la casa de Jeremy, me sentí perdida.

Llamé a la puerta, segura de que ya estaría en casa. Sabía que a esas horas su madre debía de estar trabajando y que tendría que esperar a que él se despertara y el ruido lo irritara lo bastante como para bajar a pararlo. Así pues, fue toda una sorpresa que alguien abriera casi al instante. Era la hermana menor de Jeremy, Molly, vestida con el uniforme de la escuela, o, mejor dicho, con una versión de él. Dudaba que esa falda, que parecía sacada del videoclip de *Dirrty* de Christina Aguilera, y los calcetines negros hasta las rodillas, fueran exactamente lo que se esperaba en un uniforme, pero tal vez las cosas habían cambiado desde los días de polos blancos y pantaloncitos grises. Molly era terrorífica, y siempre lo había sido.

—Ally, ¡gracias a Dios! —Puso cara de agotamiento y se apartó de la puerta, dejándola abierta. Lo tomé como una invitación a seguirla—. ¡Qué bien que hayas venido! Me está taladrando la puta cabeza.

Entré tras ella en la salita. Molly se dejó caer en el sofá y cogió el mando de la tele.

Teniendo en cuenta que no la veía desde que era una niña, juzgué adecuado entablar un poco de conversación.

—¿Se encuentra bien? —pregunté con timidez mientras ella subía el volumen de la tele y cambiaba el mando por el teléfono móvil.

—¿Qué?

—Jeremy. ¿Está bien?

Me miró de verdad por primera vez desde mi llegada y sentí los ojos fríos de una adolescente de dieciséis años evaluando mi cuerpo vestido de licra.

—Está en plan gilipollas —dijo por fin. No ocultaba lo más mínimo su irritación ante la pregunta y ante mi presencia. Se suponía que debía librarla de Jeremy, no molestarla con más historias.

—¿Está arriba?

No contestó: se limitó a abrir los ojos aún más, como si la pantalla pudiera empatizar con ella ante una visita tan incordiante.

La puerta del cuarto de Jeremy estaba cerrada. Llamé con suavidad y la abrí. Estaba a oscuras y olía a chico. Como a calcetines, a pelo sucio y a loción barata. Por lo que se veía, la habitación de Jeremy no había cambiado desde que su dueño tenía diez años. A media altura había un remache con fotos de trenes que recorría la pared. De hecho, recuerdo haberme fijado en él cuando era niña y haber dibujado una cara en uno de los trenes con un rotulador imborrable. Mientras intentaba localizar mi aportación pensé en la última vez que estuve sentada en esa habitación. No conseguí recordar la ocasión exacta, pero debió de ser cuando ambos teníamos dieciséis o diecisiete años, después de haber estado mucho tiempo sin vernos. Nos refugiamos aquí de una reunión que se celebraba abajo y que era demasiado aburrida para dos adolescentes modernos. Un cumpleaños de Molly, tal vez. Nos habíamos fumado un cigarrillo asomados a la ventana y eso nos había parecido el colmo de la sofisticación. Éramos demasiado mayores para estar allí. Estábamos a punto de volar.

—¿Jeremy? —susurré.

Me respondió con un gruñido ininteligible.

—¿Qué?

—Que cómo has entrado —masculló. A juzgar por su voz llevaba un par de días sin hablar en voz alta.

—Molly me abrió la puerta.

—¡Molly debería estar en el puto colegio! —gritó en dirección a la puerta en un volumen de voz alarmantemente elevado.

—¡Que te den, Jeremy! ¡Gilipollas! —La voz de Molly cruzó la casa con la claridad de un timbre y me sorprendió que oyera algo con la tele a ese volumen. Era uno de sus poderes mágicos más aterradores.

—Mira, Al, siento no haber contestado a tus mensajes, pero no estoy de humor para hablar, ¿vale?

Rodó en la cama hasta quedarse de cara a la pared y se cubrió hasta la cabeza con la colcha.

Fui a sentarme en el borde de la cama.

—He venido hasta aquí en el autobús. Me ha costado dos libras con setenta y cinco y una bronca del conductor, así que si no te importa me voy a quedar un rato.

Estuvo en silencio durante unos instantes y luego rodó sobre su espalda, aún tapándose la cara con la colcha.

—Los conductores de autobús son unos capullos —dijo en voz baja.

—Sí, o lo soy yo por intentar pagarle con un billete de diez.

—Pues sí. En ese caso la capulla eres tú.

Esperé un rato hasta que por fin bajó la colcha y pude verle la cara. La tenía llena de marcas, como si hubiera dormido presionando contra la almohada.

—¿Qué pasa, Jeremy?

Se encogió de hombros. Su cara se contrajo, como si estuviera a punto de romper a llorar.

—¡Uf! —exclamó, frotándose los ojos con fuerza.

Desvié la mirada en un intento de concederle toda la intimidad posible, que no era demasiada si teníamos en cuenta que casi estaba sentada sobre su pierna.

—No sé —dijo por fin.

Asentí.

—Todo iba bien hasta que de golpe me planteé qué diablos estaba haciendo. —Se frotó la nariz con la manga del suéter. Lo había dicho en un tono que parecía esperar una respuesta—. En plan: ¿voy a participar en una carrera para impresionar a Ben? ¿Soy así de tonto?

—¡Sí! Bueno, lo de tonto no. No sé si vas a impresionar a Ben, pero desde luego vas a hacer esa carrera.

—¿Lo vi de verdad, Al? Ni siquiera estoy seguro de que esté apuntado.

—No lo sé. ¿Tal vez?

—Tal vez.

—Pero nosotros correremos igual.

No dijo nada.

—Ni siquiera querría verme. Así están las cosas.

—Estoy segura de que...

—Tiene otro novio.

—¿Qué? ¿Desde cuándo? ¿Cómo lo sabes?

—Instagram, ¿cómo si no?

—Vamos, esas cosas no se pueden saber por Instagram. Enséñame la foto.

Jeremy me pasó el teléfono. En la pantalla reconocí a Ben. Miraba más allá de la cámara, a la persona que le sacaba la foto, esbozando su mejor sonrisa. La foto iba acompañada del emoji del corazón. Todo muy básico.

—¿Quién la posteó?

—Uno de la universidad. Daniel, jugaba al rugby. Sabía que siempre se habían gustado.

—Pero esto no significa nada. Es solo una foto chula...

Volví a mirarla. Era bastante definitiva.

—Mira, Jeremy, lamento que hayas tenido que aguantar todas mis mierdas cuando tú también...

No me dejó terminar:

—Eh, para, esto no es un concurso, ¿no?

—Bueno —dije—, ganarías tú.

—Estoy bien, Al. No... tan solo me estoy tomando un poco de tiempo para revolcarme en la mierda y lamentar mi asco de vida. ¿Qué te voy a contar?

Él sonrió levemente y me hundió un dedo en el costado.

—Me encantan los revolcones. —Le cogí la mano, que aún estaba clavándose en mis costillas, y la mantuve entre las mías durante un momento—. Estaba preocupada. No puedes dejar de hablarme de golpe, ya lo sabes. Tenemos que revolcarnos juntos.

Él se llevó mi mano a los labios y le dio un beso.

—Lo sé. Lo siento.

Me miró como si me estuviera viendo realmente por primera vez desde mi llegada.

—Estás guapa —dijo—. Vas muy... ceñida.

—Gracias. Sí, voy a ir a entrenar con el club. Y contigo.

—No tengo el cuerpo para eso, Al.

—Mira, ¿por qué no te pones la ropa de correr y así ves si te apetece o no? Nos quedamos un rato aquí y luego, si aún no estás de humor para salir a correr, pues no vienes. Voy yo sola.

Se lo pensó durante medio minuto.

—¿Puedo ponérmela y volver a acostarme?

—Claro.

Asintió.

—Deja que lo piense.

—El plan es correr y luego... ir a tomar algo.

—¿A tomar algo?

—Jo nos ha propuesto quedar con ella.

Se sentó de golpe.

Saqué el teléfono y le mostré el intercambio de mensajes entre las dos.

—¡Ally, no le has contestado! ¡No puedes dejarla así, colgada!

—Necesitaba tu aportación.

Me arrancó el móvil de las manos y tecleó:

Genial. ¿Nos vemos sobre las nueve? ¿Tomamos algo por aquí cerca antes?

Ella respondió al momento:

¡Perfecto! ¿Quedamos en el Black Lion?

Sí. ¡Hasta luego!

—Vale, iré contigo, pero solo porque tengo que ser testigo de esto. Y en menor medida porque ya he avisado en el curro de que no iría en toda la semana porque tenía conjuntivitis, así que sería una pena desperdiciar un juernes.

—¡Sí! Preparémonos juntos en mi casa luego.

—Hecho. —Su ánimo había mejorado ostensiblemente—. Oye, y eso significa que puedo estrenar la mochila que me compré. Sabía que algún día me vendría bien.

—Y es tan chula...

Me dedicó su sonrisa más sarcástica.

—No estoy para consejitos ni sugerencias sobre moda, muchas gracias. Pero, si lo estuviera, deja que te diga que no seguiría los de alguien que lleva pantalones de ciclista.

—Tomo nota.

Jeremy retiró la colcha, sacó el móvil y dio una palmada en la sábana, invitándome a tumbarme allí. Eso hice.

—¿Te apetece ver vídeos de gente cruzando la meta en las maratones? Siempre me hacen llorar.

Asentí.

Observé cómo Jeremy tecleaba en Google «tíos buenos maratón» y aparté la mirada de la pantalla, temiendo los resultados.

Después de pasarnos veinte minutos viendo a hombres guapos que corrían sin despeinarse, Jeremy se volvió hacia mí.

—Estos podríamos ser tú y yo, ¿no?

Lo miré, creyendo que bromeaba, pero vi que estaba siendo absolutamente sincero.

—Sí. Sin duda.

Sonrió y devolvió su atención al tío bueno de la maratón de la pantalla: un atisbo de lo que iba a ser nuestro futuro.

12

El primer local gay de Sheffield

En el entreno del club acabamos siendo los tres solos, y Jo nos condujo a través de una ruta ridícula en la que incorporó tantas cuestas como le fue posible. Tantas que, por un instante, pensé de veras que el almuerzo me saldría por la boca. Jo optó por seguir el ritmo con nosotros en lugar de adelantarse, y, por repelente que parezca, en ningún momento pareció estar cansada, aunque tampoco intentó entablar conversación, gracias a Dios. Cuando por fin llegamos a la verja del parque, nuestra meta de siempre, yo albergaba dudas sobre si sería capaz de seguir la noche y salir a tomar algo. ¿Cómo iba a pensar en qué modelito ponerme si al menos uno de mis dos pulmones se hallaba al borde del colapso? Jeremy se lanzó sobre la hierba, mochila incluida, en un alarde melodramático y se quedó tumbado, con los brazos por encima de la cabeza, rindiéndose ante la madre tierra. Durante cinco minutos se negó a moverse a pesar de las advertencias de Jo de que los músculos se le agarrotarían.

—Mis músculos no existen —gimoteó—. No hay problema.

Cuando finalmente nos incorporamos y vimos que no íbamos a vomitar, Jo nos dirigió una mirada alentadora.

—¡Chicos, estáis ya muy cerca de conseguirlo! Si sois capaces de correr durante hora y media es que estáis listos para hacer una media maratón.

—¿Y... —empezó Jeremy, interrumpiéndose para escupir en el suelo—, y si en hora y media solo has logrado cubrir la mitad del recorrido de la media maratón? Es decir, un cuarto de maratón...

Si eso la preocupaba, Jo lo disimuló a la perfección.

—Os irá bien. De día es distinto, además. Uno se mezcla con la masa y se beneficia de un extra de adrenalina.

Nos miramos y nos dijimos en silencio que era cierto. No habíamos tenido en cuenta esa adrenalina; en realidad habíamos estado corriendo sin ella.

Jeremy y yo fuimos a mi casa a ducharnos, y nos quedó un espacio de tiempo para devorar algo de cena (unos espaguetis a la boloñesa que mi padre nos había traído amablemente, así que tuvimos el lujo de sostener un tenedor en una mano mientras usábamos el secador con la otra) antes de volver a reunirnos con Jo. También nos tomamos dos copas de Sauvignon blanco, cortesía de la madre de Jeremy (lo habíamos metido en la mochila al salir de su casa). La generosidad de mi padre no era del todo desinteresada, puesto que le iba de perlas para quedarse arriba, apartado de sus colegas del instituto que celebraban su noche de juegos en el salón de casa. No tenía claro con cuántos juegos de mesa estaban liados pero, a juzgar por el volumen de gritos y risas, sí podía afirmar que se estaban tomando unas cuantas botellas de vino.

Me emocionaba ya no solo tener plan para la noche sino tenerlo con dos personas y en una noche de diario. ¡Y después de salir a correr! No me reconocía a mí misma.

Abrí una bolsa de gominolas con forma de serpiente para el postre.

—Me extraña no haber perdido peso con todo el entrenamiento —comentó Jeremy al tiempo que se acariciaba la barriga y masticaba una de las serpientes, cuyo extremo aún le colgaba de los labios.

—No te hace ninguna falta perder peso —dije, y lo decía en serio—. Estás perfecto así.

Me miró, sorprendido.

—Gracias, amor —repuso, un poco avergonzado.

Seguimos masticando en silencio durante un rato.

—¿No te sientes mejor ahora que ya has salido de la cama?

—Ya había salido de la cama, Al.

—Ah, estaba convencida de que te habías pasado cuarenta y ocho horas acostado, sintiéndote demasiado triste para moverte.

—Había llegado al cuarto de baño, y al sofá, a ver *Border Force* con Molly. A la cocina a cenar. Y al estanco, a comprar tabaco.

—¡Todo un explorador! Lo siento. Me preocupaba que...

—Me tomé unos días de «asuntos propios», Al. Así los llama mi madre.

—Pero no... bueno... quiero que te sientas con la libertad de decirme si... —La verdad era que no sabía muy bien cómo expresarlo.

—Al, si no estuviera bien, te lo diría. —Hizo una pausa—. O no. No lo sé. Pero lo haría mi madre. O Molly. Te tendrían al tanto. Pero de momento estoy bien.

—Bien. De acuerdo. Oye, ¿Molly va al colegio alguna vez o vive en un «asunto propio» perpetuo?

—Sí que va. A ver a sus amigas y a vender los porros de mamá.

—Ya veo que no se pierde lo que de verdad importa.

—En fin —dijo él con énfasis, apoyando las manos en las rodillas—. ¿Qué te vas a poner para impresionar a tu Joanne?

Jeremy se recostó en mis almohadones, cogió un osito de peluche de cuando era niña y lo sentó con cariño a su lado, como si se tratara de un segundo miembro del jurado.

—¿Joanne? ¿Cómo sabes que su nombre es Joanne? Podría ser Josephine o Joan, o... —No se me ocurrió ninguno más.

—¿Joward? ¿Jostepher? —sugirió Jeremy.

Le lancé una serpiente.

—Simplemente se lo pregunté —dijo, acompañando sus palabras con un florido movimiento de la mano—, y se desveló el misterio.

—Pues no intento impresionarla, se llame como se llame —repliqué con voz débil, a sabiendas de que mis protestas no surtirían el menor efecto.

—Vale, pues dime: ¿qué te pondrías si intentaras impresionarla?

En realidad no tenía ni la menor idea. Seguía viviendo de la única maleta que había traído conmigo del barco. Apenas tenía ropa. El aguijón de la tristeza me atacó de nuevo al recordar otros momentos en que me vestía para salir con Emily y acababa siempre usando una de sus camisetas. Solía observarla mientras se vestía, maravillada de lo guapa que era y de lo poco que parecía costarle. A veces se entretenía en maquillarme y las dos terminábamos riéndonos; al final mi aspecto era el de una drag, pero conservaba el maquillaje para no herirla. Quizá fueran los momentos en que me sentí más amada: cuando daba los últimos retoques a mis párpados y luego se incorporaba para admirar su obra, o me quitaba de un soplido un pelo de la cara.

—De verdad que no lo sé, Jeremy. —De repente me sentí huraña y abatida, como si acabaran de quitarle toda la diversión a la velada.

Jeremy se incorporó y me clavó la mirada, la misma que pondrías ante una chiquilla que está al borde de montar una rabieta. Amable y firme a la vez. La traducción visual de «no querrás arruinar un día tan maravilloso como el de hoy, ¿verdad?».

—¡Qué más da lo que te pongas, Al! Era una pregunta en voz alta. ¿Tejanos y camiseta? Eso llevaré yo.

Y, como si quisiera ofrecerme las pruebas de ello, sacó una camiseta blanca y unos tejanos negros de la mochila y los extendió ante mí.

—Eso, junto con el abrigo y las zapatillas. No las de correr, claro. No quiero parecer un padre de familia.

Revisamos la ropa que había traído en la maleta. Estaba toda bien doblada en un cajón. Nos decidimos por unos tejanos negros, que aún tenían buen aspecto a pesar de estar un poco descoloridos (pensamos que igual acabábamos tirados por el jardín), y una camisa vaquera que le había birlado a Emily porque le quedaba demasiado grande. Me pregunté si la habría echado en falta. ¿Y si me la veía puesta en una foto con Jo? Eso la enojaría y la pondría celosa a la vez: era la combinación perfecta.

—Hablando de objetos robados... —dijo Jeremy cuando ya estábamos apoltronados de nuevo, superado ya el dilema del vestuario. Señaló a Malcolm, que yacía en mitad del suelo del dormitorio cual alfombra viva. El colmillo de Malcolm, perennemente visible, soltó un destello.

—Ya... pero no es exactamente un robo... —repuse, aunque me falló el entusiasmo para dar el discurso completo.

—Llamémoslo secuestro si quieres —replicó Jeremy sin alterarse—. ¿Va a venir Emily a por él?

—No, bueno, no lo sé. —Suspiré—. Pensé que vendría a buscarlo enseguida. Me imaginaba una especie de reunión melodramática la misma noche en que me marché: ella venía sin pensárselo dos veces y conseguíamos hablar en otro escenario, y ella se daba cuenta de que no era capaz de regresar a casa sin los dos. Pero ahora mismo creo que está tan liada con su nueva vida sin mí que, una vez repuesta del mosqueo que pilló cuando me lo llevé, ya... no le importamos. Ni Malcolm ni yo.

Me percaté de que llevaba tiempo sin hablar de Emily, un tema que eludía tanto en el trabajo como en casa, con mi padre. Aún no había puesto en palabras lo que acababa de descubrir: quizá mi plan para recuperarla no iba a funcionar.

—Estoy seguro de que aún le importa, Al. —Jeremy intentó adoptar su tono más profesional, pero ni aun así logró sonar convincente—. Tal vez no se le dé muy bien mostrarlo, ¿puede ser?

Me reí.

—Creo que no se le da bien mostrarlo porque ahora estoy en la misma categoría que Malcolm. Seguro que me echa de menos, pero al mismo tiempo tiene más tiempo libre para ella y menos asuntos de qué preocuparse.

—¡Al! ¿Cómo va a pensar así? ¿Acaso era un monstruo?

Tardé un poco en contestar, pero acabé dándole la razón.

—No, no era un monstruo.

—¡Y no para de hacer preguntas sobre Jo! Creí que me habías dicho que la tenías mosqueada.

—Y lo dije. Está mosqueada. Para tener otra relación demuestra demasiado interés.

—Pues ahí lo tienes. Me da la impresión de que te has montado una película en la cabeza. No te agobies con eso.

Sabía que él tenía razón, pero era más fácil decirlo que hacerlo, sobre todo teniendo en cuenta que ese irritante consejo procedía de alguien que se había apuntado a correr veintiún kilómetros a cambio de la improbable oportunidad de ver a su exnovio.

—¿Y... dados los últimos acontecimientos, cómo te sientes por la posibilidad de ver a Ben? —Me froté las manos, pegajosas de las chucherías, en las perneras del pantalón, sintiendo que estaba en uno de esos momentos en que el dulce dejaba de darme energía para empezar a darme sueño.

—¿Cuándo? —Jeremy me miró horrorizado.

—¡En la carrera! ¿No nos habíamos apuntado para eso?

—Bueno —dijo agitando la mano en el aire—, quién sabe si tan siquiera estará allí. A lo mejor está muy ocupado con su nuevo novio.

Estuvimos un rato callados, entretenidos con los teléfonos móviles, aunque Jeremy no paró de engullir serpientes de goma. Contemplé su rostro de perfil, iluminado por la pantalla, y me pregunté si alguna vez llegó a creer que Ben estuvo aquí en Sheffield. No quise insistir y le dejé masticar dulces en paz.

—¿Voy a ir de carabina? —me preguntó por enésima vez, removiendo la copa como si fuera a olisquearla y a darme su veredicto sobre el bouquet.

—¡No! ¡No es una cita! No puedes ser una carabina si solo vamos a tomar algo.

—Vale —dijo él, mirándome con atención mientras terminaba de pintarme la raya de los ojos—. Y estás segura de que no cree que somos ella y yo los que tenemos una cita y que tú vas de carabina, ¿verdad?

Sonreí.

—En realidad, de eso no estoy segura. El amor siempre es un misterio. —Dejé el lápiz de ojos en la mesita y me volví hacia él—. ¿Vamos a averiguarlo?

Apuramos los restos de las copas de vino, aún sedientos: después de nuestra carrera épica necesitábamos todo el líquido posible para rehidratarnos.

A las nueve y media de la noche de un jueves el Black Lion estaba lleno de estudiantes. La intensidad del ruido y el calor que emanaba de una masa de humanos ebrios estuvo a punto de hacerme dar media vuelta y volver a casa. Pero el valor conferido por la copa de vino y el tirón físico de la mano de Jeremy, que me arrastró a través del abarrotado local en busca de Jo, no me dieron opción. Nos saludó con efusividad desde una mesita que había logrado ocupar y preservar de las hordas de chavales que la rodeaban como tiburones. Quitamos su abrigo de un taburete y su bufanda de otro, agradecidos de poder disfrutar de un mínimo espacio en medio del caos.

—¡No sé por qué propuse este sitio!

Jo se lanzó a darnos una lista exhaustiva de todas las razones por las que había sido una imbécil al proponer el lugar y los múltiples defectos que convertían el Black Lion en un puto infierno.

Jeremy la tranquilizó enseguida y se puso a contarle su anécdota favorita del Black Lion: la noche en que se bebió dos botellas de vino rosado, perdió la cartera, acusó a todos los clientes de haberle robado, vomitó en la zona de fumadores, encontró la cartera en el bolsillo, llegó a casa sin saber cómo y despertó rodeado de siete paraguas, todos ellos sustraídos por él como venganza por la cartera extraviada. Mientras él relataba ese cuento que yo ya conocía (recuerdo que mi padre lo había escuchado con cara de horror, pero no le hizo ascos a quedarse con uno de los paraguas), yo observé a Jo: le escuchaba con educación, como si pudiera interesarle aquel cuento desagradable y poco destacable. Se había puesto unos tejanos azules de talle alto, unas Vans y una camiseta blanca y lisa que acentuaba todos sus encantos. Se atisbaba un sujetador negro debajo. Yo, que jamás había sido de la clase de personas que consiguen darle estilo al look de camiseta y tejanos y sentía una profunda envidia de todos los que sí podían hacerlo, me percaté de que nunca la había visto maquillada. No se molestaba en arreglarse tanto para ir a la tienda o a correr. Se la veía distinta, realmente guapa, y me sentí más torpe que nunca ahí con ella. La sensación no era tan distinta a la de encontrarse con tu profesora de mates en un Sainsbury's. Alejadas del orden familiar que impera en clase, había que adoptar nuevos roles. ¿Erais dos iguales en Sainsbury's? ¿Dos personas corrientes que iban a comprar yogur helado? Mi cerebro tenía que reajustarse.

Me ofrecí voluntaria para ir a la barra e invitar a la primera ronda; nos decantamos por una botella de vino blanco de la casa para compartir, pero luego resultó que, si te llevabas dos, la segunda estaba a mitad de precio, y como nunca he sido capaz de resistirme a un descuento o a una botella extra de vino, regresé a la mesa con una debajo de cada brazo, tres vasos cogidos con los dedos y una expresión culpable en la cara.

—¡Ally va a por todas! —exclamó Jeremy mientras rescataba una de las botellas.

—No tuve elección, chicos. Habría sido una irresponsabilidad financiera dejar pasar la oferta.

—Lo entiendo —dijo Jo en tono solemne mientras cogía un vaso y sonreía. Dado que era nuestra gurú del fitness, me gustó comprobar que no parecía decepcionada por mi iniciativa.

Jeremy sirvió tres vasos llenos y los tres los alzamos en un brindis. Jeremy y yo nos miramos, como si de repente nos diéramos cuenta de que no teníamos nada que celebrar.

—¡Chicos! —Jo nos miró como si fuéramos tontos de remate—. ¡Por la media maratón que vais a correr!

—¡Sí!

Brindamos sin mucho entusiasmo. La perspectiva se me antojaba absurda, pero su fe inquebrantable en nosotros resultaba alentadora.

A medida que avanzaba la noche, y que la sensatez financiera de las dos botellas daba paso a otras dos, lo que significaba —según la apasionada opinión de Jeremy expresada con la convicción y locuacidad de un abogado— que habíamos consumido una botella gratis, los brindis fueron ganando en contundencia.

—¡Por nosotros, los corredores!

—¡Por terminar la media maratón!

—¡Por ganarla!

—¡Por los mejores amigos y atletas del mundo!

Casi era medianoche cuando decidimos irnos, después de que la charla hubiera abordado todos los temas posibles, excepto las relaciones, algo que paradójicamente agradecí y lamenté a la vez. Nos habíamos planteado la opción de pedir otras dos botellas, pero no fuimos capaces de justificar ni el hecho de tomarnos dos botellas cada uno en el transcurso de una velada ni la opción de comprar solo una (una manera absurda de malgastar el dinero), así que lo más sensato era dar la fiesta por terminada. Sin embargo, en cuanto noté el aire frío de la noche decidí que no me había sentido más despierta en mi vida y la idea de irme a casa me resultó insoportable. Notaba todos los sentidos alerta, lo cual era sin duda una impresión falsa dada la cantidad de alcohol consumido. Necesitaba que la noche siguiera, y cuando miré a los otros dos vi que les brillaban los ojos, mirándome con expectación. Comprendí que debía pedir un Uber para todos.

—No sé si me apetece... bueno, a lo mejor os apetece... —Me callé, consciente de que había solo una opción a esas horas de la noche.

—Al. No. —Jeremy me lanzó una mirada entre severa y divertida, y luego dijo—: ¿O quizá sí?

Por su cara pasó la sombra de la tentación.

—Ya lo sé, no deberíamos... —continué, fingiendo que no se trataba ya de algo decidido.

—¿De qué habláis, chicos? —preguntó Jo en tono suplicante.

Nos echamos a reír y ella me pegó en el brazo, noté cómo la palma de su mano permanecía en contacto durante un par de segundos.

—¿Qué? —gimoteó—. ¡Contádmelo!

—Jo, ¿has estado alguna vez en un antro pequeño... llamado Tom's? —le preguntó Jeremy, dando a su frase todo el misticismo que cabría esperar cuando le preguntabas a alguien si había visitado la Ciudad Esmeralda.

—¡Oh, Dios mío, no! —Se le iluminaron los ojos de golpe—. Pero lo conozco de oídas.

—Entonces está decidido. ¡Vamos! —Jeremy me cogió del brazo—. Llegaremos más rápido a pie, la verdad.

—¡Estoy emocionada! —chilló Jo, tomándome del otro brazo, de manera que empecé a caminar con uno a cada lado.

Los tres nos dirigimos al único lugar que podía estar abierto hasta el amanecer.

Para quienes no hayan oído hablar de ese sitio, Tom's es el primer local gay de Sheffield. Un bar abierto hasta primera hora de la mañana. Un bar donde puedes tomar catorce botellas de Lambrini, un perrito caliente, un desayuno inglés clásico y un asado en el mismo día. Un bar donde puedes jugar al billar y bailar el megamix de One Direction a cinco metros de distancia. Era un local que Jeremy y yo habíamos frecuentado en los últimos años del instituto, ya que por un lado era el único bar gay de Sheffield y por otro el único lugar donde podías comprar Lambrini de cerezas por botellas. Ni se me había pasado por la cabeza que tendría la oportunidad o la desgracia de volver, pero, mira por dónde, hacia allí nos dirigíamos, pasando ante las tiendas cerradas y ante grupos de estudiantes entregados a la búsqueda desesperada de taxis y cajeros. Resistí la tentación de comentar el frío que debían de estar pasando las chicas con sus atuendos diminutos y sin abrigo. ¡Esa noche yo era una de ellas! Aunque iba vestida con más sentido común.

Al entrar en el local, el contraste entre la fría brisa nocturna de la calle y el aire denso, cálido, y las luces que vibraban en esas paredes pintadas de un oscuro color púrpura supuso un ataque a los sentidos. El ruido y los olores eran abrumadores y no pude evitar sumirme en una oleada de nostalgia mientras subíamos hacia la barra. Al llegar arriba, evitamos la cola del guardarropa y dejamos los abrigos en una banqueta desvencijada de terciopelo que estaba libre, al lado de una pareja de chicos que se besaba con intenso entusiasmo.

—¿Qué queréis beber? —nos gritó Jeremy antes de responder también a gritos por nosotras «Lambrini» y empezar a hacerle señas al chico de la barra.

—¡Por favor, no! —intervino Jo, tirando del brazo de Jeremy cuando este pedía por señas tres botellas—. Si me bebo un Lambrini moriré, o se me caerán los dientes. Una cerveza para mí.

—¡Y para mí! —repuse enseguida. No se me había ocurrido que en ese lugar existía la opción de beber algo que no contuviera un kilo de azúcar.

—Como queráis. —Jeremy cogió su Lambrini y se encaminó hacia la pista de baile.

Jo y yo nos quedamos sin saber qué hacer. La observé, intentando discernir cuál era su reacción. Me sentía responsable de todo ya que había sido yo quien propuso ir al Tom's. Como si, puesto que yo había elegido el decorado y la música, pudiera ofenderme si no eran de su gusto.

—¡No puedo creerme que no hubiera venido nunca! —Se me acercó para gritarme al oído, con una gran sonrisa—. Me encanta.

Era lo más cerca que habíamos estado nunca y mis tripas daban volteretas de la emoción.

—¡Me alegro! —le grité también—. Es uno de esos sitios que amas u odias.

Delante de nosotras una chica intentaba despegar el zapato del suelo.

—No es que tenga mucho glamour —comenté, riendo.

Jo asintió y dio un buen sorbo a la cerveza. Me pregunté si estaría nerviosa.

—¿Sabes una cosa? —le dije al oído mientras Little Mix se callaba y Britney empezaba a cantar—. La primera vez que vine tenía dieciocho años. Éramos un montón celebrando la mayoría de edad de uno de nosotros y este era el único sitio que cerraba muy tarde. Yo ya había salido del armario, pero no del todo, ¿me entiendes?

Me aparté un poco de ella para que tuviera espacio para asentir.

—Así que vinimos y estuvimos bailando y bebiendo sin parar. —Sonreí—. Bebiendo mucho. Ya llegamos bastante borrachos y aquí me tomé mis primeros chupitos de tequila.

Me paré para dar un sorbo a la cerveza y para asegurarme de que iba a contar bien la historia. Jo era todo oídos.

—Debían de ser al menos las tres. Era la primera vez que estaba fuera hasta tan tarde y empezaba a estar cansada, pero lo último que quería era ser la primera en irme a casa. Así que seguí bailando, sin muchas ganas, cuando se me acercó una chica y empezó a bailar conmigo. Al principio me sentí avergonzada, como si pensara que estaba burlándose de mí, e hice el gesto de volver con mi grupo, pero ella me cogió del brazo y me susurró al oído: «¿Te he visto antes por aquí?». —Bajé el tono de voz para darle más atmósfera a la historia—. Le dije que no y entonces me miró de arriba abajo y dijo: «Tu cara me suena mucho». Y, sin saber muy bien cómo, pasó de mirarme a besarme en menos de tres segundos.

Negué con la cabeza, sonriendo un poco ante el recuerdo de mi yo adolescente ligando con lo que entonces pensé que era toda una mujer, aunque viéndolo en perspectiva no debía de tener más de veinte años.

—Regresamos más veces después de esa noche, pero —me callé y miré hacia la pista de baile— nunca volví a verla.

—¡Vaya! —Jo me miró con seriedad y sin decir nada durante unos segundos—. ¿Me estás diciendo que... besaste a un fantasma?

Asentí con solemnidad.

—Es muy posible.

Ella enarcó las cejas y me sonrió.

—No seas tonta —dijo en tono afectuoso—. Venga, vamos a bailar.

Encontramos a Jeremy bailando con un chico guapísimo que estaba allí con un gran grupo de amigos. Nos llamó por señas, pero nos escabullimos hacia un lado de la pista. Preferíamos observar a la gente, tener la barra cerca y, aunque ninguna de las dos lo dijo en voz alta, mantener nuestro pequeño círculo íntimo. Jeremy se nos acercó en un momento dado para traernos sendos chupitos de sambuca («¡estaban de oferta!»), y después de eso la noche fue adentrándose en terrenos brumosos. No tenía ni idea de cuánto rato llevábamos allí o en qué número de cerveza estábamos, pero me di cuenta de que Jo y yo estábamos bailando sin hablar. Jeremy y sus amigos habían desaparecido y a nuestro alrededor solo había extraños. Yo tenía la cabeza embotada por el ritmo del remix que sonaba en ese momento y la sensación de que todo era fácil. Me hallaba en ese estado de ebriedad en que todo fluye. Yo era líquido. Era el ritmo en las paredes. Era la gente sudorosa y acalorada que nos apretujaba. En un momento, Jo se me acercó tanto que pude sentir su aliento en los labios y luego en mi oído.

—¿Te he visto antes por aquí? —murmuró.

Me eché a reír y le di una palmada en el brazo, en plan juguetón.

—Pensaba que esta frase siempre funcionaba...

Me miraba con intensidad y una media sonrisa en los labios. Y, antes de que pudiera pensarlo, empezamos a besarnos. Mi mano se hallaba en la parte baja de su espalda, acariciándole la piel de la cintura. El beso fue eterno. O al menos duró hasta el final de la canción: en ese instante lo dejamos y Jo se echó a reír al oír que empezaba a sonar Celine Dion.

No mucho más tarde nos reencontramos con Jeremy y decidimos dar la noche por terminada. Mantuvimos una discusión fugaz en torno a los taxis sin que ninguno de nosotros se comprometiera a nada. De repente, con un grito de alarma innecesariamente alto, Jo se percató de que se había dejado el abrigo en el interior y fue a por él.

—Oh, Dios mío —murmuré. De repente estaba completamente sobria.

—¡Lo sabía! ¿No te dije que os enrollaríais?

Jeremy estaba emocionado y a la vez tecleando con furia en el teléfono (a alguien a quien acababa de conocer, supuse), de manera que no era capaz de prestar toda la atención que merecía el tema.

—¡Jeremy! —le dije en tono perentorio.

—¡Ally! —repuso con la misma voz de niñato que había usado yo, aunque se ablandó al verme tan alterada—. ¿De qué te preocupas? ¡No es más que sexo! Estáis las dos solteras, ¿no?

—Supongo que sí.

—¡Pues entonces...! A ver, tienes que coger un taxi con ella en lugar de volver a casa conmigo. Es tal y como dijimos, Al. ¿Quieres recuperar a Emily? ¿Quieres sentirte mejor y lograr que ella lo note?

—No, Jeremy, no pienso meterme en la casa de una estudiante y...

—¿Y qué?

—¡No!

—Vale, vale, de acuerdo. Solo te digo que no hagas un mundo de esto.

Lo dijo justo cuando mi cerebro se dedicaba a formar el lío más enorme que yo era capaz de imaginar. Un lío de proporciones monstruosas. En ningún momento se me había ocurrido que algo así pudiera pasar. Por un lado anhelaba meterme en mi cama, pero por otro la perspectiva de estar en un taxi con Jo en dirección a su casa surgía ante mí como una posibilidad excitante e inevitable.

—Jeremy, lo más probable es que no quiera llevarme a su casa —susurré, sin perder de vista la puerta del club: Jo bajaba la escalera con un abrigo en el brazo.

—Bueno, ya se verá, ¿no crees?

Me cogió por los hombros y me plantó un gran beso en cada mejilla. Antes de que yo pudiera protestar, ya se había despedido de Jo con un gesto y entrado en uno de los taxis que hacían cola frente a la puerta del club.

—¡Lo encontré! —exclamó Jo en tono triunfal mientras se ponía el abrigo.

—¡Genial!

—Eh, ¿dónde se ha metido Jeremy? —preguntó mirando a su alrededor, como si él estuviera escondido en alguna parte.

—Iba fatal. Tenía que irse a casa. Te manda saludos.

—Ah, vale. Despídeme de él también.

Creo que Jo estaba aún más borracha que yo.

Nos quedamos en silencio durante un par de segundos.

—Tu casa queda lejos, ¿verdad? —preguntó ella en tono inocente, a sabiendas de que se encontraba a quince minutos en coche.

—Sí. Un poco... supongo —repuse, actuando como si no tuviera ni idea de dónde estaba mi casa.

—Yo pensaba volver andando a la mía. Hay mucho sitio... si quieres quedarte.

—¡No puedes volver a pie sola! Son... —Saqué el teléfono del bolsillo del abrigo—. ¡Son más de las cuatro! Mierda, ¿cómo se ha hecho tan tarde?

—No voy a volver sola.

Me sonrió y nos pusimos a andar del Tom's a su casa. Yo no empezaba en la panadería hasta las once, ya que Nick me había cambiado el turno el día anterior. Durante el camino comentamos lo mucho que odiábamos la sambuca y, en consecuencia, lo mucho que odiábamos a Jeremy. Hablamos de lo cerca que estaba la fecha de la maratón y lo mucho que yo había avanzado. Andábamos a una prudente distancia, con los brazos cruzados sobre el pecho para mantener el calor. El tono de la charla era tan ligero, tan jovial, que no me daba la menor pista sobre lo que sucedería cuando llegáramos. Quizá me instalara en el sofá con un saco de dormir.

Ya en su casa, Jo tropezó con unos zapatos que estaban tirados en el vestíbulo y rezongó sobre lo desastrosas que eran sus compañeras de piso. Lavó dos tazas para poder beber agua. La mía llevaba un «18» impreso en un lado junto a un montón de fotos de un chico que sonreía con una cerveza en la mano. Olía a piso de estudiantes, a esa combinación de sudor, basura y moqueta vieja, y por un momento tuve la experiencia extracorporal de verme bebiendo agua en la taza de otra persona en ese entorno extraño. Me parecía imposible estar allí en lugar de en casa, en mi cama pequeña, durmiendo.

—Esto apesta —susurró Jo, devolviéndome a mi cuerpo—. Vamos arriba.

La seguí hacia las escaleras y hacia su habitación, una estancia grande de la parte frontal de la casa. Tenía dos ventanales y una chimenea que daba la impresión de no haberse encendido nunca. No podía decirse que estuviera desordenada, más bien que nada parecía tener un lugar propio. Había montañas de libros apilados por el suelo. No había mesita de noche, así que la lámpara también estaba en el suelo, junto a su cama, y el cable era perfectamente visible. No había hecho la cama y sobre ella había un montón de ropa. Pensé que había tenido tantos problemas como yo para decidir qué iba a ponerse.

—Dios, es inmensa. ¿Por qué las habitaciones en los pisos de estudiantes son tan enormes? Ninguna casa tiene dormitorios como estos.

Hablé sin pensar y de repente me callé, avergonzada, como si no estuviera segura de poder mencionar que estaba en su cuarto.

—Lo sé, es enorme y siempre hace frío.

Fue a tocar el radiador que, irónicamente, se hallaba ubicado justo debajo de los inmensos ventanales que no ajustaban bien. Se estremeció sin querer.

—Te estás congelando, deberías abrigarte más.

Mi instinto me impelía a acercarme, cogerla en mis brazos y parar su temblor, pero me mantuve clavada en el mismo sitio, cerca de la puerta.

—Sí, vamos a...

Empezó a rebuscar entre la ropa sin terminar la frase. Me pasó un pantalón de pijama de franela y una camiseta de color gris, asegurándome que estaban limpios aunque procedían de un montón de ropa que tenía en un rincón del cuarto. Dijo que se había dejado los suyos en el cuarto de baño y fue a por ellos, y así me dejó sola para que pudiera cambiarme en paz. Me lo pensé un momento antes de meterme en la cama, y luego, cuando ya me había acostado, en unas sábanas desconocidas que desprendían el perfume de Jo, un aroma entre dulce y floral, me pregunté si debía enviarle un mensaje a Jeremy. Por alguna razón me sentía perdida. Necesitaba charlar con un amigo. Pero, antes de que pudiera coger el teléfono, Jo entró en el cuarto. Dio un portazo sin querer.

—Vaya... —se rio. Llevaba puesto el pijama más diminuto que yo había visto en mi vida.

—¿Cómo...? ¿Eso abriga? —Sonreí, porque el portazo me había devuelto el buen humor. Había roto la tensión.

—¡Es el único que tenía!

Envalentonada por el alcohol y por moverse en su territorio, se paró delante del espejo a mirarse cómo le quedaba aquel minipijama. Yo también la miraba. Se alisó la parte superior, sujeta con tirantes. Sus largas piernas hacían que los shorts parecieran aún más cortos de lo que eran. Tenía un cardenal horrible en la parte trasera del muslo, como el que me salió el año pasado cuando calculé mal la distancia que me separaba del reposabrazos del asiento en el metro. Quise preguntarle cómo se lo había hecho, pero me contuve. Había algo demasiado íntimo en hablar de sus muslos. Cuando por fin se acostó, apagó la lámpara y dejó la habitación completamente a oscuras. Las cortinas eran finas y dejaban pasar el resplandor de la farola de la calle, que teñía el cuarto de un tono anaranjado. Se quedó tumbada sobre su espalda.

—Todo me da vueltas, Al, mañana estaremos hechas una mierda. —Era la primera vez que me llamaba Al.

—Querrás decir hoy.

—¡No! Oh, Dios, tienes razón.

Estuvimos un minuto calladas y me pregunté si se habría dormido. Esa posibilidad no suponía ni una decepción ni un alivio, tan solo un atisbo de preocupación por lo que iba a decirle a Jeremy. Imaginé su cara mientras le contaba que habíamos dormido castamente. «Lesbianas», diría, meneando la cabeza con desesperación.

—¿En qué piensas? —me preguntó ella en voz baja.

Sonreí.

—¿En qué pienso?

—¿Qué? —dijo ella, medio ofendida y medio riéndose—. Quiero saberlo. Eres una persona difícil de prever.

No dije nada. Intenté pensar en otra cosa que no fuera «Jeremy», pero ella malinterpretó mi silencio.

—¿Estás pensando en ella?

—¿En quién? —Sabía a quién se refería, claro.

—Emily.

—En realidad, no. Pero habrías acertado en muchos otros momentos.

—¿Piensas en ella a todas horas?

—A todas horas.

Suspiró.

—¿Por qué? ¿En qué piensas tú? —Me puse de lado para mirarla, la vista ya se me había acostumbrado a aquella semipenumbra. Ella siguió sin moverse, mirando al techo.

—Pienso en que estoy en la cama con alguien, prácticamente en ropa interior, y que esa persona está pensando en otra.

Me incorporé para poder verla mejor. Ella siguió sin mirarme.

—¡No he dicho que estuviera pensando en ella! De hecho, dije literalmente lo contrario.

—¡Has dicho que pensabas en ella a todas horas!

Sonreí. Había algo agradable en verla enfadada a mi lado.

—¿Por qué razón sonríes? —inquirió, y por fin se volvió hacia mí.

—Estás celosa. No conocía esa faceta tuya. No sabía que pensaras en mí de esa forma.

—Bien, pues ahora ya lo sabes.

Ella seguía enfurruñada, lo cual solo sirvió para que yo sonriera más, y eso la calmó.

—Vale, ahora ya lo sé.

Las palabras no parecían salir de mi boca. En parte porque estaba borracha, pero también porque la situación de intimidad con alguien nuevo después de haber estado siete años durmiendo con la misma persona tenía algo de surrealista. Y por lo fácil que era todo.

Vi cómo mi mano trazaba una línea desde su cadera e iba recorriéndole el muslo. Rocé el cardenal con cuidado. Se estremeció de nuevo y volvimos a besarnos, y ya no volví a pensar en Jeremy.

Estábamos ebrias y torpes, y por segunda vez en la noche tuve la extraña sensación de haber abandonado mi cuerpo. A pesar de mis esfuerzos, no conseguía convencerme de estar realmente allí. De ser yo quien se despojaba de aquel horrible pijama de franela, de que eran mis brazos los que desnudaban a Jo. Ella me besó con ganas, reteniéndome con la mano en mi nuca. Me pregunté si podría intuir que mi mente se alejaba. Cada vez que cerraba los ojos la cama giraba. Era como si ya conociera su olor, el sabor de su piel, de todas esas veces en que nos habíamos abrazado para despedirnos, nos habíamos rozado con las manos o la había visto secarse el sudor de la frente a media carrera. En un momento ella me tumbó y me besó por todo el cuerpo. De haber estado sobria habría gemido. Emily y yo habíamos llegado a ese punto de la relación en que el sexo podía ser divertido y nos reíamos mucho. Recordé haberme colocado a horcajadas sobre ella, inmovilizándola en la cama e insistiendo en besar cada centímetro de su piel antes de lanzarme a sus partes íntimas. Emily gritaba, aprisionada, con una voz tonta nada típica de ella.

«¡Nos pasaremos horas!», protestaba mientras yo empezaba a besarle los lóbulos de las orejas.

«Chist, tardaré lo que sea preciso. Todo por ti, mi amor», susurraba yo con mi voz más seductora.

Sin embargo, cuando lo hizo Jo, no fue en absoluto embarazoso. No había en sus gestos nada irónico o tímido. Cerré los ojos y disfruté sin más de la dulzura que se desprendía de alguien que me besaba en las costillas, en la barriga, en la parte superior de los muslos. No miré para ver si me observaba.

Jo se durmió enseguida. Tan desconcertantemente deprisa que me sentí un poco ofendida. Mi cerebro iba a toda máquina, intentando procesar lo que acababa de suceder. Me avergoncé al empezar a formar en mi mente un mensaje para Emily. Contemplé a Jo, dormida a mi lado, y deseé que Emily pudiera ver lo mismo que yo, pudiera saber lo que había pasado. Necesitaba que lo supiera.

Era consciente de que no lograría dormirme en esa cama extraña ni lidiar con la mañana siguiente. La mera idea me llenó de un horror súbito e intenso. Miré el teléfono: eran las siete menos cuarto. Disponía de cuatro horas antes de ir a trabajar. Con el mayor cuidado, me vestí, pedí un Uber y bajé la escalera. Antes de irme, permanecí mirando a Jo durante un momento, viéndola dormir, como un pirado. Tenía un brazo extendido. Acaricié con suavidad su piel suave pero ella no se inmutó. Me incliné a besarla.

Cuando me senté en el Uber, escribí un mensaje a Jo, ya que no quería que pensara que había huido. Me temblaban las manos.

186

Eh, siento haberme ido. No podía dormir y tengo que estar en el trabajo a las 11 (¡socorro!). Hablamos mañana. Besos.

El taxi me dejó en mi silenciosa calle. Entré en casa e intenté cerrar la puerta sin hacer el menor ruido antes de dejar las llaves sobre la mesita, algo que resonó como un trueno en la casa. Me dirigí a la cocina y vi que mi padre había dejado una lamparita encendida para que no anduviera a tientas. La casa estaba muy caldeada. No cabía duda de que se había tomado en serio mis indirectas sobre la calefacción. Malcolm, que estaba medio dormido en una de las sillas de la cocina, me observó con ojos legañosos e inquisitivos, o al menos eso me figuré.

—¿Qué pasa? —murmuré—. No me mires así.

Seguía un poco borracha, sin duda.

Me lanzó una mirada penetrante antes de estirarse y ponerse de cara al otro lado. Ni siquiera soportaba mirarme.

Bebí un vaso de agua y me pregunté si habría algo comestible que me diera la energía suficiente para aguantar todo el día sin caerme y/o vomitar. Apagué la luz de la cocina y el gato se durmió antes de que yo llegara a mi habitación y me tumbara en la cama boca abajo. Cogí el teléfono, con la esperanza de que Jeremy aún estuviera despierto.

¿Qué te parece? ¿Es demasiado sutil? Quiero que sepa que me he acostado con Jo, pero igual es demasiado cutre. ¿Lo es? Esperaré hasta mañana para mandárselo, claro, así que tiene sentido. Dios. Esto es una tragedia. Escríbeme en cuanto lo leas.

Me respondió al momento.

AL, ¡díselo claro! ¿No es lo que querías? ¿Poner celosa a Emily? ¡Pues dale celos de verdad!

De: Alexandra Waters
Enviado: 13 de marzo de 2019, 07:24
Para: Emily Anderson
Asunto: re: re: re: re: re: Novedad: ya soy una atleta

Hola, Em:

¿Cómo te va? ¿Cómo está Sarah? Asumo que continuáis juntas.

Sigo muy contenta con el trabajo. Ya sabes que mi sueño era estar todo el día rodeada de pasteles. Me he convertido en una experta en hacer cruasanes. Y en comérmelos.

También sigo corriendo. Es lo que toca, la carrera se acerca. Y he pasado mucho tiempo con Jo. No esperaba conocer a alguien con quien me entiendo tan bien. Es superdivertida. La pasada noche, ella, Jeremy y yo salimos de copas y terminamos en el Tom's. Estoy segura de que te hablé de él. El de las paredes pegajosas y la pista en forma de jaula... Fue estupendo. Ella no había ido nunca. Se nos hizo tardísimo. Estuvimos hasta las cuatro, ¿puedes creerlo? ¡Yo! Era tan tarde que acabé quedándome a dormir en su casa. Fue raro estar con alguien distinto a ti. Pero raro en el buen sentido, creo. Pensé que pensaría en ti, y lo hice, un poco. Pero, en realidad, olvidar es bastante fácil cuando estás con otra persona. Supongo que eso es lo que te pasó a ti con Sarah.

Por alguna razón quería contártelo.

Ya sé que es un poco raro. Perdona.

Beso,

Al

13

Cita nocturna

Sobrellevar el día siguiente en el trabajo fue una especie de tarea homérica. Cualquier olor me provocaba arcadas. Cualquier tarea simple como amasar, remover o abrir la puerta del horno suponía un esfuerzo heroico. Cada sorbo de té me descomponía el estómago. Intenté calcular cuánto alcohol había bebido, pero al llegar a las veinte copas decidí renunciar a ello porque mi cerebro era incapaz de asumir esas cantidades. No había tenido una resaca igual desde hacía años. Al menos no desde que estaba en la universidad y podía permitirme el lujo de dedicar días enteros de apatía a combatir resacas. Añoré aquellos días en que no me levantaba de la cama y mis únicas obligaciones eran cotillear y comer sándwiches tostados. Fantaseé con la idea de estar tumbada en el sofá, bebiendo un litro de Aquarius y viendo vídeos musicales, sin nada que hacer y sin tener que moverme de casa.

Sophie y Charlie fueron amables conmigo, lo cual se me antojó justo dado que habían sido ellas las que insistieron en que debía salir. Pero cuando llegó la hora del descanso y me senté con un vaso de agua y un plátano (si mi cuerpo rechaza los dulces sé que estoy mal en serio), creyeron que ya me había recuperado lo suficiente y acordaron sin palabras que había llegado el momento del interrogatorio. Las vi venir por el rabillo del ojo antes de que se lanzaran a ello, conspirando, mirándose y asintiéndose en silencio: esa señal universal que viene a decir «va, empieza tú».

—¿Todo bien? —pregunté, al tiempo que apartaba la vista del móvil porque revisar las fotos de Instagram me estaba mareando.

—¿Tú estás bien? —Charlie me sonrió, cruzó los brazos y se apartó un poco del mostrador. La odié por mostrarse tan ingeniosa mientras yo estaba al borde de la muerte.

—Sí, gracias —respondí en tono desafiante; luego di un mordisco al plátano y al instante desistí de seguir comiendo: aún no.

—Tiene pinta de que fue una gran noche.

No se movió del mostrador. Sophie parecía ocupada en la caja, aunque sospeché que lo único que hacía era escuchar.

—Sí, gracias —repetí.

En realidad aún no había tenido tiempo de decidir si la noche había estado bien o no. Tenía la impresión de que me había divertido, a pesar de esa losa de la resaca que parecía haberse asentado en la boca de mi estómago.

Ambas me miraron, muriéndose de ganas de saber los detalles. Me apiadé de ellas.

—Solo fuimos al pub, ¿vale? ¡Y con Jeremy!

Charlie frunció el ceño.

—¿Al pub?

—Sí.

—¿Y a ningún sitio más?

—Sí. Bueno, no, luego... —Sabía que resistirme sería absurdo cuando ni siquiera podía poner mis pensamientos en orden, así que cedí con un suspiro—: Estuvimos en el pub hasta muy tarde. Luego no nos apetecía ir a casa, así que pasamos por el Tom's. ¡Solo un momento!

Se les iluminaron los ojos, el triunfo brillaba en sus miradas y les daba el aspecto de una pareja de Sherlocks gais.

—¡Lo sabía! —exclamó Charlie—. Llevas la noche en el Tom's impresa en todo el cuerpo. Casi huelo el Lambrini.

—Pues no tomé un solo Lambrini, así que...

—¿Y luego? ¿Qué pasó? —me interrumpió, ya que no sentía el menor interés por lo que había o no había bebido—. Vais al Tom's, os tomáis unos Lambrinis, ¿y después qué?

—Después me fui a casa. —No era exactamente mentira. Al final me había ido a casa.

Charlie no pudo esconder su decepción al fracasar en la búsqueda de algo más jugoso y excitante.

—Espera un momento —intervino Sophie, que ya había dejado de fingir que hacía algo en la caja—. Nadie va allí, se toma unas copas y luego se marcha a casa. Nadie va al Tom's solo por el ambiente. ¿Qué pasó ahí dentro? ¿Bailasteis? ¿Os...?

Me miró, enarcando las cejas.

—Bailamos, y creo que Jeremy consiguió el número de alguien, y yo... —Dudé un instante, intentando buscar una razón para morderme la lengua sin saber muy bien por qué—. Y yo besé a Jo, o me besó ella, no lo sé.

Apoyé la cabeza en las manos. Decirlo en voz alta me hizo evocar el momento en un vibrante tecnicolor. Recordé que la canción que sonaba en ese instante era un remix de *C'est la Vie* de B*Witched. Qué romántico.

—¡Dios mío! —exclamaron ambas al unísono, sin tan siquiera darse cuenta de ello ni de mi mirada acusadora.

Se cortaron un poco, como si ahora que habían obtenido información de verdad no supieran cómo proseguir con su línea de investigación. Decidí no contarles que me había ido a casa de Jo. A lo mejor se desmayaban de la emoción...

—¿Y cómo fue? ¿Te gusta en serio?

Charlie vino a sentarse en una banqueta que había a mi lado, junto a la ventana. Quizá con la idea de que así podríamos mantener una charla más íntima o quizá porque quería averiguar si me estaban llegando mensajes. Por si acaso, cogí el móvil y lo dejé al otro lado, muy cerca del plátano abandonado.

—La verdad es que no lo sé. A ver, me gusta, claro. ¡Claro que me gusta! Es fantástica. Es divertida y dulce, pero...

—¿Pero Emily? —preguntó Charlie en tono afectuoso.

Asentí y ambas nos quedamos un minuto en silencio.

—Cuesta mucho... —empecé, y enseguida me di cuenta de que ni siquiera era capaz de enumerar los motivos por los que costaba tanto.

Charlie frunció el ceño.

—No te costará cuando conozcas a la persona adecuada. Lo sabrás.

Miró a Sophie y sonrió. El trocito de plátano que me había tragado amenazaba con realizar una reaparición triunfal. Yo solía decir esas cosas a todas horas.

—Pero ¿qué pasa cuando la persona que crees adecuada decide que tú no eres adecuada para ella?

Charlie se quedó sin palabras por un instante.

—Pues supongo que te largas y te tiras a tu entrenadora —concluyó, dándome una palmada afectuosa en el antebrazo—. Y, ahora, se acabó. Ya basta de lamentarse. ¡Arriba!

Apoyé la cabeza en el mostrador y noté que estaba fresco.

—Estoy fatal, Charlie. Y ya no se dice «tirarse a alguien».

—Tú te lo has buscado. Venga, muévete: queremos las bandejas del horno aquí arriba enseguida.

Suspiré y envolví el plátano con una servilleta para comérmelo más tarde. Tenía una pinta lamentable.

De: Emily Anderson
Enviado: 14 de marzo de 2019, 14:05
Para: Alexandra Waters
Asunto: re: re: re: re: re: re: Novedad: ya soy una atleta

Hola, Al:

No sabía que las cosas iban tan en serio con Jo.

No sé si me alegro de que me lo hayas contado. Quiero saber, pero al mismo tiempo creo que quererlo no es exactamente sano.

¿Estás contenta?

Em

P. D.: Es Sara sin hache. Y lo sabes.

De: Alexandra Waters
Enviado: 14 de marzo de 2019, 14:25
Para: Emily Anderson
Asunto: re: re: re: re: re: re: re: Novedad: ya soy una atleta

Sí, a mí también me sorprendió. Me quedé a dormir, desayunamos juntas y estuvimos charlando y viendo pelis. Creo que volveré a verla esta noche. Solo quería que lo supieras. No quiero ocultarte nada.
Ya me dirás si piensas venir a buscar al gato.
Besos,
Al

Sentí un escalofrío perverso al enviarlo. Y tristeza. Y un poco de vergüenza. Una parte de mí deseaba que fuera verdad. Miré la pantalla a la espera de una respuesta que ya no llegó.

Recibí varios mensajes de Jo en los días posteriores. Se había mostrado muy amable con lo de mi desaparición mientras dormía. Algunos mensajes tenían un tono informal, y se limitaban a preguntar cómo me había ido el día. En su mayoría eran simpáticos y afectuosos: en uno de ellos me mandó un artículo sobre un perro que había corrido una maratón. Decía en ellos que esperaba que no estuviera demasiado liada con el trabajo y el entreno. Los contesté todos, pero con respuestas que no me comprometían a nada, y me sentí fatal al hacerlo. Sabía bien lo que era recibir un «ja, ja» o un «genial» en lugar de una respuesta propiamente dicha, pero la verdad es que no daba para más. Aún no había logrado decidir cómo me sentía con lo que había sucedido. En realidad, me pasaba el día intentando no pensar en ello y luego, por la noche, me sumergía en el recuerdo. Era excitante y abrumador a la vez. Era yo y no lo era. La idea difusa de Jo, entrelazada con la experiencia visceral de estar con ella. No es que no quisiera hablar con ella; simplemente no se me ocurrían las palabras para expresar lo que quería decir. Había significado algo para mí, pero aún no sabía el qué.

Jeremy se desesperaba. Una tarde, tomando un café a la salida del trabajo, me miró como si yo fuera un ser incomprensible.

—No entiendo cuál es el problema, Al. Es una chica guapa, lo pasasteis bien, ¿por qué lo estás complicando todo tanto?

Estaba enfurruñado porque había estado escribiéndose con el chico que había conocido en el Tom's y en ese momento se sentía superior a mí en lo que se refiere al manejo de la vida amorosa.

—¡No lo sé! No lo sé. Mira, al principio, el objetivo de todo esto era... —Me callé: era demasiado patético decirlo en voz alta.

—Ya, pero no parece que Emily esté volviendo, ¿no crees?

—¡Vale! Joder, fue idea tuya. ¿Por qué te pones en plan mezquino ahora?

Suspiró.

—No estoy en plan mezquino. Solo soy realista. En última instancia se trataba de divertirse un poco. No entiendo por qué no puedes tomártelo así.

—Claro que puedo tomármelo así. No tengo por qué ponerme intensa.

—¡Eso! Intenta no ponerte intensa. Sé normal. Enséñame el teléfono.

Se lo lancé con ganas, casi con la esperanza de hacerle daño, pero él lo pilló al vuelo y empezó a leer en voz alta, imitando la voz de Jo de manera improvisada.

—«Eh, ¿cómo te va? ¿Te apetece que nos tomemos un café?» «Eh, esta tarde voy a salir a correr, ¿te vienes?» «Hola, me preguntaba si tendrás un rato libre esta semana...» ¡Por Dios, Al! Está colada por ti. ¿Por qué le das esas respuestas de mierda? ¿Qué significa que «no puedes» nunca? Es una puta mentira. ¿No puedes ir a tomarte una copa con ella?

—Claro que puedo. Y lo haré. Iba a pedirle si le apetece pasarse por casa esta noche. Papá tiene reunión con la asamblea de padres del colegio.

—Una cita íntima.

No le hice caso.

—¿Te parece una buena idea?

—Sí. Hazlo. Si después de eso no quieres volver a verla, puedes ir distanciándote con suavidad.

Leí en voz alta el mensaje mientras lo escribía:

—«Eh, lamento haber estado tan perdida. Todo ha sido un poco frenético estos días.»

Jeremy soltó un bufido.

—«¿Te apetece venir mañana a casa? Podríamos preparar la cena juntas o algo así...»

Antes de la llegada de Jo estaba con los nervios a flor de piel. Llena de energía y sin saber qué hacer con ella. Mi padre me estuvo tomando el pelo toda la tarde, pero frenó cuando se percató de que yo estaba demasiado alterada para verle la gracia.

—Diviértete, Al —me dijo cuando ya se iba—. Estas cosas son para eso, para pasarlo bien.

—Ya lo sé. Siento el mal humor.

Lo miré mientras se ponía el abrigo. Llevaba una corbata azul con un estampado a base de ecuaciones que mi madre y yo le regalamos para un cumpleaños.

—Pues supera el mal humor cuando llegue esa chica, ¿eh? Y cálmate un poco. La vas a estresar.

—¡Sí! Estoy bien, de verdad, todo va bien.

El timbre sonó unos minutos después de que mi padre se fuera y Pat se lanzó alegremente a ladrar como una loca, lo cual hizo que Malcolm saliera zumbando escaleras arriba. Sujeté a la perrita guardiana antes de abrir la puerta e hice pasar a Jo casi sin mirarla; mi atención estaba puesta en disculparme y encontrar un lugar donde encerrar a Pat.

—No pasa nada —dijo Jo—. Es monísima.

—No te fíes de ella. ¡Es un lobo con piel de cordero!

Después de alejar a la perra ya pude fijarme en Jo como era debido: estaba sonriente y era la viva imagen de la tranquilidad.

—No lo olvidaré.

Jo se quitó el abrigo y lo colgó del final de la barandilla. Caí en la cuenta de que debería haberme ofrecido a guardárselo. Llevaba unos tejanos pitillo negros y se había arremangado las mangas del suéter gris.

—Pasa, pasa. —La animé a seguirme con un gesto, y, cuando estuvimos en la cocina, le pregunté, en un tono más forzado de lo normal—: ¿Una copa de vino?

—Sí, claro, me encantaría —dijo, al tiempo que me lanzaba una bolsa de plástico—. He traído algo de picar. Ya sé que luego cenaremos, pero estoy muerta de hambre.

Abrí las bolsas de patatas que había traído y las esparcí en varios recipientes; luego los coloqué en la mesa de la cocina y serví el vino en dos copas gigantes. Me pregunté si podría beber un trago directamente de la botella sin que ella me viera.

Cuando me volví, ella le estaba dando una patata con sabor a chile dulce a Malcolm, que había bajado a inspeccionar a la recién llegada.

—Lo siento —dijo al notar que la estaba mirando—. ¿Le dejas comer estas cosas? La verdad es que no creí que fuera a comérselo. Me imaginé que solo lo olisquearía.

—Puede comer patatas. —Recordé a Emily y sus advertencias si yo lo dejaba solo mirar mi comida—. En realidad puede comer lo que quiera, pero es muy especial para los sabores. Y muy caprichoso. Creo que esa patata ha sido lo primero que ha comido hoy.

—¡Qué chico más raro! —Cogió la copa de vino y sonrió—. ¡Salud!

Brindamos y bebimos con fruición.

Se produjo un breve silencio y yo contuve la respiración, a la espera de que me preguntara por qué me había pirado en mitad de la noche o por qué le había estado dando largas desde entonces, pero no lo hizo. En su lugar, preguntó:

—¿Vives con tus padres?

Di otro sorbo al vino.

—Con mi padre. Antes vivía con los dos, pero mi madre murió, así que... bueno, ya no vive aquí, claro.

Jo puso cara de haber metido la pata.

—¡Vaya! ¡Lo siento! No puedo creer que no lo supiera.

—No pasa nada. Ella era una mujer horrible.

—¿Qué? ¿De verdad?

—No, no. Solo intentaba... nada... era una broma. Era genial. Su muerte fue una putada. Debería haber sido mi padre.

—¿Qué? ¿Por qué?

—No, no me hagas caso, en serio... Mi padre es un gran tipo.

—Vale. —Parecía agotada y un poco suspicaz—. Bueno, la casa es preciosa —dijo por fin, pensando tal vez que lo mejor era no hacer más preguntas.

—Sí, es muy acogedora. Me entristece pensar en papá aquí solo. Creo que no ha cambiado nada desde que mamá murió.

—¿Fue hace mucho tiempo?

—Sí. —Hice el cálculo en un segundo—. Hace quince años.

No lo había pensado hasta entonces, pero lo cierto era que mi madre ya se había perdido más años de mi vida que los que había vivido conmigo.

—¿Cómo era?

Tardé un poco en contestar. La verdad es que no solía hablar a menudo de ella. Resultaba difícil resumirla en cuatro frases.

—Era muy divertida —afirmé por fin—. Era divertida y le daba vida a todo con su manera especial de ver las cosas. Y su risa... se contagiaba. Recuerdo que, a veces, desde la cama, la oía contarle historias a mi padre y él se partía de la risa. Él la consideraba la mejor del mundo. La adoraba.

Jo me miró con tristeza.

—Por lo que cuentas fue una mujer fantástica, Ally. Tenéis que echarla mucho de menos.

Asentí.

—Yo la echo de menos, y sé que mi padre también aunque no suele hablar de ello.

—Apuesto a que le encanta tenerte aquí.

—Creo que sí y no a la vez. Le gusta tener compañía, pero desearía que las circunstancias fueran distintas.

—Eso tiene su lógica. —Se metió una patata en la boca y la masticó con aire pensativo—. ¿Ha conocido a alguien desde que falta tu madre?

Negué con la cabeza.

—No que yo sepa. Pero es un tipo misterioso. Tiene un montón de amigas, muchas mujeres del colegio que le tienen echado el ojo.

—¿Cómo te sentirías si conociera a alguien?

—Supongo que feliz de que no estuviera solo. Pero a ella la odiaría, claro.

—Ah, claro.

—¿Y qué me dices de ti? ¿Tus padres viven?

—Viven y siguen juntos, por lo que sé. Tengo un hermano, pero ya no vive en casa, y un perro.

—Todo en orden, pues. ¿Te llevas bien con ellos?

Inclinó un poco la cabeza, como si fuera la primera vez que se lo planteaba.

—Supongo que sí —contestó por fin—. Sí, en el sentido de que nunca discutimos, aunque al mismo tiempo no, porque a veces lo que hacemos es guardarnos las cosas. Ellos pretenden que todo vaya genial a todas horas y eso acaba siendo un poco estresante.

—Ya, bueno, esa es la ventaja de que uno de los dos se muera. Es como romper la cuarta pared. Ya nadie puede fingir que las cosas siempre van bien. Puedes decir que todo es una mierda sin ningún problema.

—Eso es una suerte.

—No quería alardear de ello.

—Nunca había conocido a alguien como tú, Ally. —Lo dijo

deprisa y con una sonrisa tímida en la cara. Luego se metió un puñado de patatas en la boca. Siempre elegante en la mesa.

—Lo dices en el buen sentido, ¿supongo?

—En el mejor de los sentidos.

—Uau. —Apuré el resto del vino—. Bien. ¿Nos ponemos con la cena?

Jo hizo una mueca.

—Vale, ha llegado el momento de las confesiones. —Tomó aire y dijo—: No sé cocinar.

—Oh, claro que sabes —repuse, acallando sus protestas con un gesto.

—No, de verdad. Se me da fatal. Apenas sé hacer pasta.

—Jo, a ver... eso consiste básicamente en poner agua a hervir.

—Ya. Eso quiero decir.

—¿Y qué comes?

Ella se encogió de hombros.

—Las tartas que me traes. Tostadas... Pizza. Arroz al microondas. Cualquier cosa al microondas, la verdad. —Se calló y luego chasqueó los dedos con aire triunfal—. ¡Y cereales! ¡Muchos cereales!

La miré de arriba abajo, buscando en ella señales de escorbuto.

—Bueno, pues no te preocupes, porque, y siento darme charol —una frase hecha que me hizo pensar que estaba pasando mucho tiempo con mi padre—, soy una cocinera estupenda, así que puedes ser mi pinche. Lo único que tienes que hacer es seguir mis instrucciones.

—Vale —dijo en un tono que expresaba sus dudas—. Pero no me eches la culpa si al final es un desastre.

La puse a cortar cebolla sobre la tabla y luego, cuando me la dio y vi que la pobre cebolla parecía haber sido atropellada por un coche que la había dejado destrozada en pedazos absolutamente desiguales, opté por asignarle las importantes tareas de poner la mesa y pasarme cosas. Yo estaba haciendo un risotto, así que poco después todo mi trabajo consistió en remover de vez en cuando. En lugar de sentarse a la mesa de la cocina, ella se quedó a mi lado, sudando por el vapor.

—Así que, en realidad, es solo cortar, echarlo todo en la cazuela, añadir agua...

—Caldo.

—Sí, bueno, caldo. Y luego ir removiéndolo y ya.

—Bueno, más o menos, pero también hay...

—¡Es increíble! ¡Gracias! La próxima vez cocino yo.

—Bien. Bueno... Ya veremos.

Jo apoyó la espalda en la encimera y revisó los imanes que había en la nevera. Ahí estaba yo, gritando en la montaña rusa justo antes de vomitar hasta la primera papilla.

—Así que ¿es así como te lo montas? —preguntó sin mirarme.

—¿Como me monto el qué?

—Bueno, como te ligas a la gente.

—¿Ligo a base de hacer risottos?

—A base de cocinar para ellos. De mostrar tus habilidades.

—Sí —dije, y la miré a los ojos—. ¿Funciona?

—Bueno, aún no lo he probado.

—Eso es verdad.

—¿Cocinabas mucho para Emily?

Me sorprendió que preguntara por Emily. La miré, pero ella tenía la vista decididamente fija en el vaso de vino.

—Sí, claro. Vivíamos juntas.

—¿A ella también se le daba bien la cocina?

—Sí, supongo que sí. Pero nos gustaban distintas cosas.

Pensé en alguno de los platos que habíamos compartido. En el día que Emily me hizo un postre a base de anacardos un domingo por la noche, poco después de que le hubieran regalado un libro de recetas por Navidad.

«Vaya, sabe mucho a... anacardos.»

«¡Lo sé!», dijo emocionada.

Cuando nos sentamos a comer, Jo sirvió más vino para las dos y se mostró bastante impresionada con el risotto. Siguió empeñada en que era algo fácil de hacer y no le llevé la contraria.

Volvimos a hablar sobre la familia. Me contó que siempre había tenido la impresión de que su hermano mayor habría preferido que ella fuera un chico y que, en cierto sentido, sus padres también. Le confesé que siempre había pensado que mis padres habrían querido tener más hijos, y que yo también lo había deseado muchas veces, para no tener que soportar toda la presión. En un momento dado, ella me rozó el pie por debajo de la mesa. Nuestros dedos se tocaron y ninguna de las dos los apartó.

Cuando terminamos, me dispuse a fregar los platos.

—¡Deja que te ayude! —Jo se levantó de golpe y mandó un tenedor volando al suelo.

—No, ya lo hago yo. ¡Eres mi invitada! ¿Vamos a sentarnos al salón? Podemos tomar el postre allí si te apetece.

—¡Oh! —Se le iluminó la cara—. ¿Qué hay de postre?

—Solo he hecho una tarta de chocolate salado. Nada especial.

No sé por qué lo dije. Era algo bastante especial, ya que trabajar con chocolate siempre resultaba peliagudo. Me preocupaba que se hubiera desmontado, aunque saber que Jo se conformaría con una taza de Frosties me había tranquilizado mucho.

—Sí, por favor, suena genial.

Jo se dirigió a la puerta de la cocina.

—Está al otro lado del vestíbulo. Es la única habitación que hay así que no tiene pérdida. Voy enseguida.

Mientras ella iba hacia el vestíbulo, le grité:

—¿Quieres poner música? Mi teléfono está allí. La contraseña para desbloquearlo es 1234.

Estuve un ratito más en la cocina, echándole de comer a Malcolm y tomándome un vaso de agua antes de cortar dos porciones perfectas de la tarta de chocolate, que tenía un aspecto espléndido. Se me había subido el vino a la cabeza, pero me sentía menos nerviosa que antes de cenar, lo cual ya era algo. Abrí una segunda botella, rellené los vasos y luego, en aras de la sensatez, los coloqué en la bandeja junto con la jarra de agua.

—Su postre, madame —anuncié con un terrible acento francés mientras cruzaba el recibidor. Sí que se me había subido a la cabeza.

Cuando entré en el salón y dejé la bandeja en la mesita, vi que Jo estaba sentada en el borde del sofá, con mi móvil en la mano. No sonaba música.

—¿Ya has decidido qué quieres oír? Ya sé que tengo unas playlists horribles, pero son solo para cuando voy a correr, te lo prometo. Estoy mucho más al día.

No contestó. Se limitó a seguir mirando el teléfono y a leer algo en él, con el ceño fruncido.

—¿Jo? —Un pellizco gélido me arañó el estómago.

Por fin levantó la cabeza. Sus ojos parecían de hielo.

—Jeremy te mandó un mensaje. Quise ignorarlo pero se abrió el chat.

Me tendió el teléfono de mala manera. Vi la pantalla y me sentí morir.

—Vale, no es...

Volvió a mirarme. Había lágrimas en sus ojos, pero también furia.

—¿No es qué?

—Puedo explicártelo. —Me temblaba la voz.

—No creo que haga falta explicar nada. Todo está bastante claro, la verdad. Todo esto ha sido para poner celosa a Emily. Te has inventado cosas sobre mí que nunca han sucedido solo para darle celos. Es eso, ¿no? ¿O falta algo más?

—¡No, no es eso! Jeremy y yo solo tonteábamos sobre... Yo no esperaba...

—¿No esperabas que yo me enterara?

—¡No! Bueno, eso tampoco. Pero me refería a que no esperaba que tú fueras tan... que me gustaras tanto...

—¡Oh, vaya! ¡Qué afortunada soy!

—¡No! A ver: me has gustado desde el principio. Desde la

primera vez que te vi. Es solo que me quedé... colgada con la idea de recuperar a Emily y perdí de vista... —Lo dejé ahí. Sonaba patético y ella parecía enfurecerse más por momentos.

—¿Sabes una cosa? Me dabas mucha pena. No entendía cómo alguien podía tratar así de mal a una persona tan buena como tú. Pensaba que no te lo merecías. Pero no eres buena. Está claro que eres tan mala como ella. O quizá la mala siempre fuiste tú.

Se incorporó y me arrebató el móvil de la mano para poder volver a mirarlo; luego lo dejó en el brazo del sofá con tanto ímpetu que el teléfono resbaló y chocó contra la mesita antes de estamparse en el suelo. Di un respingo y ella me miró fijamente.

—¿No tienes nada que decir a tu favor?

Yo sabía que ella estaba en ese punto del enfado en que nada que yo dijera iba a arreglar las cosas. Cualquier aportación por mi parte sería un error. Decidí tomar otra vía.

—Mira, lo siento muchísimo. Eres una gran...

—¡Oh, no! ¡Vete a la mierda! —me interrumpió, confirmándome que el silencio habría sido una mejor opción—. En realidad soy una gran persona y tuviste la suerte de gustarme. Y luego me tratas como si no significara nada, como si fuera un juguete, y me haces sentir como una imbécil.

—¡No eres ninguna imbécil! —protesté con voz débil al tiempo que cerraba los ojos, solo quería desaparecer.

—¡Ya sé que no soy imbécil! —me gritó cuando pasaba por mi lado de camino a la puerta—. Lo que he dicho es que me has hecho sentir como si lo fuera.

Se calzó a toda prisa y cogió el abrigo. La vi ir hacia la puerta sin molestarse en ponérselo.

Quise decir algo, pero no sabía qué. Un «lo siento» no bastaba. Ella estaba demasiado enfadada para conformarse con eso.

Se volvió a mirarme cuando ya tenía la mano en el picaporte.

—Decías que la gente te gustaba demasiado. —Noté que estaba de nuevo al borde del llanto—. Eso decías.

Pensé que iba a añadir algo más pero debió de cambiar de opinión. Se marchó con un portazo épico.

Solté un suspiro. Ni siquiera sabía lo que quería en ese momento. Malcolm apareció en la entrada. Me miró con frialdad y luego se perdió escaleras arriba. Enojado conmigo, como siempre. Me senté en el salón, sola, y me metí en la boca un buen pedazo de tarta. Al instante deseé no haberlo hecho. El chocolate se me deshizo en la boca y comprendí que estaba francamente mareada. Me planteé la posibilidad de llamar a Jeremy, pero no me sentía capaz de expresar con palabras la vergüenza que sentía.

Recogí el teléfono del suelo: la pantalla se había rajado por la mitad. Ella había retrocedido en el chat hasta bastante atrás.

¿Qué te parece? ¿Es demasiado sutil? Quiero que sepa que me he acostado con Jo pero igual es demasiado cutre.

AL, ¡díselo claro! ¿No es lo que querías? ¿Poner celosa a Emily? ¡Pues dale celos de verdad!

No voy a contarle cómo fue...

Sí, ¡cuéntaselo todo! Incluso lo que no pasó. Inventa: «Oh, Emily, Jo y yo pasamos una noche increíble y luego pasamos todo el día juntas. ¡Ha sido tan romántico! Creo que he encontrado a alguien muy especial».

Dios, eres un genio. Lo voy a usar. Emily no podrá soportarlo. ¡Es perfecto!

Me bebí los dos vasos de vino a oscuras. Mi cerebro no dejaba de dar saltos y quería pararlo. Se me ocurrió la posibilidad de enviarle un mensaje a Jo para asegurarme de que había llegado bien a casa, pero era consciente de que ella no querría saber nada de mí. Por un momento intenté enfadarme con ella por leer mis mensajes, pero no me duró mucho. Yo habría hecho lo mismo, sobre todo porque el mensaje de Jeremy que había saltado en la pantalla había sido el siguiente:

¿Cómo van las cosas con Jo? ¿Mejor de lo que creías? ¡Deja de pensar en Emily! ¡Déjalo ya!

No podía creerme que esa hubiera sido la única noche en semanas en que no había puesto el móvil en modo avión.

Arreglé con un pedazo de celo la pantalla rota y me fui a la cama.

14

Un mal día para Malcolm

Me las apañé para irme a trabajar antes de ver a mi padre y así evitar sus preguntas sobre la desastrosa cita con Jo. Pero no pude seguir eludiéndole cuando llegué a casa; metí la llave en la cerradura con el corazón en un puño y, antes de que pudiera empujar la puerta, él la abrió de golpe. Sabía que querría enterarse de cómo había ido, pero no me imaginaba que tuviera tanto interés.

—¿Dónde te has metido? ¿Por qué no contestas al teléfono? Te he llamado cientos de veces.

—¡Estaba en el trabajo! ¡Y luego he venido directa a casa! —repuse indignada.

Miré el teléfono, que seguía en modo avión. Aislada del mundo por si acaso recibía un mensaje de Jo. O por si acaso no lo recibía.

—Mira, cariño —dijo él mientras se sentaba a la mesa de la cocina y apoyaba la cabeza en las manos—: cuando llegué a casa a la hora de comer vi que Malcolm no estaba bien. Y de repente... —Dejó caer el dorso de la mano en la mesa para indicarme que se había desmayado o algo parecido. Siempre tan sensible—. Lo llevé al veterinario y ahora mismo lo están operando.

—¡No! ¿Por qué? ¿Qué tiene? —El pánico me asaltó, y me temblaba la voz.

—Creen que algo le ha sentado mal, lo cual explicaría por qué no ha estado comiendo estos últimos días.

—¡Pensaba que era solo una bola de pelo! ¡Dios mío!

—Lo sé, cariño.

—¿Y podemos ir a verlo?

—Lo están operando, nos llamarán cuando acaben.

Esperar a que sonara el teléfono supuso una tortura. Permanecimos sentados, en silencio. Quiero pensar que ambos pensábamos en nuestros recuerdos favoritos de Malcolm, pero me temo que mi padre más bien pensaba en lo caros que son los veterinarios y en cuándo llegaría el momento de fijarme unos plazos de devolución.

Cuando por fin sonó, me levanté de un salto.

—¿Diga?

—Hola, ¿hablo con el señor Waters?

No supe qué decir.

—Ah... no. Soy Ally Waters. Malcolm es mío.

—Muy bien, señor Waters —prosiguió la mujer, sin hacer el menor caso a mi puntualización y a mi voz—. Tengo buenas y malas noticias.

Hizo una breve, y mortificadora, pausa.

—¿Y bien? —apremié.

—Malcolm ha salido del quirófano, pero su pronóstico es incierto. Ha sido muy traumático para él, así que tendrá que pasar la noche aquí para que podamos controlarlo. Aún no podemos afirmar que esté fuera de peligro.

—Oh, Dios mío. Vale. ¿Y la buena noticia es...?

—Que está vivo. —Hizo otra pausa antes de añadir—: Por el momento.

—¿Y qué le ha pasado? ¿Qué tenía? —pregunté volviéndome hacia mi padre, con los ojos muy abiertos, con la intención de controlar la exasperación que me invadía con aquella sociópata que tenía al otro lado del teléfono.

—Al parecer le gustan las gomas y las cintas para el pelo. No es nada raro. Se le había hecho una bolita en el estómago con cosas así. ¿Le dejan jugar con gomas elásticas?

—Desde luego que no —contesté, sintiéndome insultada a

pesar de recordar las múltiples ocasiones en que le había dado mis cintas del pelo para que jugara con ellas porque le encantaban.

—Bueno —dijo en un tono que expresaba bastante bien su incredulidad—. Mañana volveremos a llamar. Pase lo que pase.

Y antes de que pudiera darle las gracias colgó el teléfono.

—No pienso ir al club de corredores sin ti, Al. Estamos en esto juntos.

Jeremy estaba sentado en su cama, con la almohada en la espalda, vestido con unas mallas de correr nuevas. Yo me había tumbado y tenía la cabeza colgando a los pies de la cama para así disfrutar del flujo sanguíneo.

—Lo siento, pero estoy hecha polvo... ¡Lo he arruinado todo! —Notaba que la cara se me tornaba púrpura y me pregunté cuánto tiempo debía una estar cabeza abajo para que le estallara una vena.

—No seas tan melodramática. A Jo se le pasará, no me cabe duda. Y, si no se le pasa, tampoco sería tan grave. Tampoco es que te gustara tanto, ¿no?

—Me gusta, sí que me gusta. —Me incorporé, asaltada por el temor de que la cabeza acabara estallándome—. No estoy segura de si me gusta en serio. Sinceramente no lo sé. Tengo un lío mental demasiado grande en este momento.

—Exacto. Pues no te preocupes. Metiste la pata. No es el fin del mundo.

Abrí la boca para mencionar que fue él quien diseñó la metedura de pata, pero me cortó antes de que pudiera decir nada.

—Metiste la pata y ella tiene toda la razón en estar cabreada contigo, pero se le pasará.

—No puedo quitarme de encima la idea de que la enfermedad de Malcolm es la respuesta del karma a lo que hice. Merezco que me pase algo horrible.

Jeremy negó con la cabeza.

—No, si fuera la respuesta del karma a lo de Jo, serías tú la que estaría en el hospital en lugar de Malcolm. ¿Por qué debería él pagar los platos rotos de su perversa madre?

Pese a que sabía que solo intentaba hacerme reír, rompí a llorar. Era una madre perversa. Una persona perversa.

—¡Ally! Para. Era una broma... —Jeremy se adelantó para abrazarme, pero como yo seguía tumbada en dirección opuesta tuvo que conformarse con agarrarme del tobillo.

—Ya lo sé. Es que estoy tan enfadada conmigo misma y tan preocupada por Malcolm... Y por Jo. Tengo la impresión de que solo he pensado en mí. Ni me di cuenta de que Malcolm no se encontraba bien ni pensé en ningún momento en que podía hacerle daño a Jo. Es horrible tener que admitirlo, pero así es. No pensé en sus sentimientos ni una sola vez. Eso me asusta. Yo no soy de esa clase de personas. O tal vez sí. No lo sé.

Jeremy no dijo nada.

—He estado muy obcecada. Obsesionada con recuperar a Emily. Todos mis actos y todos mis pensamientos han girado en torno a eso. Ya no soy una buena persona.

—Venga...

—¡Es así! ¿No lo ves? Jo tenía razón. He estado compadeciéndome de mí misma y al mismo tiempo me he portado como una capulla.

—Pues sí, uno puede ser buena persona y portarse como un capullo, la verdad. —Se rio—. Es lo que hizo Emily. Es lo que has hecho tú. Es lo que hacemos todos. Es la vida.

—¿Y qué hay de ti y de Ben?

—Bueno. —Volvió a acomodarse contra la almohada y de paso me soltó la pierna—. Él era un capullo integral; me trataba con una gran frialdad, sobre todo al final. Pero yo también tenía lo mío. Creo que lo agobiaba demasiado. Se desenamoró de mí y yo fui incapaz de aceptarlo. Sigo sin haberlo aceptado. Fui muy desagradable. No es que engañara a alguien para que se acostara conmigo, pero...

Le di una patada.

—En resumen, lo que quiero decir es que él no era perfecto. Ni yo tampoco.

—Si Malcolm muere, nunca me lo perdonaré.

—Bueno... morirá algún día... —Jeremy parecía compungido de tener que abrirme los ojos ante la realidad de la vida.

—Me refiero a si muere ahora. Hoy. Le he dejado tragar cosas raras y ni siquiera me he dado cuenta de que estaba enfermo.

—Es un gato duro. Intentemos ser positivos.

Asentí, aunque se me antojaba imposible.

—Mira, salgamos antes de que haga más frío. El club ya habrá terminado su carrera a estas horas —dijo él al tiempo que comprobaba la hora en el móvil—. No hay posibilidad de que nos crucemos con ellos.

Yo no tenía ningunas ganas de ir, pero me dije que por eso mismo resultaría un castigo más que adecuado. Mientras me calzaba las zapatillas oí el aullido del viento al otro lado de la puerta. Iba a ser una carrera horrible.

Por una vez salimos sin los cascos. Creo que Jeremy intuía que tendría que atender a varios lamentos. A un tercio de la ruta prevista, cuando ya habíamos pillado el ritmo y respirábamos de manera regular, Jeremy se volvió hacia mí.

—¿De verdad crees que sería un buen maestro? —me preguntó.

—¿Qué? —Entre la galerna y mis jadeos me costaba oírlo.

—Si de verdad piensas que podría enseñar... En la escuela primaria. Un día lo dijiste y he estado dándole vueltas. A lo mejor bromeabas...

Lo miré. Estaba nervioso.

—¡Claro que sí! A ver, en su momento lo dije en broma, pero estoy convencida de que se te daría genial. ¿Lo estás pensando en serio?

Trotamos durante unos minutos en silencio, intentando recuperar el aliento. Aún no habíamos logrado dominar el arte de correr y charlar a la vez.

—Lo he pensado, sí. He estado mirando cursos.

—¡Esa es una gran noticia! Jeremy, me alegro mucho.

—¿De verdad? ¿No crees que sería una mierda de profe? ¿Y si he olvidado las reglas de ortografía? ¿Y las tablas de multiplicar? ¿Y cómo hacer collares con macarrones?

—Ya practicaremos.

—Sí.

Volvimos a callarnos durante un ratito e intentamos adoptar un ritmo que pudiéramos seguir y que fuera algo más que «caminar». Esperábamos que el viento cambiara en algún momento y nos ayudara en lugar de darnos en la cara. Por fin, tras doblar una esquina, lo sentimos detrás. Nos paramos en un semáforo: aunque no tuviéramos que cruzar, siempre lo hacíamos y así descansábamos un momento.

—Quiero ser feliz, Al —me dijo Jeremy mientras esperábamos—. ¿Te acuerdas de que dijiste que querías hacer algo que no te diera ganas de encerrarte a gritar en el baño? Pues eso mismo quiero yo.

—Te lo mereces.

Le apreté la mano y el semáforo cambió a verde. Con un suspiro, proseguimos la carrera. Cuando alcanzábamos la meta prevista dimos media vuelta al instante, no fuera que nos pasáramos de distancia por una vez en la vida.

—Cada vez es más fácil, ¿no crees? —preguntó Jeremy.

Pensé en todo lo que me dolía (las piernas, los pies, los hombros, los pulmones...) y no terminé de ver en qué sentido era más fácil.

—¿De verdad?

—Diría que sí. Me siento al borde de la muerte igual, pero al mismo tiempo sé que eso no va a pasar, ¿entiendes lo que quiero decir?

Sí, lo entendía, más o menos.

—Supongo que ahora somos técnicamente capaces de hacerlo, y lo sabemos. Las piernas resistirán. En ese sentido sí que es más fácil.

—Y podemos hablar, Al.

Me eché a reír y él empezó a toser: el agotamiento de la conversación se le pegó en la garganta.

—¡Y hasta reírnos! —dijo, señalándome.

—Cierto, nos estamos riendo.

—Todo se vuelve más fácil.

Asentí. Quizá fuera verdad.

Pasé toda la mañana en el trabajo con los nervios a flor de piel, revisando el teléfono a todas horas. Mi padre había dado instrucciones al veterinario de que me llamara al móvil en lugar de al teléfono de casa, en parte porque yo era la dueña de Malcolm y en parte porque no quería ser él quien me diera la noticia de que Malcolm había muerto. Cuando mi hámster, Smokey, falleció en lo que podríamos llamar un «accidente doméstico con la aspiradora», no salí de la cama en todo un fin de semana.

El teléfono sonó por fin alrededor de mediodía y respondí al instante.

—¿Hablo con Alexandra Waters? —Era la misma mujer.

—Soy yo, sí.

—¿La dueña de Malcolm?

—Sí.

—Tengo entendido que pidió que llamáramos a este número. —Su voz sonaba aburrida e incluso molesta, y me lo tomé como una buena señal.

—Sí... Es que... es mi número.

—Como ya sabe, Malcolm estaba muy grave. Muy grave.

El corazón me dio un vuelco.

—Hicimos todo lo que estaba a nuestro alcance por él, pero ya nos llegó muy enfermo y no pudimos intervenir hasta que la situación era muy seria.

Una lágrima me rodó por la mejilla. Estaba horrorizada. Me había autoconvencido de que el animalito saldría de esta.

—Por todo ello —prosiguió la mujer en tono enérgico—, va

a necesitar muchos cuidados en casa. Y sobre todo no le quite el collar protector en una semana. Como mínimo.

—Espere, ¿qué? —Elevé la voz hasta casi convertirla en un grito—. ¿Me está diciendo que no está muerto?

—¡No, claro que no está muerto! —Parecía enojada, como si yo hubiera insinuado algo horroroso—. Está bien vivo.

—Gracias. Oh, gracias a Dios. ¿Puedo ir a buscarlo hoy mismo?

—Sí, tan pronto como le vaya bien. —Lo dijo como si recoger a Malcolm fuera una tarea que yo hubiera pospuesto durante semanas.

Puse fin a la llamada llorando. Sophie, que se había acercado a escuchar, me abrazó sin decir una palabra.

Recoger a Malcolm del veterinario fue un alivio, pero a la vez una experiencia traumática. Por él, que estaba triste con aquel collar protector, pero sobre todo porque salí de allí con una deuda que no podría pagar ni en toda una vida. Al llegar a casa, lo saqué con cuidado del transportín y lo dejé en el sofá; no se movió mucho, salvo para cojear hasta el arenero e intentar quitarse el collar. Era la viva estampa de la tragedia. Me pasé la tarde sentada a su lado, en solidaridad, y me dediqué a rascarle la barbilla porque el collar le impedía hacerlo. Pensé que probablemente le daría gustito. Como quien clava un tenedor en una escayola. Pat se colocó al otro lado, mirándome con cara de pena a ver si así también le rascaba la barbilla. Nos pasamos así toda la tarde y gran parte del viernes, aunque estaba claro que Malcolm mejoraba a marchas forzadas. Ya estaba lo bastante bien para ahuyentar a Pat cuando esta se le acercaba demasiado.

El viernes por la noche mi padre tenía el mayor evento social del año: la fiesta de caridad del colegio. Consistía en un encuentro entre padres y profesores; durante la primera hora resolvían juntos un crucigrama y luego se dedicaban a beber, bailar al ritmo de la música más cursi del mundo y relacionarse entre ellos.

Mi padre siempre se había mostrado notoriamente en contra y se había lamentado de viva voz de verse en la obligación de asistir, pero yo estaba segura de que, en secreto, le encantaba. Había venido corriendo a casa a media tarde y se había pasado horas acicalándose; incluso se había planchado la camisa en lugar de insistir en que hacerlo era una pérdida de tiempo porque, «total, la camisa era la misma».

Sobre las seis empecé a plantearme la posibilidad de abandonar el sofá e irme a la cocina a merendar. Vi que mi padre no paraba de andar de un lado a otro del recibidor. Se paraba delante de la puerta, como si esperara a alguien, y luego retrocedía con el teléfono pegado a la mano, cuando normalmente lo tenía tirado en una mesita o desconectado en un cajón.

—Papá, ¿estás bien? ¿Has pedido un taxi o algo?

—¿Qué? —Me miró como si no me hubiera visto nunca antes.

—Digo que si has pedido un taxi. ¿No ha venido?

—Ah, no, nada de taxis. Estoy... bueno, estoy esperando a alguien.

—Ah, claro. —Bajé el volumen de la tele—. ¿A quién?

—Alguien del colegio.

—Pero ¿quién es?

Se estaba sonrojando por momentos. Era deprimente comprobar cuánto nos parecíamos.

—Liz, ¿vale? Vamos a compartir taxi porque vive aquí al lado y es lo más sensato. ¡Taxi, nada más!

—Sí, estoy segura de que es solo eso, papá. Estás sudando. Así que Liz... la que viene a los juegos de mesa, ¿eh? Uau.

—No estoy su... —Se secó la frente con el dorso de la mano—. No estoy sudando, ¿verdad?

—No, estás bien. —Entonces sonó el timbre—. Mira, ya está aquí.

Él ya corría hacia la puerta. Estaba claro que no iba a ponerse en plan distante.

Liz asomó la cabeza por la puerta del salón para saludarme y ver al inválido. Parecía haberse arreglado mucho para una fiesta escolar. Había ido a la peluquería y se había puesto tacones.

—Eh, Ally. ¿Todo bien?

—Sí, Liz, estoy bien. Él ha tenido días mejores —dije señalando a Malcolm, que estaba sentado como un pato y miraba a Liz con ojos amenazadores.

—Oh, pobrecito. —Dio un paso adelante y luego retrocedió, como si hubiera tenido la intención de entrar a acariciarlo y luego se lo hubiera pensado mejor—. Quería agradecerte todos los detalles que nos trae tu padre de tu parte. ¡En la sala de profesores nunca se había comido tanto dulce! El pastel de moras estaba delicioso.

Se la veía un poco nerviosa. Me di cuenta de que quería causar una buena impresión: para ella era importante caerme bien.

—Me alegro, Liz. De nada. En ese caso seguiré haciéndolos.

—Fantástico.

Me saludó con la mano y se metió en la cocina. Oí risas procedentes de allí y subí el volumen de la televisión.

El taxi llegó media hora después y mi padre entró a despedirse de mí y de Malcolm. Cuando me dio un beso quedé sofocada por una nube de aftershave y pinot grigio.

—¿Ya habéis estado bebiendo, papá? —le pregunté en un tono de falsa desaprobación.

—¡Cielos, no! —exclamó, y acto seguido, un poco achispado por la mezcla de nervios y alcohol, añadió—: Bueno, quizá nos hemos tomado una copa.

Me dirigió una sonrisa que pedía complicidad.

—Estás muy guapo. Y Liz está preciosa. Pasadlo bien en el taxi.

Su cara resplandecía. Metió la mano en el collar protector de Malcolm para acariciarle la cabeza. Y luego hizo lo mismo con la mía.

—Cuida de él —dijo señalando a Malcolm.

—¡Papá! Claro que lo haré.

—Es un buen chico.

—¡Ya lo sé!

—De acuerdo.

Me miró con severidad y luego se dirigió a la puerta principal. Aún los oí reírse mientras andaban hacia el taxi. Me alegró que papá se lo estuviera pasando bien con su cita. Al menos uno de los dos se divertía.

Pasé la tarde haciendo lo mismo que había hecho todo el día: estar tirada en el sofá rodeada de animales que pedían cariño. Estaba a punto de quedarme dormida cuando oí que alguien llamaba con suavidad a la puerta.

Fruncí el ceño. No esperábamos a nadie, pero me dije que tal vez era Jeremy, que pasaba a ver a Malcolm. Había dicho algo así, sin comprometerse a nada. Me aseguré de que la cadena de la puerta estaba puesta y la abrí solo un poco, lo justo para ver quién había al otro lado.

—Hola, Al.

Por un instante me quedé paralizada; luego cerré la puerta despacio para poder quitar la cadena. Cuando volví a abrir, ella seguía allí.

Emily seguía allí.

15

La gran gesta romántica

Siempre había pensado que la frase «no podía creer lo que veían mis ojos» era una hipérbole, pero habría sido una descripción literal de cómo estaba yo ese día. También podría decir que me quedé de piedra, como un conejo cegado por los faros de un coche. Simplemente no tenía sentido que Emily estuviera al otro lado de la puerta de la casa de mis padres. No conseguía procesar un rostro conocido que ahora había alcanzado connotaciones casi míticas, pero ahí estaba: mirándome con una mezcla de cansancio y desesperación. La Emily que yo había evocado y alimentado en mis fantasías resplandecía de belleza y en cierto sentido parecía más viva que la que tenía delante en carne y hueso. Esta última daba la impresión de no haber pegado ojo en una semana. Llevaba el pelo erizado y su semblante tenía mal color. Se le había corrido el lápiz de ojos, como si lo hubiera frotado. Se había puesto el anorak grueso aunque el tiempo no lo pedía (caían cuatro gotas, eso sí) y se la veía perdida dentro de aquella prenda, como si alguien le hubiera hinchado los brazos. También se la veía al borde de las lágrimas, y, mientras permanecíamos en silencio, me percaté de que no estaba del todo segura de que yo la fuera a dejar entrar. Yo tampoco lo estaba.

—¿Qué estás haciendo aquí? —conseguí articular.

—Debía recoger a Malcolm. —Esbozó una ligera sonrisa, que no llegó a alcanzarle los ojos: estos parecían peligrosamente al borde del llanto.

—Em...

—Mira, ¿puedo pasar?

Titubeé y ese instante de duda fue la gota que colmó su vaso.

—Al, déjame entrar —dijo con voz ronca al tiempo que rompía a llorar—. ¡Por favor! Está lloviendo, joder, y estoy empapada. Déjame entrar.

Me hice a un lado para que entrara en el oscuro vestíbulo. Cuando me encontraba a solas en casa tenía tendencia a olvidar que la única luz que tenía encendida era la de la pantalla del móvil.

Encendí la lámpara de la mesita del recibidor y de ella emanó una luz anaranjada, no muy distinta a la de una vela, que sirvió para añadir algo de dramatismo al ambiente vespertino.

Observé a Emily, que se había sacado el enorme anorak y lo había apoyado en la barandilla de la escalera. Estaba agachada, sin mirarme, desabrochándose los cordones de los zapatos. La camiseta se le pegaba a la espalda. La vi muy delgada, o quizá más menuda... Su cuerpo parecía haber menguado.

A pesar de los años transcurridos desde el inicio de la historia, de todo lo que había pasado y del rencor de las últimas semanas, no conseguí evitar una oleada de emoción por tener a Emily en casa. ¡En mi casa! De todas las casas donde podría estar había escogido la mía. Era lo que había deseado desde hacía años. Debería haber sido deprimente que el momento hubiera llegado precisamente en esas tristes circunstancias, pero yo aún me sentía como si tuviera a una celebridad en casa, como si acabara de ganar un premio. Quería extender la mano para tocarla, deslizar el dedo por su columna vertebral. Habría sido fácil dada la cercanía entre ambas y sin embargo mantuve los brazos cruzados, sobre el pecho.

Antes de que pudiera darse la vuelta me fui hacia la cocina, con la excusa de preparar el té. Fue lo único que se me ocurrió para tener las manos ocupadas. Encendí la luz del extractor y puse a hervir el agua bajo aquel tenue resplandor, sin querer perturbar la oscuridad que reinaba en casa. Supuse que me seguiría hasta la cocina, pero no apareció. El tictac del reloj sonaba más fuerte que nunca. Me demoré un buen rato. Comprobé que no teníamos ninguna leche de las que bebía Emily, así que debería tomarlo solo. Removí el líquido ambarino a la espera de que entrara y, al ver que no lo hacía, cogí las dos tazas y volví al recibidor a buscarla.

Se había sentado en el borde del sofá, como quien no se atreve a sentarse de verdad. Como si intuyera que yo no quería que se pusiera cómoda. Le ofrecí el té y lo aceptó sin una palabra; procedió a dejarlo en la mesita que tenía al lado. Yo sabía que no iba a bebérselo.

Malcolm estaba tumbado boca arriba en la alfombra, todo lo largo que era. Contemplaba a Emily con un gélido desinterés; se las apañaba para mostrarse profundamente digno incluso con aquel collar enorme que casi le tapaba su estúpida y blanda cabeza. Yo era consciente de que su actitud era la misma para conmigo, y en realidad para con todos los seres humanos, pero aun así, en ese momento, sentí que se ponía de mi lado.

—¿Qué diablos le ha pasado? —preguntó Emily, horrorizada.

—Se tragó unos coleteros. O eso dicen —expliqué, como si el jurado aún estuviera deliberando sobre el tema y no le hubieran sacado una bolita de gomas elásticas del estómago.

—¡Oh, Dios mío! —exclamó, y se cubrió la boca con una mano.

Probé el té. Estaba ardiendo. En otras circunstancias lo habría escupido, pero opté por resistir, y, justo cuando notaba que me ardía la garganta, Emily se volvió hacia mí.

—¿Se va a poner bien?

Creo que había intentado mantener un tono educado, pero la nota acusadora que se desprendió de él nos sorprendió a ambas.

—Sí, supongo —repuse, superando la tentación de iniciar una pelea tan pronto—. Al menos si se mantiene alejado de ellos en el futuro.

—Bueno, si no los dejaras siempre por el suelo a lo mejor le sería más fácil.

—¡Vaya! No se me había ocurrido. Muchas gracias.

Nos quedamos en silencio durante unos instantes, observando cómo Malcolm intentaba despojarse del collar protector.

—Mira, Ally, lo siento.

—Ya, no pasa nada —dije de una manera casi instintiva, aunque era obvio que sí que pasaba—. Es que... como comprenderás, no fue mi intención que se los comiera.

—No, no me refería a... —El labio inferior empezó a temblarle—. Me refería a que lamento todo esto.

Abrí la boca para responderle, pero enseguida me di cuenta de que no tenía ni idea de lo que quería decir. Por suerte, Emily me salvó con un discurso que parecía tener planeado de antemano.

—Cuando echo la vista atrás a estos dos meses últimos, apenas puedo creer que fuera yo. De verdad que me cuesta hacerlo, Al.

Me miraba directamente a los ojos. Era una gran conferenciante.

—No parece algo real e ignoro qué me pasó para comportarme de una manera tan... cruel. —Una lágrima rodó por su mejilla y ella se la secó enseguida—. Por muchas cosas que nos estuvieran pasando, tú no merecías lo que te hice. Así no se trata a la gente a la que amas.

—Amabas. —De repente encontré mi voz. Una especie de descarga me subió desde la boca del estómago. Tal vez fuera tristeza. O tal vez ira.

Acusó la réplica, pero, al recordar sus propias palabras, asintió despacio.

—Vale. Sé que estás muy enfadada conmigo y tienes todo el derecho a estarlo. —Todo su cuerpo se tensó, era evidente que venía preparada para resistir—. Pero quiero que me entiendas. Creo que pasaba por una especie de crisis de la mediana edad.

Me eché a reír.

—Tienes treinta años, Em.

—Bueno, entonces quizá no fuera de la mediana edad, pero sin duda era una crisis. Sentí que ya no existía un nosotras. O que yo ya no era la misma. O algo. El caso es que estaba agobiada y no sabía cómo reaccionar. Supongo que me equivoqué, que debería haberlo hablado contigo. Pero me daba la impresión de que tú ni siquiera querías arreglarlo.

Me miró, expectante. Yo sabía lo que debía decir. Debía suspirar, asentir, y decir que sí, que tal vez una parte de mí se había rendido, pero estaba cansada y llevaba suficiente tiempo alejada de Emily para haber recobrado un poco de autoestima.

—No me diste la menor oportunidad de arreglarlo. Empezaste a acostarte con otra y luego me dejaste. Bueno, para ser exactas, no me dejaste: me forzaste a que me fuera.

Abrió la boca para protestar, pero yo ya iba lanzada.

—Entiendo que tal vez ya no estábamos tan unidas. Te doy la razón, yo tampoco era yo. No tenía trabajo, me sentía desarraigada; supongo que en los últimos meses no pasé por mi mejor momento, pero ojalá, ojalá, te hubieras sentado a hablar conmigo de ello. —Me paré para tomar aliento—. Habría dado cualquier cosa por arreglarlo, Emily. Y lo sabes.

—Lo sé. Lo sé. Es solo que... —Emitió un fuerte suspiro—. Es solo que a veces tengo la impresión de que me ves como a un ser perfecto que conoce todas las respuestas y sabe resolver cualquier problema.

Yo debí de poner una cara que decía algo como «tampoco te eches tantas flores, querida», porque por primera vez levantó la voz.

—¡Ally! Ya sabes lo que quiero decir, no seas así.

Claro que sabía lo que quería decir. Pero no creo que supiera hasta qué punto la adoraba.

—No podía creer que me quisieras tanto, a ratos era abrumador —prosiguió—. No siempre es fácil hablar contigo si nunca eres capaz de aceptar que yo puedo equivocarme. O dudar.

—Vale. Se siente —repuse, como una quinceañera repelente, avergonzada de que alguien hubiera descubierto sus secretos amorosos.

—Tal vez ni siquiera fuera amor. No me malinterpretes, sé

que me querías, pero me gustaría que entendieras que a veces me sentía como si me hubieras idealizado. Como si lo que amaras no fuera yo, sino la idea que te habías formado de mí.

Mi instinto me impelía a protestar porque lo que acababa de decir sonaba horrible. Y ridículo. Pero ambas sabíamos que era verdad. Porque ¿cómo iba ella a estar a la altura de la versión que yo me había construido en la cabeza?

Me limité a asentir con la cabeza, incapaz de hacerlo de viva voz. El peso arrollador de todo quedó suspendido en un silencio que yo debía llenar con alguna explicación, una disculpa o algo parecido. En lugar de eso, cogí la taza que aún tenía medio llena y extendí la mano para que Emily me diera la suya. Lo hizo sin decir nada, sin molestarse en disculparse por no haberlo ni siquiera probado. Moví ambas tazas y señalé la cocina, como si fuera imprescindible que las lavara de inmediato, y salí huyendo.

Dejé las tazas en la pila sin hacer el menor ruido y me agarré a la encimera con las dos manos. No sabía si reír, llorar o ponerme a vomitar. En todos los supuestos imaginados con Jeremy, nunca pensé que la escena del reencuentro sería así. Siempre había fantaseado con un momento más melodramático. Con más lágrimas. Lo que acababa de pasar tenía un aire adulto, mecánico y desolador.

Volví la cabeza y vi que Emily estaba en la puerta de la cocina, con la mano apoyada en la marca de mi altura a los trece años. Ella no lo sabía, claro, porque estábamos a oscuras. Y porque era la primera vez que venía a esa casa.

—Voy a buscar el transportín de Malcolm —dije para mi sorpresa, casi incapaz de mirarla—. Creo que mi padre lo guardó en el cobertizo, pero no me cuesta nada ir a por él. Ah, y ahora tiene que tomar un medicamento. Tendré que enseñarte cómo va.

No me moví.

Ella caminó hasta quedar justo delante de mí. A la luz del extractor, estaba preciosa: el pelo se le había ondulado por la lluvia y los ojos le brillaban por las lágrimas.

Cuando me besó esperaba sentir el fuego que te devora al reunirte con un amor perdido, al ser correspondida por fin con el objeto de deseo. Pero no hubo estrellas fugaces ni acordes de orquesta. La sensación fue más bien la de algo familiar, incluso inevitable. No me sentí rebosante de alegría, ni de pasión, ni de nada, la verdad. Por decirlo de alguna manera me invadió una especie de desesperanza, porque, si no era eso lo que quería, entonces ¿qué diablos era? Por un instante incluso me planteé la posibilidad de resistirme. Me preguntaba si quería que volviera a suceder o si más bien era algo que deseaba desesperadamente querer que sucediera. Había pasado tanto tiempo deseándolo. Parecía casi maleducado, un desperdicio de tiempo y energía, sentirse entonces tan yerma de emociones. Deseaba sentir el éxtasis, anhelaba alejarme de los razonamientos y de las reacciones de mi cuerpo.

Cuando posé la mano en su cintura y la atraje hacia mí deseé también saber cómo se sentía ella. Intenté dilucidarlo por su forma de suspirar mientras apoyaba sus caderas en las mías. ¿Era un suspiro de tristeza? Intenté desconectar de ese análisis constante: ya había cruzado el punto de no retorno, ya no podía apartarla o decirle que no me parecía una buena idea.

—¿Podemos ir a tu cuarto? —me preguntó.

La guie escaleras arriba, a oscuras y en silencio. La situación me resultaba demasiado rara para salpicarla de comentarios banales. En caso contrario, seguro que Emily encontraría algo que decir. Era lo que solía hacer. Pensé que me sentiría avergonzada al abrir la puerta de mi habitación, cuando ambas nos topáramos con la cama individual, el edredón ajado después de tantos lavados, los adhesivos del techo y el escritorio que tenía desde que empecé la secundaria. Pero no fue así. Era mi zona de confort, y era Emily la que debía adaptarse a ella, no yo. Me senté en la cama y ella se quedó en el umbral. Fue una de las pocas veces en que la he notado insegura. Encendí la luz de la mesita de noche y, por primera vez desde mi regreso, me percaté de que el estampado de la lámpara eran pequeños Peter Rabbits.

Como Emily no se movía de la entrada, señalé la cama, con un gesto de «ven de una vez», y ella obedeció. Yo esperaba que se sentara a mi lado, pero lo que hizo fue empujarme con suavidad hasta que apoyé media cabeza en la almohada y la otra media en el cabezal de la cama, en una postura no precisamente cómoda. Ella se acostó a mi lado y colocó la cabeza en mi hombro mientras me abrazaba por la barriga y me acariciaba la piel con las puntas de los dedos. Deseé con todas mis fuerzas no haberme puesto unas mallas con manchas de pintura y una estrella de diamantes plateada bordada en la cadera. Cuando su mano se detuvo en las lentejuelas quise explicarle por qué las llevaba, pero no me apeteció cortar el silencio. Ni siquiera deseaba respirar con fuerza o mover el brazo, que se había quedado anclado en un ángulo extraño debajo del hombro de Emily.

Aunque ya nos habíamos besado abajo, ahora parecía que todo había pasado en otra vida y nos resultó imposible empezar como si nada. Por fin, después de lo que parecía una eternidad sin movernos, incliné la cabeza solo un poco, en parte porque estaba empezando a tener tortícolis por la postura y en parte para ver si Emily se había dormido. No pretendía despertarla, pero tampoco pensaba permitir que acabaran amputándome el brazo. Mi mente, que había estado dando volteretas para procesar con exactitud lo que estaba sucediendo, parecía haberse habituado a esa realidad alternativa y me dejé invadir por una especie de calma. Supongo que los que están a punto de ahogarse deben de sentir algo así. Paz, aceptación, adormecimiento y euforia, como si se contemplaran a sí mismos desde la superficie. Cuando intentaba deslizar la cabeza hacia la almohada, Emily movió la suya; me miró con los ojos brillantes y muy abiertos. Al hacerlo, me liberó un poco y pude colocarme de lado, de cara a ella, lo cual resolvió a la vez los problemas de tortícolis y del brazo adormecido. En cierto sentido, estar así, notar su aliento y casi rozar la punta de su nariz con la mía resultaba más íntimo que los besos anteriores. Yo estaba nerviosa, como si estuviera enfrentándome al primer beso, o tal vez al último. No era un beso más.

Cuando llevas mucho tiempo de relación con alguien resulta fácil olvidar que hubo un momento en que un beso no era un gesto mecánico, una despedida rápida que ofreces antes de salir a toda prisa porque vas con retraso y con la mente ocupada en otras cosas. Existe el peligro de que un beso se convierta en algo tan común que al final de un día junto a esa persona no sabrías decir cuántas veces la has besado porque sería lo mismo que hacer un recuento del número de coches rojos que has visto: apenas te has dado cuenta de si hubo alguno. Ignoro cuál de las dos realizó el acercamiento final ese día. Quizá fue cosa mía, pero me gusta pensar que lo hizo ella. Recuerdo haberme sentido poderosa, haber pensado que tal vez me deseaba más ella a mí que viceversa. El beso fue muy distinto al que nos habíamos dado en la cocina; fue un beso que empezó lento, tímido y dulce, hasta que se convirtió en algo ávido y urgente. Asumir lo que estaba pasando nos hizo conscientes de que existía un límite de tiempo, de que echar a perder un momento podía significar el final de todo. Ella respiraba con más fuerza y me mordió el labio, algo que yo siempre había detestado aunque nunca se lo había dicho; en esa ocasión, sin embargo, la leve irritación que sentí ante el dolor se transformó en una descarga de otros sentimientos. Deseo. Pasión. Furia.

La empujé hasta tumbarla, deslicé la mano por debajo de su camiseta húmeda y le pellizqué el pezón. Ella gimió, sin duda de dolor, pero intuí que todo su cuerpo parecía acusar la misma descarga que surcaba el mío. Me agarró con fuerza y me atrajo hacia sí, su boca se deslizó por mi cuello, medio besándolo, medio mordiéndolo, mientras yo intentaba bajarle la cremallera de los tejanos. Levantó las caderas para ayudarme a quitárselos y me dio por recordar cuándo había sido la última vez que lo habíamos hecho así. Con esa impaciencia desmedida, con las ganas de arrancarnos la ropa, con la seriedad que implica el sexo. Evoqué situaciones parecidas cuando empezamos: momentos de manos calientes por debajo de las faldas, de manos torpes peleando con cierres de sujetadores; de bragas enrolladas a los pies de la cama. Tal vez le transmití la ilusión de que jugaba con ella, de que la castigaba haciéndome de rogar, cuando la verdad era que yo estaba paralizada por algo parecido al pánico. Deseaba que todo acabara de una vez y al mismo tiempo que no terminase nunca. No la miré mientras la follaba. Emily hundió la cara en mi cuello y me clavó las uñas en la espalda. Tiempo atrás me habría susurrado cosas como «me encanta sentirte dentro de mí» o «fóllame con más fuerza» o incluso «te amo»... pero en esa ocasión no dijo nada. Sentí su aliento caliente en el oído en forma de jadeos breves y agudos. Cuando se corrió, noté un gemido fugaz, apenas audible, y sus muslos apretándome la mano. Me apoyé en ella.

Volvió a besarme y movió las manos hacia la cinturilla de mi pantalón, pero la paré. Me deslicé hacia abajo y le besé los dedos. Esa noche no me sentía capaz de entregarme y arriesgarme a perder esa débil sensación de control. Emily no protestó. En su lugar, se dio media vuelta, se acomodó debajo de mi brazo, llevó mi mano a su barriga, por dentro de la camiseta, y pareció quedarse dormida al instante. Se sumió en ese sueño que te asalta cuando llegas a casa después de un festival, un sueño tan urgente que no te deja casi ni apoyar la cabeza en la almohada. El sueño de alguien que, agotado, consigue relajarse por fin. Tenía la cabeza bajo mi barbilla y me hacía cosquillas en la nariz con los pelos que se le escapaban de la coleta. Cada vez que respiraba me llegaba su olor. El de su pelo, lavado un par de días atrás, que aún desprendía el aroma de los restos de champú (uno ético, orgánico, fabricado por monjes, perros abandonados o similares) pero también otro más humano y terrenal que ella detestaba pero que a mí, en cambio, me volvía loca. Una mezcla de sudor, grasa capilar y, en ese día, también lluvia. No podía creer que ella estuviera allí, en carne y hueso, justo debajo de mis narices. Deseé sentirme feliz, rebosante de ilusiones o al menos desesperadamente enamorada, pero no fue así. Me sentí segura, en cambio, y la tranquilidad de estar en una situación familiar. Una extraña sensación de calma me invadió mientras me enredaba a su alrededor, ya que mi cuerpo reconocía al instante los recovecos del suyo y se acomodaba a ellos. La conocía, la había amado, pero mi lugar en esa cama, con su pelo acariciándome la nariz, ya no era mi hogar. Había ido de visita y había sido bonito. Pero no era mi hogar. Pasé unos minutos respirándola antes de sumirme en un sueño oscuro.

Cuando desperté, antes del amanecer del sábado por la mañana, las cortinas dejaban pasar la luz de la luna y las farolas de la calle seguían encendidas. Emily se deshacía de mi abrazo. Murmuró un «hola» al darse cuenta de que yo estaba despierta.

—Hola —le susurré.

—Aún no me creo del todo que esté aquí —dijo en un tono de voz mucho más alto mientras se incorporaba en el borde de la cama.

La hice callar de manera instintiva, consciente de que mi padre debía de estar dormido en la otra habitación. Me pregunté si habría notado la presencia de un abrigo de más y de unos zapatos en el vestíbulo y qué habría pensado al verlos. Con un vuelco en el estómago caí en la cuenta de que lo más probable era que hubiera creído que pertenecían a Jo.

—Lo siento —susurró entonces.

Miraba a su alrededor, fijándose en todo. Parte de mi inseguridad regresó de nuevo. Ella elevó la vista a las estrellas que decoraban el techo.

—Mira, Al, la verdad es que no sé lo que quiero.

—Ni yo tampoco —me apresuré a murmurar. No quería que pensara que anhelaba desesperadamente tenerla a mi lado o que me conformaría con aceptar cualquier decisión suya.

No es que ella pareciera sorprendida, pero yo habría jurado que el viaje no había salido tal y como esperaba. Sin duda, ella también tenía una versión de mí, de nosotras, metida en la cabeza.

—Te echo de menos —dijo—. Y echo de menos nuestra vida juntas.

Yo la creí.

—Me moría al pensar que estabas con alguien —prosiguió—, lo cual es muy hipócrita por mi parte, lo sé...

—Lo es —interrumpí.

—¡Ya lo sé! ¿Todavía os veis?

No respondí enseguida y me planteé si era conveniente seguir mintiendo acerca de Jo. El daño ya estaba hecho, así que no tenía nada que perder, pero decidí decir la verdad.

—No, ya no hay nada entre nosotras.

Emily no preguntó el porqué; se limitó a asentir despacio.

—¿Tú aún estás con Sara? —Me di cuenta de que ya sabía la respuesta y ese hecho casi me mareó.

—Sí. —Ella siguió hablando, con cuidado—. Bueno, más o menos. Es muy complicado. Es muy complicado porque te echo de menos y porque estuvimos juntas mucho tiempo, así que resulta duro seguir... seguir adelante sin ti.

—Yo también te echo de menos, Em. Te echo de menos a todas horas.

Abrió la boca para decir algo pero yo no la dejé: era consciente de que, si no decía entonces lo que quería decir, tal vez no llegara a decirlo nunca.

—Te echo de menos a todas horas, pero he tenido que vivir con ello. Hasta me he acostumbrado... Y hay días, no muchos, en que me sale bastante bien, Emily. —Me senté en la cama—. Creo que no entiendes lo que me ha pasado. Sé que has pensado en mí, pero también has estado follándote a Sara. —Al decir ese nombre no podía evitar pronunciarlo como si lo estuviera escupiendo—. Y has seguido en casa, rodeada de tus cosas y de tus amigos, yendo al mismo trabajo. Además, tú te habías preparado de antemano para ese cambio.

Callé para tomar aliento; ella seguía inmóvil, mirándome.

—Tú sabías lo que se nos venía encima, Em, mientras que yo no tenía ni idea. —Por fin me falló la voz y rompí a llorar—. Así que he tenido que empezar de cero y no estoy segura de querer tirar todo ese esfuerzo por la borda.

Me secó una lágrima con la mano sin que yo se lo impidiera. Dejó la mano apoyada en mi rostro y me pregunté si iba a volver a besarme. No lo hizo. Se limitó a acariciarme durante un momento antes de retirar la mano.

—Lo sé —asintió—. Lo sé.

Volvió a quedarse inmóvil mientras yo me planteaba si intentaría convencerme de que regresara a casa con ella. Creo que, en ese momento, no le habría costado mucho.

—Voy a pedir un Uber —dijo.

—¡A estas horas! —exclamé—. Emily, estamos en plena noche.

El pánico me atenazó. De repente no podía soportar que se marchara. Me parecía horrible, como si se tratara de una despedida para siempre.

—No puedo ir a por el transportín de Malcolm ahora. Está muy oscuro todo y despertaría a todo el mundo. Y él no está en condiciones de viajar. ¡Con el collar protector no va a caber ahí adentro!

—No voy a llevarme a Malcolm. —Lo dijo como de pasada, mientras se rehacía la coleta delante del espejo diminuto que había en mi cuarto.

—¿Qué? ¿Por qué? ¿De verdad has venido hasta aquí para luego no llevártelo?

Yo no podía creerlo. No sé muy bien por qué la animaba a que se llevara a mi adorado monstruo.

—No puedo, Al. Seamos sinceras: él siempre te ha querido a ti más que a mí. Además, mañana tengo que irme a Manchester a dar una conferencia, así que no tendría dónde meterlo. ¡No creo que lo dejen alojarse en el hotel!

Me sonrió en el espejo, como si estuviéramos compartiendo uno de esos momentos en que mi respuesta solía ser: «Claro, ¡qué tontería!». Yo le devolví la mirada.

—Has venido porque tenías una conferencia.

Ella no intuyó nada en el tono de mi voz.

—Sí. Bueno, no. Vine al norte para la conferencia, pero me

detuve aquí. Ya debería haber llegado a Manchester, pero... Pero tenía que verte. Ya hace tiempo que quería venir a ver al gato, y a disculparme contigo, y a intentar arreglar las cosas, así que todo... —hizo una pausa buscando la palabra adecuada— encajó.

—Oh, Dios mío.

Escondí la cara en las manos e inspiré con fuerza. Para sorpresa propia, y ciertamente también ajena, cuando volví a enseñarle la cara estaba riéndome.

—¿Qué pasa? ¿Dónde está la gracia? —Se volvió hacia mí y me miró a la cara, indignada.

—Es que... —Moví la cabeza, sin dejar de sonreír—. Pensaba que habías venido hasta aquí para verme, en plan gesta romántica, y ahora de repente lo entiendo todo mucho mejor.

—Es un gesto romántico —insistió ella con tanta vehemencia que solo le faltó apoyar la frase con un pisotón en el suelo—. ¡Tuve que coger un tren distinto! ¡He perdido una noche en un hotel que ya había pagado!

—Lo es, lo es. —Moví la mano, en señal de que no estaba enfadada y, al mismo tiempo, pidiéndole que se tranquilizara—. Es romántico, Em. Pero bueno... también es distinto a como lo había imaginado, eso es todo.

—¿Acaso la vida no lo es? —preguntó en tono sarcástico.

—Supongo que sí —concedí.

Bajé la escalera tras ella y encendí la luz del recibidor para que pudiera ponerse aquel anorak enorme mientras esperaba al Uber. Vi los zapatos de mi padre tirados en mitad del suelo, junto con su bufanda, y pensé que no habría hecho falta poner tanto cuidado en no levantar la voz. Estaría fuera de juego toda la noche e incluso media mañana.

—¿Sabes que el domingo corro la media maratón?

—¿Este domingo? —Emily, que estaba sentada en un escalón atándose los zapatos, levantó la vista.

—Sí, el tiempo pasa muy rápido.

Ella asintió.

—Vale, quizá pueda venir a animarte. No volveré a Londres hasta el domingo por la tarde.

—Sí, quizá —dije con desgana.

La idea de que se marchara así y reapareciera el domingo entre la multitud para animarme se me antojaba improbable, pero cosas más raras se habían visto. No sabía si la quería allí o no. Tampoco quería que se fuera y al mismo tiempo me moría de ganas de verla cruzar la puerta.

Se volvió hacia una foto en blanco y negro que teníamos colgada en la pared. Éramos mi madre, mi padre y yo cuando era un bebé. Papá me cogía de las manos mientras yo daba mis primeros pasos hacia mamá, que estaba agachada ante mí, sonriente y esperándome con los brazos abiertos.

—Eres igual que tu madre, Al.

—La gente siempre me lo decía.

Asintió y fue a decir algo más, pero en ese momento le zumbó el móvil.

—Bueno, ya está aquí.

Cogió la bolsa, que había dejado al final de la escalera. No sabíamos cómo despedirnos y terminamos metidas en una especie de baile patético. Al final me agarró y me abrazó. Cuando nos separamos, ella siguió cogiéndome del brazo y se fijó en la sirena. La acarició suavemente con el pulgar.

—Este horror de tatuaje —murmuró con afecto.

—No pienso quitármelo nunca —repuse. Era una conversación que debíamos de haber mantenido más de cien veces.

—Bien. Adiós, Malcolm —dijo, haciendo un gesto de despedida hacia el salón. Él no se había molestado en salir a verla.

Luego noté una ráfaga de aire frío, oí el suave ruido de la puerta al cerrarse y comprendí que ya se había ido.

16

Cotilleo lésbico

Era absurdo pensar que volvería a dormirme después de la partida de Emily. Ni siquiera estaba del todo segura de no haber estado dormida todo el tiempo y de que aquello no hubiera sido un delirio terrible, maravilloso e improbable. En cuanto cerré la puerta, me volví y me enfrenté a la casa que ella acababa de dejar. Recogí los zapatos de mi padre y los coloqué en la rejilla, colgué su bufanda del final de la barandilla en lugar de guardarla en el armario: era una leve insinuación para mostrarle que sabía que había vuelto «perjudicado» a casa.

Al llegar a mi habitación tuve que ajustar la mirada a la oscuridad de esa noche ridícula para inspeccionar la escena del crimen. El edredón de la cama estaba arrugado y había una almohada en el suelo, indicios menores, sí, pero que constituían una prueba evidente de su paso por aquí. Oí que Malcolm subía con torpeza la escalera. Se quedó a mi lado, en el umbral de la puerta, y me dio en la pierna con su enorme collar. Pasé por encima de mi ropa para recoger la almohada y al hacerlo pisé algo afilado. Me agaché a cogerlo: era una goma para el pelo, de color amarillo, ya gastada en la parte que rodeaba al cierre de metal. Un regalo de despedida de Emily y al mismo tiempo una tentación irresistible y potencialmente letal para Malcolm. La apreté en la mano y pensé en tirarla a la basura, pero luego decidí guardarla en el cajón de la mesita. La basura es un lugar peligroso, me dije. Malcolm podría encontrarla.

Permanecí en la cama durante unas cuantas horas, aturdida, con la intención no tanto de dormirme sino de tratar de recargar las pilas. Me sentía totalmente exhausta y a la vez más despierta que nunca. Por extraño que parezca, necesitaba contárselo todo a alguien, soltar lo que había pasado, detalle a detalle, para que esa persona también se revolcara en el relato de lo sucedido. Quería oírlo en voz alta. Miré el reloj: las seis y veinte de un sábado por la mañana no era una hora aceptable para llamar a Jeremy. Me planteé la posibilidad de escribirle un mensaje, pero no estaba segura de poder expresar la magnitud de mis sentimientos a base de palabras y emoticonos. Opté por dejarle un mensaje de voz, algo que él solía hacer muchos días.

«Jeremy, ya sé que estás durmiendo y lo siento, pero tengo que contarte algo. No te lo vas a creer. Verás. Ha venido Emily. Ha estado aquí, en Sheffield, en mi casa. Llamaron a la puerta y ahí estaba ella... Nos hemos acostado, Jeremy, pero, no sé, ha sido muy raro. ¡Y no, no lo he soñado! Aunque incluso yo tengo esa sensación. Pero ha pasado de verdad porque se ha dejado una goma para el pelo. Vino a ver a Malcolm, aunque ya no lo quiere. Aún lo estoy procesando todo. Le dije que podía venir a la carrera, pero no lo hará, ¿no? No. ¿Tú crees que sí? No. No. Desde luego que no. En realidad, ni siquiera sé si querríamos que viniera. Por cierto, ¡la carrera es mañana! ¿Qué está pasando? Da igual, ya sé que habíamos quedado para vernos hoy pero tenía que contártelo ahora porque sé que te morirías si no lo hiciera. Vale, hasta luego. ¡Ciao! ¡Ay!»

Decirlo en voz alta me hizo sentir mucho mejor. Me encantaba tener un amigo al que poder enviar mensajes a cualquier hora del día y de la noche. Un amigo que no conocía a Emily. Que estaba interesado en las tonterías de mi vida igual que yo en las de la suya. Me invadió una súbita oleada de amor hacia Jeremy. Esperaba que también él se comunicara conmigo algún día en plena noche para contarme que acababa de acostarse con alguien que había aparecido de manera inesperada en la puerta de su casa.

Pasé la mañana sumida en uno de esos desagradables estados, asociados a la falta de sueño y a un exceso de cafeína, que te hacen sentir como si alguien te mantuviera los ojos abiertos al estilo de *La naranja mecánica* y como si las rodillas fueran a fallarte en cualquier momento. Me las apañé para ducharme, vestirme y empezar el día, y cuando apareció mi padre a media mañana me encontró mirando el portátil en la mesa de la cocina. Le sonreí al oír el rumor de sus zapatillas con motivos navideños: a una le faltaba la nariz roja de Rudolph y la otra la llevaba colgando de la parte delantera del pie. Llevaba el pelo muy revuelto, una obra que ningún peluquero del mundo habría podido lograr a propósito. Me miró de hito en hito, sorprendido de que estuviera a) vestida a las diez de la mañana y b) no aparcada delante de la tele.

—Fue bien la noche, ¿eh? —Lo miré por encima de las gafas y enarqué las cejas. Cómo habían cambiado las cosas.

—Bueno, ya sabes cómo va esto.

Se lio a sacar tazas de la alacena y a meter bolsitas de té en ellas. No habría sabido decir si estaba preparando una para mí o si se encontraba en una de esas situaciones de emergencia en que el cuerpo te pedía dos.

—Estuvo bien —remató.

—Guay. —Devolví la mirada a la pantalla, sin la menor intención de oír los más jugosos cotilleos del Instituto de Secundaria All Saints.

Después de poner la tetera a hervir y servirse un vaso de agua, se volvió hacia mí, medio apoyado en la encimera y con los ojos entornados.

—Todos bebieron mucho —dijo finalmente.

—Ah, ¿sí? —Fingí desinterés, a sabiendas de que hacer lo contrario le cerraría la boca al instante.

—¿Te acuerdas de Sue?

Lo miré con mi cara más inexpresiva.

—¡Ally, sí! Claro que conoces a Sue. La secretaria del colegio, una con el pelo imposible. Sus chicos iban tres cursos por debajo de ti. ¡Sue! —Se calló y me dedicó una mueca de incredulidad antes de añadir otro «Sue» para rematar la faena.

—¡Ah, sí, claro! ¡Sue! ¿Qué le pasa? —No tenía ni la menor idea de quién me estaba hablando.

—Vomitó... —Papá me miraba como si estuviéramos conspirando, emocionado y disgustado a la vez por la información que iba a compartir conmigo—. ¡Vomitó! ¡En los lavabos de la sección E!

—¡Qué escándalo! —exclamé llevándome las manos al pecho.

—Lo sé —dijo él, percibiendo el sarcasmo en mi tono pero decidido a seguir adelante de todas maneras—. Bueno, es lo que pasa cuando te bebes una botella de tinto cuando solo te has tomado una bolsa de galletitas de gambas para cenar. ¡Galletitas de gambas! ¿Cómo se le ocurrió?

—Pasa en las mejores familias. —Sentí una simpatía inmediata por la pobre Sue, que a partir de ahora sería conocida para siempre como «ya sabes, Sue. ¡Sue, la de las galletitas de gambas! ¡Sue, la que vomitó! ¡Sue, la de los lavabos de la sección E!». La crueldad del instituto imperaba tanto en las aulas como en la sala de profesores.

—Bueno, en realidad a los mejores no nos pasa —rezongó mientras llenaba las tazas con el agua hirviendo.

—¿Y qué tal Liz? ¿Se lo pasó bien? —pregunté mientras él aún estaba de espaldas.

—Creo que sí, gracias. —Lo dijo con la vista puesta en la ventana de la cocina, sin mirarme.

—¿Vas a volver a verla?

—Claro. Todos los días, en el colegio.

—¡Papá, por favor! —Ya no pude mantener la falsa indiferencia—. ¡Ya sabes de lo que hablo! ¿Os veréis a solas?

—Ay, no lo sé, Al. —Se estaba sonrojando—. Es probable, sí.

—Bien —dije, satisfecha. Me sorprendió cuánto deseaba que

mi padre se relacionara con esa mujer. Verlo tan feliz había sido un gran alivio.

Entonces apareció Malcolm, con la cabeza oculta dentro de aquel cono; tropezó con el marco de la puerta, luego contra la silla y por último con la pierna de mi padre. Este se agachó y le acarició la cabeza mientras dejaba reposar el té.

—¿Y qué tal tu noche? —me preguntó entonces.

Me negué a reaccionar de manera significativa. Permanecí fresca como una lechuga. Existía la posibilidad de que me estuviera tomando el pelo. Tal vez solo insinuara que yo era una perdedora que se quedaba en casa un viernes mientras mi padre salía acompañado en la noche más salvaje del año escolar.

—Bien, gracias —respondí sin mirarlo.

—¿Estuvo Jeremy por aquí?

—No... —Levanté la vista: esa podía ser una pregunta con trampa.

—Ah, pensé que sí. Vi un anorak extraño en el vestíbulo —comentó él.

Noté un grito interno abriéndose paso hacia mi boca. Había subestimado su ebriedad. Tuve la tentación de decirle que el anorak era mío o que Jeremy había venido a verme y que se me había olvidado, pero comprendí que mentir sería inútil.

—Ah, ya. No... no era de Jeremy.

—Entonces... ¿tu amiga Jo pasó por aquí? —Sonreía mientras removía el azúcar del té; seguía apoyado en la encimera y era evidente que disponía de todo el tiempo del mundo para interrogarme—. Me parece perfecto, ¿eh? Es simple interés.

—No, en realidad tampoco fue Jo.

Oírle mencionar su nombre me inyectó una tristeza inmediata. Deseé haberle contado lo que pasó.

—Ally, no pasa nada, puedes contármelo. ¡No me importa! ¡Solo quiero que seas feliz! Quiero que me hables de estas cosas y, de paso, también me gustaría saber quién entra y sale de casa. —Enarcó las cejas al añadir eso último.

—¡No se quedó a dormir! —exclamé.

Papá iba a plantear alguna objeción, pero levanté la mano para acallarlo.

—Emily estuvo aquí.

No dijo nada. Era evidente que no sabía muy bien qué hacer con ese dato, lo cual era comprensible. Yo tampoco lo tenía muy claro.

—No... ¿Qué quieres decir con que Emily estuvo aquí? ¿Emily Emily? ¿La Emily de Londres? ¿La de Malcolm?

—Sí, esa Emily.

—¿Y para qué? ¿Qué ha pasado? ¿Habéis... habéis vuelto?

Mi padre parecía estar algo más que sorprendido. Parecía aterrado. Él buscaba un cotilleo con el que hacerme rabiar durante todo el día, no eso. Yo no había pensado hasta entonces que mi reconciliación con Emily pudiera molestarle tanto.

—No, no hemos vuelto —me apresuré a asegurarle.

La expresión de alivio de su cara fue evidente.

—No hemos vuelto —repetí, interiorizando esas palabras—. Creo que vino a ver a Malcolm. Y a verme a mí. Estaba muy arrepentida.

Mi padre asintió mientras reflexionaba sobre lo que acababa de decirle.

—¿Y sigue aquí? ¿En Sheffield?

—No, se ha ido a Manchester, pero tal vez vuelva mañana. O tal vez no.

—¿Volverá a por Malcolm?

Papá contempló el bulto que tenía sentado sobre los pies. Malcolm había tomado la costumbre de mirarnos a los dos fijamente con la esperanza de que alguno se apiadara de él y lo liberara de aquella cárcel en forma de cono.

—No, en realidad ya no lo quiere. A lo mejor vuelve a verme... a ver la carrera, mejor dicho.

Asintió. Noté que se estaba mordiendo la lengua. Dejé que meditara en silencio mientras ponía el pan a tostar y me dediqué a seguir ojeando los artículos sobre medias maratones que tenía abiertos en el ordenador, con la intención de pescar algún consejo importante, algún detalle capaz de cambiar el resultado en el último minuto. Una especie de sortilegio milagroso para corredores.

—Ally, cariño —dijo él—. Quiero hablar contigo.

—¡Oh, Dios! ¿De verdad? ¿Otra vez? —Creía que la charla que mantuvimos durante el paseo por el bosque nos bastaría para al menos diez años.

Lo observé: seguía sin peinar y vestido con la bata mal anudada, pero se había puesto las gafas. Estaba serio. Cerré el ordenador muy despacio.

—Venga, desembucha —le dije, indicándole que estaba lista con un asentimiento de cabeza. Le di un mordisco a la tostada.

—No quiero que vuelvas con esa chica.

Fui a decir algo, pero me cortó al instante.

—Déjame terminar, Ally, y luego ya replicas lo que te parezca. No quiero que vuelvas con ella. No creo que sea una mala persona en sí misma —lo dijo de un modo que insinuaba que en realidad la consideraba la personificación del mal—, pero estoy seguro de que es mala para ti. Ignoro lo que pasó entre vosotras y Dios sabe que no hay nada más complejo que las relaciones humanas. Pero lo que hizo fue muy cruel y tú no mereces que nadie te trate así. Nunca. No es mejor que tú, no es mejor que nosotros, y quiero que seas tú misma porque sola estás perfectamente.

—Lo sé, papá —contesté en voz baja sin atreverme a mirarlo a la cara—. Sé que no merezco que nadie me trate así. Pero de verdad que no es mala persona. —Levanté la vista y me topé con su expresión de incredulidad—. No lo es, en serio, aunque entiendo por qué la ves así.

—Haz lo que quieras, Ally, pero piénsalo bien.

—Sí. Claro que sí.

—Tienes que pensarlo bien porque has llegado muy lejos y no estoy dispuesto a ver cómo tiras esos progresos por la borda. Por Emily o por quien sea —añadió en tono muy contundente.

—No lo haré —repuse sin demasiada convicción.

—Tienes que empezar a tomarte en serio a ti misma. —Había adoptado el tono docente, algo que nunca era bueno—. Ya sabes que estoy encantado de que estés aquí, sobre todo ahora que has empezado a contribuir en los gastos, pero creo que deberías plantearte el siguiente paso.

—Claro. Lo haré. Y te estoy muy agradecida, de verdad. Es solo que...

Descartó mi agradecimiento con un trozo de tostada en la mano.

—No se trata de que me des las gracias, sino de que entiendas lo que te estoy diciendo. Esto ha sido un refugio para ti mientras te recuperabas, pero diría que ya estás bastante repuesta. Y bien, ¿ahora qué? ¿Vas a seguir trabajando en la panadería? ¿Te vas a plantear volver a la enseñanza?

Hice un gesto espontáneo de rechazo. Ni siquiera había considerado esa opción como algo viable.

—Bien, si eso es un no, ¿a qué piensas decir que sí?

Dejando a un lado la jerga de autoayuda, tuve que concederle a regañadientes que tenía algo de razón. Se me daba mucho mejor saber lo que no quería que lo que sí. Ni siquiera estaba segura de querer ya a Emily, lo cual habría sido inimaginable apenas veinticuatro horas antes.

—No lo sé —respondí con franqueza, y nos quedamos unos instantes en silencio mientras yo intentaba aclararme las ideas. Por fin me decidí a hablar—: De acuerdo, ya sé que no puedo quedarme aquí para siempre. Por mucho que me guste y por mucho que te quiera. Pero no tengo adónde ir ahora mismo.

Mi padre asintió, pero no trató de interrumpirme.

—Por lo que se refiere al futuro laboral, no sé si quiero seguir trabajando en la panadería. Me gusta mucho estar allí, y adoro a Sophie y a Charlie, pero... lo que tenía en mente cuando dejé el trabajo era algo más autónomo, ¿me entiendes? Y ahora mismo me siento un poco estancada: aquí, en el trabajo, con todo...

Me sentó bien decirlo en voz alta y comprendí que mi padre estaba emocionado al ver que confiaba en él. Era la mañana de decirle a la gente cosas que solía guardarme para mis adentros. Resultaba interesante. Empezaba a verle la gracia al asunto.

—El estancamiento no es nada bueno. —Lo dijo en tono reflexivo, aunque sin aportar ninguna solución.

Asentí.

—Creo que debo avanzar hacia alguna parte.

—Dime si puedo ayudarte en algo.

—Claro.

—Bien. —Sonrió y se levantó, dispuesto a retirarse.

—Gracias por la intervención.

—Ya es tarde para intervenciones. ¡Las habrías necesitado cuando te apuntaste a correr más de veinte malditos kilómetros! ¡Y es mañana!

Hice una mueca.

—Ya.

—¡Y no has pegado ojo en toda la noche!

—Ya.

—Y esta noche te quedas en casa de Jeremy, así que vais a pasarla cotilleando en lugar de dormir.

—Ya.

Estaba claro que habíamos salido del tono docente, en versión *personal coach*, y entrado de nuevo en el tono clásico paternal.

—Bueno, asegúrate de comer bien hoy.

—Por supuesto.

Asintió, satisfecho de haberme aconsejado lo bastante para una mañana, y regresó sin prisa a su cuarto para superar la resaca en paz.

Jeremy no despertó hasta el mediodía. Me consta porque a las doce y dos minutos recibí un mensaje formado únicamente por cincuenta signos de interrogación. Luego intentó llamarme el mismo número de veces, más o menos. No me apetecía volver a hablar del tema con mi padre en casa, por mucho que ahora estuviera escondido cual adolescente resacoso, alimentándose de patatas fritas y dando sorbos de Coca-Cola como si esa fuera su actitud normal de todos los sábados.

Ahora no puedo hablar. Te cuento luego.

Ally, noooooo, me estás matando, vale, ven pronto, es decir, ven YA.

Iré antes de cenar, ¿qué se supone que deberíamos comer?

Vale. Y yo qué sé. ¿Mucho pan? ¿Medio kilo de arroz? ¿Qué come Mo Farah?

Ni idea. ¿Pizza?

Bueno, la pizza lleva de todo, ¿no? Vente a comer una pizza y me pones al día de los cotilleos lésbicos.

Trato hecho. Espero oír tu parte sórdida de cotilleos lésbicos también.

OK.

Salir para ir a casa de Jeremy esa tarde se convirtió en un acto más trascendental de lo que había previsto. Preparé la bolsa y la revisé mil veces, notando un cosquilleo en el estómago cada vez que me daba por pensar en todas esas cuestas. Metí las mallas de correr que me embutían como a una salchicha, los calcetines especiales, que, por lo que había visto hasta entonces, se diferenciaban poco o nada de los normales, y la sudadera impermeable por si llovía. También llevaba el chip que debías atarte a la zapatilla y que registraría tu marca. No tenía ni idea de cómo hacerlo, así que me dije que ya lo haría con Jeremy cuando ambos hubiéramos visto un vídeo de YouTube sobre el tema.

Por un momento pensé en Jo y en el día en que nos conoci-

244

mos, cuando me vendió todas esas cosas ridículas y caras. Sentí la comezón del remordimiento al pensar que no volvería a ir al club de corredores. Todo eso había quedado descartado. Apenas unas semanas antes me habría parecido inconcebible que llegara a echar de menos salir a correr con más gente, aunque, siendo sincera, no se trataba exclusivamente de eso. Cuando llegué a la puerta, cargué la mochila sobre mi espalda y me despedí de papá, que estaba aposentado en el salón. Él se apresuró a salir a decirme adiós y a acribillarme a preguntas sobre temas varios: si llevaba suficiente comida, si había metido una gorra o si quería que me acompañara en coche a casa de Jeremy para tener las piernas más descansadas al día siguiente.

—Creo que prefiero ir andando, me apetece tomar un poco el aire. Además, no tengo claro que estés en condiciones de conducir aún.

—Va, no seas descarada.

—Me irá bien estirar las piernas. Al menos para los nervios.

—Irás como una flecha —dijo con firmeza—. Como una flecha, no me cabe duda. —Miró hacia el techo, emocionado—. Sabes que ella estaría muy orgullosa de ti, Al.

Asentí.

—Lo sé. Gracias, papá.

Cuando vi que se había impreso un plano de la ruta y lo tenía en el mueblecito del recibidor, pensé que el corazón me iba a estallar. En lugar de echarme a llorar como un bebé, lo agarré y lo abracé tan fuerte como pude.

—Hasta mañana. Dime dónde os colocaréis. —Yo sabía que él y la madre de Jeremy habían trazado un plan.

—Pensamos ir moviéndonos para poder veros en distintos puntos. ¡Lo tenemos previsto! Pero, sí, te mandaré un mensaje —dijo él.

—¡Te quiero! —grité, ya desde la calle, en dirección al viento, mientras me alejaba por el camino.

«Yo también te quiero, Al», pensé cuando bajaba la cuesta. Al menos podía empezar a ensayarlo.

Apenas tuve tiempo de llamar a la puerta antes de que Jeremy la abriera de manera triunfal y me empujara hacia adentro.

—Pasa, pasa, pasa. Sube. Quiero oírlo todo.

Casi daba saltos de excitación.

—¡Vale, pero al menos deja que me quite los zapatos primero!

—¡Ofrécele algo de beber, Jeremy, por Dios!

La madre de Jeremy asomó la cabeza desde la puerta del salón. Distinguí a Molly sentada en el sofá, haciéndose una foto con el móvil. Ni siquiera miró hacia mí.

—¿Todo bien, Ally, querida? —preguntó la madre de Jeremy.

—Todo bien, ¿y tú?

—También, pero en mi caso no me espera una carrera enloquecida mañana... Nunca entenderé qué os pasó por la cabeza para meteros en ese lío.

—Ya, yo tampoco lo entiendo mucho...

Jeremy me aguardaba en la escalera, impaciente por ver terminado aquel intercambio de saludos.

—¡Jeremy!

—¿Qué, mamá?

—¡La bebida!

—Ah. ¿Ally, quieres beber algo? —preguntó en el tono menos hospitalario posible.

—No, gracias, estoy bien —dije, intuyendo que esa era la respuesta que él quería oír.

—¿Ves? Está bien.

—Yo sí quiero beber —gritó Molly desde el salón. Se volvió hasta quedarse de cara a mí y me brindó una sonrisa sarcástica.

Estuve a punto de ir a servirle una bebida. Lo que quisiera. Y en la cantidad que le diera la gana.

—¡Ya, seguro! —repuso Jeremy mientras se disponía a subir hacia su habitación.

—¡Jeremy, hazle ese favor a tu hermana! ¿Qué te apetece, Mol?

—Té, por favor. Con dos cucharadas de azúcar. Y una galleta —dijo Molly en su tono más dulce—. Gracias, mami.

—¡La madre que la parió!

Jeremy dio media vuelta y se metió en la cocina.

—¿A qué ha venido eso, Jeremy? —dijo su madre.

—¡A nada! —gritó él.

La mujer se volvió hacia mí con cara de desesperación. Si en mi caso ya tocaba ir saliendo de casa de mi padre, en el de Jeremy la fecha de caducidad de la convivencia había pasado ya hacía tiempo.

Después de servirle el té a Molly subimos a su cuarto y nos echamos en la cama, que estaba arrinconada contra una pared con el fin de hacer sitio para un colchón hinchable donde debía dormir yo.

Jeremy abrió una bolsa de cerditos de goma (las chucherías formaban parte de nuestro plan de ingesta de carbohidratos previa a la cena) y me miró fijamente. Esperó poco más de un segundo antes de sacudir la bolsa con impaciencia.

—¡Venga, habla! ¡Cuéntamelo todo!

Conseguí hilvanar el relato de mi encuentro con Emily, desde el instante en que entró en casa hasta el momento de su partida, sin que me interrumpiera. El único ruido que salió de su boca fue el de masticar con furia las gominolas.

—Así que se fue, y no he sabido nada de ella en todo el día. Le dije que mañana corría la media maratón, de manera que a lo mejor aparece, aunque no creo que lo haga.

—Yo creo que sí —dijo Jeremy rompiendo por fin su silencio.

—¿Sí? ¿Por qué?

—No sé. Me da la impresión de que no consiguió lo que quería de ti. Por lo que me has contado, le demostraste que estás bien, y ella debía de esperar encontrarte hecha unos zorros.

—Entonces, ¿crees que vendrá a la carrera para verme hecha unos zorros?

—No, no me refiero a eso, más bien a que ella busca otro tipo de cierre de la historia. No... —Estuvo un momento pensando—. De hecho ni siquiera estoy seguro de que busque un cierre, sino... ¿un nuevo comienzo?

Hizo una mueca al percatarse de lo que implicaban sus palabras.

—No creo que quiera recomenzar nada. Creo que, si aparece, lo hará movida por la curiosidad de ver si logro terminar la maldita carrera, algo por lo que yo tampoco pondría la mano en el fuego, si te soy sincera.

—Pero ¿te gustaría verla allí?

—Sí. No. No sé. —Me detuve a pensarlo—. ¿A ti te gustaría ver a Ben?

—A ver si me entiendes: me gustaría verlo, pero no estoy seguro de que me importe mucho si lo veo o no. ¿Me explico?

—Creo que sí. Lo que quieres decir es que si mañana al final de la carrera no lo has visto estarás bien, pero que si por casualidad lo ves no podrás fingir que te da igual, ¿no?

—Tal cual.

—Ay, no quiero hurgar en la herida, pero ¿cómo has llegado a ese punto? Al fin y al cabo, Ben fue la razón por la que nos metimos en esto y ahora apenas te importa si lo verás allí o no. Es un gran cambio.

Él asintió, pensativo, mientras hacía girar un osito de goma entre los dedos.

—Sí, es ridículo pensar que todo esto empezó por Ben. Ahora tengo la impresión de que se trata de algo muy distinto, ¿no crees? Como el hecho de llevar a cabo esta chorrada que hace tres meses habría sido totalmente incapaz de hacer. Pienso que, si el cerebro se me queda estancado alguna vez, esto me ayudará a convencerme de que puedo seguir adelante, de que físicamente puedo avanzar. ¿Me entiendes?

—Sí. No me malinterpretes, no creo que vuelva a correr en mi vida después de lo de mañana, pero por alguna razón estoy convencida de que debo terminarla. Es casi algo compulsivo.

Todo lo demás se ha ido a la mierda, literalmente, sin que yo pueda hacer nada por cambiarlo, pero lo que sí puedo es arrastrarme por esas cuestas mañana, terminar la carrera y sentir que he logrado llegar a la meta por mí misma.

—¡Sí! De eso se trata. Y nos darán una medalla para demostrarlo. Pienso llevarla colgada todos los días.

—Exacto. Y espero oír los aplausos dondequiera que vaya.

—Y que me inviten a bebidas.

—¿De verdad crees que nos invitarán a copas? Eso ni se me había ocurrido.

—No, mi amor. Olvídate.

—Jeremy, ¿crees que existe la posibilidad de que aparezca Jo?

—¿Para animarnos?

—Bueno, no, eso no me parece probable. Pensaba más bien en que como a ella le encanta correr y se trata de un gran evento... pues eso, que quizá se deje caer por allí.

Jeremy me miró con tristeza.

—Puede ser, Al. ¿Has hablado con ella?

Negué con la cabeza. Por un momento me sentí tentada de mostrarle algunos mensajes escritos a medias que no había llegado a enviar, pero después de todo lo que le había contado eso se me antojaba lo más trágico.

—¿Te gustaría verla allí?

—Supongo que no. Lo último que me hace falta es tener a alguien gritándome que me vaya a la mierda desde el público.

Jeremy se rio.

—Ella nunca haría eso.

—Lo sé —dije—. No le saldría. Es demasiado buena.

—La han educado bien —apuntó Jeremy—. Sabe que debe respetar a sus mayores.

—Ah, gracias, eres todo un consuelo.

Pensé en cómo me sentiría si mirara a la multitud y viera a Jo. Animándonos. O animando a otra persona. Noté un hueco en el estómago pero no conseguí discernir si se debía a los nervios, al arrepentimiento o tal vez al singular vacío porque apenas había probado bocado en todo el día.

—Jeremy, me estoy muriendo de hambre —dije apoyando la mano en mi triste barriga.

—Yo también. —Dejó la bolsa de chucherías y se lamió los dedos, pero de repente me lanzó una mirada acusadora—. Espera, has ido ingiriendo carbohidratos tal y como acordamos, ¿no?

Al recordar lo poco que había comido en todo el día los ojos se me abrieron de puro horror.

—Ally, ¿qué has almorzado?

Negué con la cabeza y susurré:

—Nada.

Jeremy cerró los ojos y se llevó las manos a las sienes. Tomó aire y lo exhaló despacio mientras contaba hasta diez en voz alta.

—Que no cunda el pánico —dijo por fin con los ojos llenos de todo el pánico del mundo.

—Ahora cenaré mucho. Una pizza entera. ¡O dos!

Asintió sin dejar de hacer sus ejercicios de respiración profunda.

—No pasa nada. No pasa absolutamente nada. Todo irá bien.

Lo observé: con las mejillas sonrojadas tecleaba como un poseso en el teléfono, supongo que buscando «ingesta de carbohidratos de última hora». Decidí creerle.

17

El Rey de la Montaña

Me planté desnuda delante del espejo de cuerpo entero que había en el cuarto de baño de la madre de Jeremy. Era uno de esos finos y ondulantes que a principios de la década de 2000 tenían en sus habitaciones todas las adolescentes que conocía. Un espejo que no llegaba a distorsionar la imagen pero la amputaba por los laterales. Me veía cansada. No había logrado dormir como es debido en un cuarto extraño ni en un colchón chirriante colocado en el suelo. En cuanto cerraba los ojos, el cerebro se lanzaba a reproducir una especie de película compuesta por los instantes con Emily de la noche anterior. Era casi inaudito pensar que habíamos estado juntas, que yo la había acariciado, y que ella había dicho que lo sentía, aunque esto último apenas tenía importancia. Se me revolvían las tripas ante la idea de volver a verla ese día. Con tanto pensar en Emily me había olvidado de mi obsesión por Jo, lo cual al menos podía calificarse de positivo.

Me había despertado a las cinco de la madrugada, nerviosa porque habíamos puesto el despertador a las seis para tomar un «desayuno de campeones», y durante un rato me planteé si despertaría a toda la casa si iba al servicio o me daba una ducha. Ansiaba hacer las dos cosas. Tampoco acababa de decidir si merecía la pena ducharse antes de correr más de veinte kilómetros, así que me quedé atrapada en una especie de limbo, con el pijama en el suelo y temblando de frío mientras repasaba todas las opciones. Los nervios me estaban dando incluso náuseas. El hecho de no poder ducharme conjuraba una especie de añoranza que no había sentido desde que me quedaba a dormir en casa de una amiga en la adolescencia y una vez allí quería volver a mi hogar. Eché de menos la comodidad de encontrarme en terreno conocido y poder meterme en la ducha sin pensar en nada más o tirar de la cadena cuando me pareciera oportuno. Quería verme entera, sin los laterales de mi cuerpo amputados.

Jeremy se despertó justo antes de que sonara la alarma tan agitado como yo y bajamos a la cocina a intentar comer un plato de gachas. Vestido con un batín azul marino, Jeremy cocinó las gachas en un silencio sepulcral, como si estuviera preparando nuestra última comida en la tierra. Llenó dos vasos con zumo de naranja y colocó un tarro de miel y una bolsa de pasas en la mesa de la cocina. Y luego, casi como si se le acabara de ocurrir, añadió el tarro de Nutella.

—Nunca pensé que me costaría tanto engullir un buen desayuno —dije mientras alzaba una cucharada de gachas endulzadas con miel tan solo para dejarla caer de nuevo en el bol.

—Tienes que alimentarte, Al —dijo Jeremy, muy serio, justo después de dar un trago al zumo de naranja y antes de meter la cucharilla en la Nutella—. Es importante que tengamos la energía suficiente para alcanzar nuestras metas.

—Querrás decir la meta, entrenador.

—Hablo en serio —repuso pasando por alto mi comentario—. Quizá no sea el mejor momento para contártelo pero he estado revisando todos esos foros de corredores y he leído que algunos novatos en las medias maratones... —se calló, con cara de pánico, y luego me señaló con la cucharilla como si me estuviera acusando de algo— terminan cagándose encima, Al.

—Eso no es verdad. —Bajé la cucharilla, deseando con desesperación que estuviera mintiéndome.

—¡Te lo juro! Les pasa: se cagan encima. Por eso hay que ingerir alimentos que entren dentro de nuestra dieta habitual y tomárnoslo con calma. No correr muy deprisa, controlar los nervios... Y no beber demasiado café, supongo.

—Maldita sea, Jeremy. Me debes una después de esto.

Sonrió y se echó una generosísima cucharada de azúcar en el té.

—Pero nos hemos divertido, ¿no crees? Vamos, admítelo.

—Depende de lo que entiendas por divertirse.

Durante un momento nos dedicamos a hacer acopio de energía alimentaria sin decir nada.

—Vale, ha sido bastante divertido. —Sonreí a mi pesar—. Sinceramente, tampoco sé qué habría hecho si no me hubiera metido en este lío.

—¡Exacto! Y mira esto.

Jeremy se subió el pantalón de cuadros del pijama hasta la rodilla y apoyó la pierna en la mesa, justo al lado de mi taza.

—¡Un músculo!

Flexionó el pie hacia delante y hacia atrás para mostrarme el nuevo y robusto gemelo hasta que me harté y lo aparté de un manotazo.

—Impresionante: diría que es el gemelo de un campeón de media maratón.

—Lo sé. Y se ve tan bien con los pantalones cortos de deporte que creo que voy a empezar a ponérmelos a todas horas.

—¿Con la medalla a juego?

—Sí.

Me sonrió: era un manojo de nervios parlanchín con los ojos muy abiertos y un pegote de Nutella en la comisura de los labios.

En ese momento lo encontré adorable.

En cuanto nos hubimos vestido con la ropa adecuada y revisado cien veces las riñoneras, decidimos tomar el tranvía hasta el centro. Nos encontramos con un buen montón de gente vestida de licra de vivos colores que iba en nuestra misma dirección. Por ridículo que parezca, fue al ver a todas esas personas con mochilas ligeras llenas de tortitas o haciendo estiramientos en la parada del tranvía cuando caí en la cuenta de que la carrera no era un desafío diseñado en exclusiva para Jeremy y para mí. No terminaba de antojárseme real que fuéramos a compartir la experiencia con otros, y sobre todo con tantos. Me descubrí buscando a Jo entre la multitud, a pesar de que sabía que no participaba en la carrera. La tenía muy asociada con la licra, la verdad. Jeremy mantenía la vista al frente y se iba metiendo tabletas de Lucozade en la boca como si fueran caramelos.

Subimos al abarrotado tranvía por la puerta de en medio y nos quedamos frente a una pareja ya mayor que llevaba un inmenso carrito de la compra. Cuando el conductor se encaminó hacia nosotros para vendernos el billete, decidimos, sin previo acuerdo y sin decir palabra, contener la respiración y fingir que llevábamos horas de viaje. El conductor pasó a nuestro lado sin prestarnos atención y, cuando llegó al final del vehículo, Jeremy me dio una palmada triunfal en la rodilla.

—Bueno, esto tiene que ser un buen augurio, ¿no crees?

Asentí mientras miraba por encima de mi hombro para ver si el conductor lo había oído.

—Creo que el universo conspira a nuestro favor hoy. Jeremy —dije removiéndome en el asiento como haría una niña—, tengo que hacer pis.

—Yo también —asintió él con una mueca.

—Tengo la impresión de que, por mucho que vaya al baño, me voy a pasar el día con ganas de hacer pis. Esa clase de pis.

—Ya, yo estoy igual. No pasa nada, son los nervios. Buscaremos un retrete en cuanto lleguemos.

Asentí como si fuera una experta en carreras que confiaba en que todo sería así de fácil.

Al final resultó sencillo encontrar los retretes: solo tuvimos que seguir con la mirada el montón ingente de corredores excitados que hacían cola para usarlos. Cientos de personas nerviosas cruzando las piernas y lamentándose de que no llegarían a tiempo a la línea de salida. Nos resistimos a unirnos a la cola durante un par de minutos, diciéndonos que «no» el uno al otro, como si todo eso no estuviera sucediendo de verdad, mientras buscábamos un lavabo de los de toda la vida, sin gente esperando y tal vez incluso con un espejo para poder mirarse y disfrutar de un instante de paz reflexiva. Por último tuvimos que rendirnos y colocarnos detrás de lo que parecían setenta y cinco mil personas. Todos, y cuando digo eso me refiero a todos y cada uno de ellos, incluyendo a los hombres vestidos con tutú y a una mujer disfrazada de Elsa de *Frozen*, parecían ir mejor equipados que Jeremy y yo. Todos parecían saber atarse el chip a las zapatillas y llevaban relojes especiales que miraban y toqueteaban sin parar. Se oía una cacofonía interminable de pitidos. Nos miramos, extrañamente callados.

—Al —dijo Jeremy mirando al cielo, como si quisiera comprobar que había un dios escuchándonos ahí arriba—, ¿estamos cometiendo un error tremendo?

—¡Ahora no empieces con eso! Estamos a un pis de la línea de salida, tío.

—Lo sé, lo sé, lo siento, es que todo parece tan...

—Real. Sí, lo sé, Jeremy: estoy literalmente a punto de mearme encima antes de pasarme diez horas corriendo.

Un hombre disfrazado de Osito Winnie pasó corriendo a nuestro lado.

—Mira, todo saldrá bien. —Suavicé el tono al ver la expresión de puro terror en la cara de Jeremy—. Si ese puede, nosotros también.

—¡Y encima se pone a correr antes de la carrera! ¡Guarda las fuerzas, tío! —gritó Jeremy mientras negaba con la cabeza.

—Ya, ¿en qué estará pensando?

Pero en ese instante nos dimos cuenta de que eran muchos los que trotaban antes de empezar la carrera. Trotaban ante nosotros, trotaban sin moverse de sitio, trotaban en círculos.

—Están todos locos —dije a Jeremy, con un suspiro de conmiseración—, locos como cabras.

Nosotros seguimos completamente inmóviles para no malgastar energía.

Media hora más tarde, sin embargo, no es que trotáramos sino que más bien corríamos para llegar a tiempo a la zona asignada. Tras haber hecho uso de los retretes, una voz informó a los corredores desde los altavoces de que ese era el último aviso para situarse en las zonas: la carrera estaba a punto de comenzar. Nos colocamos en la marca, sin aliento y ya sudando antes de que el reloj anunciara la salida. En nuestra misma zona vislumbramos al Osito Winnie por segunda vez y a otro hombre vestido de bote de kétchup que intentaba tocarse las puntas de los pies sin doblar las rodillas. En otras circunstancias me habría reído mucho, pero en ese momento no tenía ánimos ni para sonrisas. Dos mujeres unidas por una misma caja de cartón alrededor de la cintura corrían sin moverse como un par de boxeadores que acabaran de entrar en el ring. También había un hombre que debía de tener ochenta años ataviado con los pantalones cortos más diminutos del universo, y una mujer muy delgada, más o menos de la misma edad, enfundada en un conjunto de licra de color rosa y blanco y con unas enormes gafas de sol en la cara. Eran nuestros compañeros de carrera, nuestros competidores.

Nos miramos horrorizados. Mientras corríamos solos por las calles de Sheffield había sido fácil creer que nos estábamos convirtiendo en atletas de verdad.

—Dios, Dios... Me va a ganar el maldito dinosaurio Barney, ¿verdad? —masculló Jeremy al tiempo que señalaba hacia una forma gigantesca vestida de púrpura que apuraba de un trago una lata entera de Red Bull.

—No, claro que no —repuse sin el menor convencimiento mientras posaba la mirada en dos mujeres ya mayores, con gorras de béisbol a juego en la cabeza, que ajustaban con confianza sus relojes sin perder de vista el grande, que estaba sujeto a una furgoneta estacionada a un lado de nuestra zona—. Estamos en la flor de la vida, Jeremy. Nuestros cuerpos están hechos para correr y no nos va a ganar ningún corredor disfrazado ni ningún usuario de la tarjeta rosa.

—Vale, bien. Sí, sí. —Sacudió los brazos y tomó aire—. La flor de la vida, sí, tienes razón. Ese será nuestro mantra cuando las cosas se pongan feas, ¿de acuerdo?

—¡Sí! ¡La flor de la vida!

Esas simples palabras parecían inyectarnos una dosis efectiva de confianza.

El irritante Juez Árbitro de la carrera seguía hablando sobre el gran patrocinador Hallam FM a través del inmenso altavoz cercano cuando de repente sonó una bocina y la gente empezó a moverse muy despacio ante nosotros.

—¿Ya? —preguntó Jeremy con una mirada de absoluta sorpresa.

—Supongo que sí.

Seguí el ejemplo de todos los que nos rodeaban. Parecía un acto de lo más prosaico. ¿Acaso ignoraban cuánto nos había costado llegar hasta allí? ¿No sabían que para algunos ese paso constituía un momento trascendental en nuestras vidas?

Cuando nos aproximamos a la línea de salida donde debían de estar los corredores más rápidos, la multitud era mucho más grande. Justo al girar la esquina del túnel de salida oí un grito.

—¡Ally! —Eran nuestros respectivos progenitores, al borde de la histeria, saludándonos con vigor desde la acera.

—¡Ánimo, Ally y Jeremy! —vociferó mi padre. Se había abrigado bien y sostenía un termo en la mano, un detalle que, por alguna razón, me conmovió.

Respondimos al saludo, sonriendo como tontos, antes de dejarlos atrás.

—¡Hasta pronto! —le oí gritar mientras las bocinas y los chillidos empezaban a atenuarse en la distancia.

—Tu padre —empezó a decir Jeremy antes de parar de hablar porque ya le faltaba el aliento— es una monada.

—Sí —me limité a decir, ya que no quería malgastar mi preciada capacidad pulmonar hablando de mi padre, y consciente de que si decía mucho más me agotaría a los dos kilómetros de carrera.

Bajar por Eccleshall Road pasando por los Jardines Botánicos no estuvo mal. Fue aceptablemente bien, la verdad. Al mirar los bares, pensé en todas las Allys del pasado: apeándose de taxis, gritando y riendo estúpidamente en medio de la calle como cualquier adolescente. Pensé en todas las veces que había participado en noches de fiesta con la arrogante seguridad que conferían los dieciséis años. Pasamos por el lugar donde besé a una chica que cursaba el tercer curso en la universidad cuando yo apenas tenía diecisiete años. Iba disfrazada de lémur y cuando nos despedimos prometió que me llamaría al número falso que le había dado justo antes de vomitar en un arbusto.

No paraba de escudriñar el gentío en busca de Emily. Intenté imaginar dónde podía hallarse. Intenté discernir dónde me colocaría yo si llegara desde la estación. Quizá me esperaría en la meta. Quizá ni siquiera aparecería.

De vez en cuando miraba a Jeremy, que estaba rojo como un tomate, para averiguar si buscaba a Ben con la mirada. Me dio la impresión de que no lo hacía. Y, en cualquier caso, era imposible que Ben estuviera aquí, con nosotros y el bote de kétchup.

A los cinco kilómetros más o menos, choqué la mano con la de un chaval que estaba a las puertas del parque Endcliffe y acepté un huevo frito de Haribo que me regaló. Me sentía exultante. Los otros corredores hacían lo mismo, ¡y yo era una de ellos! Formaba parte de aquello. Había recorrido ya cinco kilómetros y me quedaban aún quince más por delante. No notaba ningún dolor, tan solo una ligera falta de aliento y unas leves ganas de hacer pis. Por el momento, no veía ninguna posibilidad de cagarme encima. Además, a ojos de ese crío, era una heroína. Pensé que podíamos calificarlo de éxito, al menos hasta el momento. Ni siquiera me importó constatar que iba a llover.

Era consciente de la parte de la carrera llamada el «Rey de la Montaña» en un sentido bastante difuso, más o menos igual que cuando tienes que escuchar o leer algo de escaso interés que no guarda ninguna relación contigo. Pero cuando abandonamos Eccleshall Road y nos dirigimos hacia Ringinglow Road, la perspectiva se me apareció con una claridad aterradora. Las piernas empezaron a quemarme ya antes de haber tomado esa calle y me pregunté si en el fondo no había relegado ese tramo a mi subconsciente durante todos los entrenamientos previos. Era una parte de la ciudad que nos empeñamos en evitar durante los entrenos a pesar de que sabíamos que la carrera pasaba por allí.

Miré a Jeremy y aprecié el terror en sus ojos.

—El Rey de la Montaña —susurró con voz ronca.

Los corredores que teníamos más cerca se estaban mentalizando y avanzaban con la mirada fija en la pendiente que ascendía ante nosotros. Aún quedaba gente animándonos a gritos, pero ya nadie se paraba a coger caramelos o a saludar. De repente, todos parecían estar muy concentrados.

El Osito Winnie se había esfumado de nuestro campo de visión hacía tiempo. En cuanto sonó la bocina al inicio de la carrera se había alineado con los corredores más profesionales, pero en ese momento, al ver una mancha amarilla a lo lejos, me pregunté si la montaña había podido con el pobre Winnie.

Nuestro ritmo pausado menguó más mientras emprendíamos el kilómetro y medio de ascenso.

—¡En la flor de la vida! —grité a Jeremy mientras la nube que llevaba amenazándonos toda la mañana empezaba a soltar las primeras gotas.

—¡En la flor de la vida! —me respondió él, con más entusiasmo que convencimiento.

Esas fueron las últimas palabras que nos dirigimos hasta llegar a la cima de la montaña. El kilómetro y medio más largo de nuestras vidas. Cada paso iba acompañado de un gemido o un gruñido. Las piernas me ardían y tenía la sensación de que las rodillas cederían en cualquier momento. Pensaba que sabía lo que era estar sin aliento, pero me equivocaba. Subir aquella montaña corriendo, bajo la lluvia, con la riñonera botando alrededor de la cintura, ávida de oxígeno, con los pulmones quejándose a gritos y la cabeza al borde del mareo: eso era estar sin aliento. Pensé en Emily, agradecida de que no pudiera verme en esas circunstancias. Cada vez que me decía que faltaba poco para la cima y que la tortura se acercaba a su fin, otra vocecita repelente me recordaba que, cuando llegáramos arriba, solo habríamos recorrido ocho kilómetros de los veintiuno previstos. Alguien nos adelantaba cada escasos segundos. Cuando la marca de los ocho kilómetros apareció en nuestro campo de visión, lancé un gruñido en dirección a Jeremy. Él me gruñó a modo de respuesta, e invertimos todas nuestras fuerzas en el último tramo de subida, desesperados por superarlo y por que nuestras piernas volvieran a pisar terreno llano. En cuanto llegamos a la marca, cogimos una botella de agua cada uno e intentamos llevárnosla a nuestras respectivas bocas. Como ya íbamos bastante empapados por causa de la lluvia, tampoco importaba mucho si nos la derramábamos encima. Nos paramos casi por instinto. Jeremy se inclinó, con las manos apoyadas en las rodillas, en un intento de recuperar el aliento.

—¡No paréis ahora, no paréis! —nos gritó una de las voluntarias con ojos brillantes y tono enérgico, bien abrigada con un impermeable y un café humeante en la mano. La odié con todas mis fuerzas y le lancé la mirada más amenazadora que pude componer—. En serio, no paréis o seguir os costará mucho más. ¡Se os enfriarán los músculos!

Acompañó sus palabras con un gesto de las manos que nos alentaba a continuar. Jeremy me miró, atónito al constatar que ese no era el final, que el kilómetro y medio de tortura no contaba como veinte.

—Tenemos que seguir —dije en voz baja mientras sacaba unos caramelos de goma de la riñonera y se los lanzaba a la mano.

Asintió mientras se metía el puñado de caramelos entero en la boca. Uno de color verde se le quedó colgando de la barbilla antes de caer al suelo. Eché un vistazo al teléfono, que había guardado en la riñonera: llevábamos más de una hora corriendo. A pesar de que habíamos entrenado sin un objetivo concreto, siempre había asumido que alcanzaríamos sin muchos problemas los ocho kilómetros por hora. El corazón me dio un vuelco cuando nos volvimos de cara a la carretera y nos unimos a un grupo de corredores que, milagrosamente, habían conseguido no detenerse en la cima de la montaña.

Doblamos un recodo y solté una carcajada al ver que nos quedaba otra montaña. Jeremy rompió a llorar. Descubrimos a la vez que esa era la gracia de la carrera: justo cuando creías que no podía empeorar, lo hacía. ¿Crees que vomitarás después de ese kilómetro y medio? Pues vuelve a pensarlo. ¡Será en los mil quinientos metros siguientes! ¿Te planteas caer y partirte los dos tobillos en este tramo de la carretera? ¡En el próximo te dejarás amputar ambas piernas solo por poder parar!

En algún punto de aquella travesía infernal, las montañas cedieron paso a un llano e intentamos disfrutar de las vistas de Sheffield, a pesar de las nubes, la llovizna y una especie de vértigo debido a la altitud. En uno de los escasos tramos de descenso vimos a mi padre y a la madre de Jeremy, quien sostenía una pancarta que rezaba: «¡ÁNIMO JEREMY!». Nos dieron una galleta de avena rellena de mermelada de frambuesa a cada uno y nos alentaron a seguir, prometiéndonos que nos esperarían en la línea de meta. Casi me reí en sus narices ante la palabra «meta»: aquello no parecía tener fin.

Alrededor del kilómetro dieciséis adoptamos un ritmo que podría llamarse de marcha y por fin fuimos capaces de hablar. Debíamos de ser los últimos participantes, pero eso nos importaba un pimiento. No nos preocupaba ya que nos venciera el dinosaurio Barney (cosa que hizo); lo único que ansiábamos era mantenernos de pie y sobrevivir a todo aquello.

—Solo nos quedan cuatro kilómetros —dijo Jeremy—, cuatro mil metros y podremos parar para siempre. Y me refiero exactamente a eso, a no moverme nunca más.

Asentí con una mueca.

—Cuatro kilómetros y podremos comer un trozo de tarta.

—¡Sí! Y beber una birra.

—Con patatas fritas.

—¡Patatas! —gritó Jeremy como si ese fuera nuestro nuevo mantra.

—¿Crees que Ben está aquí?

Jeremy negó con la cabeza.

—Ni idea, Al. —No parecía desilusionado, tal vez sí pensativo pero no decepcionado—. Tampoco lo veríamos ya, ¿no crees? ¡Debió de terminar la carrera hace una hora! Lo más probable es que ande ya por la segunda cerveza.

Me reí a pesar de que no exageraba ni un ápice. Estaba segura de que en cualquier momento nos recogería el coche escoba.

—Emily no —dije.

—Aún no —añadió él.

—Ni Jo.

—Bueno, obviamente no.

—Sí, ya lo sé.

Aquellos últimos cuatro kilómetros hasta la meta se hicieron eternos, pero no paramos en ningún momento. En la marca de los diecisiete kilómetros vi a Charlie y Sophie, saludándome a gritos y agitando una fiambrera llena de galletas para después. Les devolví el saludo sin mucho ánimo. No tenía fuerzas para abrazarlas. Su emoción me conmovió por segunda vez en ese día, pero no me quedaba líquido en el cuerpo que transformar en lágrimas. En ese momento de mis poros ya solo emanaba Lucozade Sport.

A los dieciocho kilómetros, de nuestro lado derecho llegó una voz que decía «Jeremy» en tono vacilante. Era casi una pregunta, como si quien gritaba no estuviera del todo seguro de haber identificado correctamente a Jeremy. Detrás de la barrera había un chico alto y desgarbado, envuelto en un anorak en tonos caqui y naranja tan voluminoso que convertía en dos palillos unas piernas ya delgadas de por sí. Saludó con ganas, y Jeremy murmuró un «¡Oh, Dios mío» apenas audible y trotó hacia él. Lo seguí, como es natural, descubriendo de repente una nueva fuente de energía.

—¡Eh! —dijo el chico antes de añadir, casi como si se le acabara de ocurrir—: Buen trabajo.

Movió la cabeza en mi dirección para señalar que la mitad del «buen trabajo» iba dirigida a mí.

—¡Eh, genial, gracias! —dijo Jeremy, como si nada de eso tuviera mucha importancia, como si estuviéramos navegando en un día espléndido, como si no llevara una costra de mermelada y sudor seco pegada al labio superior.

—Muy bien. ¿Nos veremos luego tal vez? —preguntó el chico mientras nosotros trotábamos sin movernos del sitio ya que empezábamos a notar calambres en las piernas tal y como había pronosticado la imbécil, pero a la vez lista, voluntaria.

—Sí, sí, envíame un mensaje —dijo Jeremy, más chulo que nunca.

—Genial —dijo el chico antes de dedicarme un saludo de despedida y perderse entre el gentío.

—¿Qué ha sido esto? —pregunté sin mucha voz, dada la falta de oxígeno, en cuanto reemprendimos la carrera.

—¡Nada! —dijo Jeremy.

Los dos teníamos la cara tan roja que resultaba imposible ver si se sonrojaba.

—¿Es ese el chico con el que te estabas escribiendo? ¿Cómo se llama?

—¡No! —Esperó a que avanzáramos un poco más y rectificó—. Bueno, sí. No sé por qué te he dicho lo contrario. Se llama Rob. ¿Qué te ha parecido?

Lo preguntó con la mirada fija en el tipo que corría justo delante de nosotros, un hombre disfrazado de pirata, con loro en el hombro incluido, que daba saltos por el movimiento.

—Parecía muy... tranquilo. Y alto. Y agradable.

Resulta difícil articular una opinión educada y precisa sobre alguien cuando estás sin respiración y te duele todo el cuerpo.

—Sí, es tranquilo, pero me parece que yo también he sido bastante torpe con él, y eso no ayuda. Es muy agradable, en serio. Ha sido todo un detalle por su parte venir hoy.

—Y con esta mierda de día... Apuesto a que ha estado esperándote un buen rato bajo la lluvia.

—Ya. —Jeremy dio un trago al Lucozade Sport y luego arrojó la botella al suelo, donde se unió con otras congéneres abandonadas—. Odio esta mierda, en serio, tengo la boca hecha un asco.

Seguimos corriendo en silencio durante un rato, intentando recuperar el ritmo de la respiración.

—En fin, sí... —dijo Jeremy por fin—, no es que sea el romance del siglo ni nada parecido. No es mi novio, no le quiero. Pero está bien, ¿sabes? Es un chico majo, lo estamos pasando bien y, bueno... creo que es justo lo que necesito ahora mismo.

—Sin ninguna duda. Y, Jeremy, te mereces eso: alguien que te quiera, que sea majo contigo. Ya está.

—Tú también lo mereces, Al.

No pude contestarle porque apenas tenía fuerzas para recorrer el tramo que nos quedaba hasta la meta sin llorar. No me sentía capaz de mantener una charla a corazón abierto en medio del cansancio y de los gritos de ánimo. La marca de los diecinueve kilómetros apareció ante nuestros ojos como un espejismo en pleno desierto. Aunque éramos de los últimos en llegar a ese punto, el público, que había menguado bastante en los kilómetros previos, empezó a aglutinarse de nuevo. Animados por la gente y acompañados por una música estruendosa y horrible avanzamos hacia el centro de la ciudad, donde se hallaba la línea de meta.

Me abrumaban a la vez un desesperado deseo de que aquella horrenda pesadilla terminase y un profundo terror ante lo que sucedería después. Esa carrera había sido nuestro objetivo y estábamos a punto de ponerle el punto final. Lo que sucedería a partir de entonces solo era una gran pregunta. A quinientos metros de la meta, con críos saludando y ofreciéndonos caramelos por todas partes y adultos desconocidos que nos animaban desde las aceras, di rienda suelta a las lágrimas que llevaba conteniendo desde el primer kilómetro. Me volví hacia Jeremy y, al ver mis lágrimas, él también rompió a llorar. Teníamos que correr, respirar y sollozar al mismo tiempo. Cuando vislumbramos la línea de meta y los gritos de ánimo subieron de tono y emoción, agarré a Jeremy de la mano y realizamos una versión propia de lo que era un esprint. Parecíamos un cuerpo con tres piernas, pero el esfuerzo de acelerar resultaba insoportable aunque nos alentaba el hecho de terminar por fin ese maldito empeño que habíamos emprendido juntos. Al ver la hora en el enorme reloj digital que colgaba sobre la línea de meta, las lágrimas se transformaron en carcajadas roncas. Habíamos ganado al coche escoba por apenas unos minutos. En cuanto cruzamos la meta, Jeremy gritó «¡Lo conseguimos!», y debió de invertir en ello el resto de las fuerzas que le quedaban ya que al instante se dobló en dos y se agarró a la barrera como si su vida dependiera de ello. Unos instantes más tarde se recuperó lo suficiente como para incorporarse: me abrazó por los hombros y yo lo hice por la cintura, y así pudimos alejarnos de allí, cojeando y usando al otro de muleta.

En algún momento, alguien me colgó una medalla al cuello, me envolvió en una de esas mantitas plateadas que yo solo había visto en *Urgencias* y me dio un plátano; le di un mordisco y lo escupí enseguida. Por extraño que parezca, haber corrido más de veinte kilómetros tenía como efecto colateral una absoluta falta de apetito. Otra injusticia de la vida.

Jeremy fue el primero de los dos que distinguió a nuestros padres: se habían resguardado de la lluvia en la entrada de una tienda y estaban pegados a sus móviles, como un par de adolescentes.

—¡Papá! —grité sin pensarlo, en ese tono histérico que usan los niños cuando quieren llamar la atención. «¿Has visto lo que he hecho, papá? ¡Papá, mírame!»

Levantaron la vista y se dirigieron hacia nosotros con paso resuelto: llevaban una radiante sonrisa estampada en la cara y el teléfono en la mano para seguir dejando constancia documental de todos y cada uno de los momentos del día.

—Buen trabajo, niña.

Mi padre llegó antes y me agarró de los hombros; me empujó un poco para admirar la medalla antes de darme un gran abrazo. Luego se volvió hacia Jeremy, le abrazó por un momento y le propinó una palmada en la espalda, tan fuerte que pensé que lo había partido en dos.

—Estoy tan orgullosa de ambos —dijo efusivamente la madre de Jeremy mientras me pasaba mi abrigo, con el que había estado cargando todo el día.

Me lo puse, agradecida, ya que justo entonces me percaté de que estaba temblando. No me había sentido igual desde que aprobé el último examen de matemáticas de secundaria (una sorpresa para todo el mundo) y me sentí tratada como una princesa durante un día (y nada más que uno).

—¡Una carrera tan larga! ¡Y con este tiempo! —Papá movía la cabeza haciendo gestos de incredulidad y señalaba al cielo como si acabáramos de escalar el Everest en plena ventisca—. Es absolutamente increíble. ¿Cómo os sentís? ¿Volveréis a hacerlo?

Nos lo preguntó mientras se frotaba las manos y daba pisotones fuertes al suelo de una manera bastante obvia: había cogido frío tras una espera mucho más larga de lo que nadie había previsto.

—¡No! —respondimos al unísono, y a nuestros padres les entró una risa tonta.

—Papá, te aseguro que no había estado tan agotada en toda mi vida. Y me parece que me voy a marear. Y también que necesito sentarme en una bañera durante doce horas para que las piernas no se me caigan a trozos.

—Pero la sensación es buena, ¿no? —dijo mi padre sin hacer el menor caso de todas mis quejas, claramente poco preocupado por ellas.

Jeremy y yo nos miramos: nos costaba definir con exactitud nuestro estado emocional, así que él se limitó a encogerse de hombros.

—Sí, en cierto sentido, sí, por raro que parezca —dijo en tono vacilante—. ¿Qué opinas, Al?

—Es una sensación buena pero rara, sí. Supongo que son las endorfinas, ¿no? Te engañan y te hacen sentir bien cuando en realidad te encuentras como si te acabara de arrollar un coche.

La madre de Jeremy asintió. Sabía de lo que hablaba: esa mujer había usado la bicicleta estática del garaje religiosamente todos los días durante veinte años y tenía mucha experiencia en esa clase de endorfinas.

—Bueno, ¿os veis con fuerzas de ir a comer algo? ¿Vamos al pub? —sugirió mi padre, moviéndose sin aguardar respuesta. Estaba claro que ya no aguantaba más el estar de pie en un día tan frío y que necesitaba una cerveza.

—¡Sí, quiero ir al pub! —exclamó Jeremy antes de que mi padre hubiera terminado la frase. Casi dio un salto para acompañar la frase—. Venga, Al, llevas un rato hablando de esa cerveza poscarrera, ¿no?

También resultaba imposible negarle algo a Jeremy cuando te miraba con esa cara.

—De acuerdo, sí, ¡vamos al pub! Pero solo si encontramos sitio para sentarnos. Y si tienen bolsas de patatas.

—Las patatas son lo único que te apetece cuando estás mareada, ¿eh? —preguntó mi padre con las cejas enarcadas.

—Sí, creo que me sentarán bien.

Nos encaminamos al pub favorito de mi padre, donde, según nos dijo, confiaba en no cruzarse con ningún corredor. Además tenía chimenea, y eso terminó de convencerme. Tuvimos que tomarlo con calma, ya que en el breve período de tiempo que habíamos estado parados mis pies parecían haberse convertido en sendas ampollas gigantes y mis rodillas temblaban como si alguien las hubiera golpeado con un martillo. Cojeamos siguiendo a nuestros padres, quejándonos a cada paso; las medallas chocaban contra las cremalleras de los anoraks porque habíamos insistido en dejárnoslas puestas por la calle para que todos supieran que se hallaban en presencia de unos héroes.

Apenas habíamos dado diez pasos cuando oí que alguien me llamaba.

—¡Ally! ¡Ally!

Tanto Jeremy como yo nos volvimos, muy despacio, porque cualquier movimiento requería un esfuerzo considerable.

Emily caminaba hacia nosotros. Llevaba de nuevo aquel anorak enorme y tenía un aspecto innegablemente ridículo, pensé mientras me limpiaba el sudor seco de la frente con la flamante bolsa púrpura de la «Media Maratón de Sheffield» que me habían regalado.

—¡Hola! —dijo muy alegre cuando por fin llegó hasta nosotros, sin mostrar el más mínimo signo de incomodidad por estar todos mirando cómo se acercaba hacia donde estábamos durante unos instantes que se nos antojaron una hora y media.

Emily siempre había tenido la habilidad de sentirse cómoda en cualquier situación.

—Te he estado llamando. Llevo horas aquí, pero no te veía. ¡Tú debes de ser Jeremy!

Se adelantó y, antes de que él pudiera abrir la boca, lo envolvió en un inmenso abrazo. Jeremy se limitó a darle unas palmaditas en la espalda mientras me miraba buscando en mis ojos alguna pista sobre cómo se suponía que debía tratarla. Deseé poder dársela, pero tampoco yo tenía ni idea.

—Estoy tan contenta de conocerte, Jeremy. Ally me ha hablado muchísimo de ti. —Dio un paso atrás para observarnos, radiante de alegría—. ¡Y felicidades a los dos!

Aplaudió y luego se acercó la medalla a los ojos para verla mejor, obligándome a avanzar hacia ella para no morir estrangulada.

—¡Eh, es todo un logro! ¡Tantos kilómetros! Es fantástico. No puede creer que lo hayas conseguido, Al.

Levantó la vista y dejó caer la medalla contra mi pecho. Esta llegó boca abajo y la recoloqué. ¿Era raro que no me abrazase? ¿No quería hacerlo? Pero, si no quería abrazarme, ¿a qué había venido?

—Pues lo conseguí —dije en un tono neutro.

Lo único que en realidad quería decirle era «¿qué haces aquí?». No tenía sentido. Esto no era lo que yo había imaginado. Ella no me animaba entre la multitud con lágrimas en los ojos, ni me recibía en la meta con un beso apasionado o hincando la rodilla en el suelo. Nos saludaba a Jeremy y a mí como si fuéramos antiguos compañeros de colegio que hubieran perdido el contacto y que acabaran de encontrarse por casualidad. Su tono no pasaba de afable. Pero estaba aquí.

—¿Y ahora qué vais a hacer? —Nos miró con ansiedad y de repente pensé que había algo detrás de esa cordialidad impostada. Los ojos le echaban chispas.

—Íbamos al pub con... nuestros padres —respondió Jeremy, bajando la voz al final por miedo a haber metido la pata.

Al decir «padres», los dos volvimos la cabeza y los vimos en la esquina de la calle, esperándonos. Estaban demasiado lejos para que yo pudiera ver con claridad la expresión de la cara de mi padre, pero de sus aspavientos deduje que estaba poniendo verde a Emily. Invitarla a unirse al grupo no era una opción.

—Ah, claro, guay.

Me pregunté si se estaría arrepintiendo de haber venido. Nos quedamos unos instantes en silencio mientras mi cerebro agotado intentaba discernir qué paso dar.

—Jeremy, ¿les dices que voy en un ratito? —Lo miré, esforzándome por transmitirle que lo sentía y que no tenía ni idea de lo que estaba haciendo. Creo que lo comprendió.

—Claro, de acuerdo. Encantado de haberte conocido —dijo a Emily, y se alejó antes de que ella pudiera brindarle una calurosa despedida.

Cuando él pasó por mi lado, me dio un apretón en el brazo, lo bastante fuerte como para que doliera un poco. Sabía que significaba «lo has conseguido» y también «no seas idiota», y aprecié el gesto.

No quise volver la cabeza, no quería ver a Jeremy cojear hacia nuestros respectivos progenitores sin mí.

—Y bien, ¿adónde vamos? —preguntó Emily, sonriente.

Una chispa de irritación me estalló en el pecho.

—No lo sé, Emily. Acabo de correr más de veinte kilómetros. Todos los bares estarán hasta la bandera de gente, y yo lo único que quiero es sentarme.

Pareció sorprenderse un poco ante mi reacción, pero asintió y paseó la mirada por los alrededores, como si pudiera aparecer por arte de magia un restaurante tranquilo, vacío y provisto de muchas patatas fritas.

—Mira, vayamos a sentarnos allí de momento.

Señalé un banco y empecé a arrastrarme hacia él. Ella me siguió, un par de pasos por detrás, lo cual tenía su mérito dada la velocidad nula a la que avanzaba yo.

Me dejé caer en el banco y ella se apoyó en el respaldo. Me percaté de que mi humor la enervaba, algo que, en un sentido perverso, me encantó. Empoderada por su inseguridad y con el ánimo por las nubes debido a las bebidas energéticas que había consumido, decidí formularle una pregunta directa.

—¿A qué has venido?

Ella abrió mucho los ojos, como si mi pregunta la hiriera.

—¡Para demostrarte mi apoyo! ¡Para animarte!

—Lo digo porque la otra noche, en mi casa, tuve la impresión... Tuve la impresión de que nos estábamos diciendo adiós, ¿no crees?

Su expresión pasó de la sorpresa al abatimiento, como si de repente se le ocurriera la posibilidad de que las cosas podían no salir conforme a lo que tenía previsto.

—Pero... pero tú me dijiste que podía venir si quería.

Exhalé un suspiro y me apoltroné más en el banco; extendí las piernas deseando con todas mis fuerzas disponer de algún lugar donde apoyarlas en alto.

—Sé que lo dije. Intento comprender qué es lo que quieres de mí, Emily.

—Lo que quiero... —Le fallaron las palabras, algo que no solía ocurrirle—. No sé lo que quiero, pero sé que no deseo perderte. El viernes, cuando me fui, tuve la sensación de que eso podía suceder y la idea me resultó insoportable.

—No me has perdido, Emily. No digas bobadas.

—Sí. ¿Qué hay de la otra chica? Pensé que estabas hecha polvo, Al. Creí que harías cualquier cosa por recuperarme. Creí que lucharías por mí.

—Yo también lo pensé —dije con suavidad.

Ella asintió y luego se sentó a mi lado en el banco, con la vista puesta en una bandada de palomas que peleaban por todos los plátanos abandonados.

Me sentí tentada a apoyar la mano en su rodilla para consolarla, pero lo cierto era que solo me quedaban fuerzas para ser sincera, con ella y conmigo misma.

—¿Así que ya no me quieres en tu vida? —preguntó por fin en un tono que expresaba una inmensa incredulidad.

La respuesta apareció en mi mente con una claridad meridiana.

—Pues la verdad es que no, Emily. Apenas puedo creer que esté diciendo esto, pero no quiero mentirte. Te perdono, eso sí, y no dudes de que te quiero mucho.

Rompió a llorar y tuve que luchar con todas mis fuerzas contra el impulso de disculparme.

—Vale, ahora has conseguido que tenga la sensación de haber sido abandonada —sollozó ella.

—¡Ni siquiera querías volver conmigo! ¡Lo único que querías es que yo quisiera volver!

—¡Nadie me había dejado nunca! —protestó entre lágrimas, sin hacerme el menor caso.

—Vaya, pues bienvenida al club. Es una mierda, ¿verdad?

Asintió mientras se limpiaba los restos de maquillaje de las mejillas, con los labios apretados en un mohín de disgusto. Me costó una barbaridad no abrazarla y decirle que era una broma o prometerle que lo pensaría mejor. Sabía que era mejor no hacerlo.

Permanecimos sentadas en silencio hasta que el frío fue tan

abrumador que temí morir de hipotermia. También me preocupaba la horrible posibilidad de que los músculos se me hubieran agarrotado y eso significara verme condenada a seguir en aquel banco por el resto de mis días.

—Será mejor que vaya a reunirme con mi padre y con Jeremy, deben de estar preocupados.

Miré hacia donde nos habíamos separado y me pregunté si sería capaz de llegar hasta allí sola y, sobre todo, si se habrían acordado de mí en el momento de pedir patatas fritas.

—Oh, Dios. —Emily exhaló un fuerte suspiro—. Seguro que tu padre me odia.

—Más bien sí, la verdad.

Emily asintió y se levantó del banco de un salto. Sin decir palabra, me tendió la mano para ayudarme a ponerme de pie, un gesto que fue amable y necesario a la vez. Nos quedamos la una frente a la otra sin saber muy bien qué más decir.

—Pues adiós de nuevo —dijo por fin, y luego añadió—: Y esta vez para siempre.

Sonó tanto a malvada de Bond que no pude evitar reírme. Me miró con el semblante inexpresivo, sin comprender nada.

—Adiós para siempre, Em.

18

Houdini

Si había pensado que mantener los pies en alto mientras estaba acostada en la cama ayudaría a eliminar el dolor, no tardé en descubrir que me equivocaba. Todo me dolía tanto como cuando estaba de pie. El baño caliente, largamente anhelado, tampoco mejoró nada. Ni las patatas fritas.

Cuando por fin llegué al pub después de la funesta conversación con Emily, todos llevaban ya una copa y pensaban en la segunda, así que se hallaban de mejor humor de lo que yo había previsto. Mi padre me hizo un hueco a su lado para que pudiera sentarme. Habían pedido patatas, pero, al ver que yo no llegaba, habían llegado a la sabia conclusión de que era mejor comérselas para que no se enfriaran. Pedimos otra ración y nos quedamos en el pub, charlando y bebiendo, hasta que Jeremy y yo estuvimos a punto de dormirnos en la mesa, como dos críos borrachos.

Al llegar al aparcamiento, ya no teníamos nada más que decirnos, así que nos dimos un largo abrazo que hizo chocar nuestras medallas.

Mi padre solo se atrevió a preguntarme por Emily, aunque de manera indirecta, cuando ya estábamos en el coche; yo iba detrás, para poder estirar las piernas y él, mirándome por el espejo retrovisor, dijo:

—¿Estás bien, cariño?

—Sí. Solo estoy muy cansada.

—¿Y no estás... triste? ¿Por algo?

Su tono era ligero, como si no estuviera preguntándolo por algo en particular.

—Más bien agotada.

Él asintió y, gracias a Dios, abandonó el interrogatorio.

Cerré los ojos, acariciando la idea de echar una siesta de camino a casa. Estaba tan cansada que me habría quedado tranquilamente en el coche toda la noche. Pero mi estómago era un hormiguero y todo mi cuerpo se encontraba demasiado alerta, demasiado entregado a la tarea de recuperarse de la ordalía sin precedentes a la que lo había sometido.

Mantuve los ojos cerrados de todos modos. No los abrí hasta que nos acercábamos a casa.

—Gracias por venir —le dije, aprovechando que aún no lo tenía cara a cara—. Verte allí ha sido...

No supe muy bien cómo terminar la frase pero creo que tampoco hacía falta.

—Está bien —repuso él en tono brusco.

Luego bajamos del coche y buscamos el calor de un hogar donde nos recibió un gato peludo que, de manera triunfal e inexplicable, había logrado zafarse de su collar protector. Había sido un gran día para todos.

Tumbada en la cama, intenté recolocarme para mantener las rodillas dobladas o los dedos de los pies en punta, como los de una bailarina. Nada disminuía el dolor. Me puse de lado y cogí el teléfono. Tenía una nota de voz de Jeremy.

«Este será el último mensaje que te envío porque pronto estaré muerto. Y lo digo en sentido literal. Difunto. Al, no me había encontrado tan mal en toda mi vida. Quiero dormir, pero no puedo. Quiero comer helado y a la vez no, porque temo que me sentaría mal. ¡¿Por qué nos metimos en esto?! De verdad no entiendo cómo pudimos ser tan idiotas. Y Rob acaba de escribirme preguntando si me apetece hacer algo y sí que quiero, pero... ¡no puedo moverme! ¡Socorro!»

Volví a cambiar de posición hasta quedarme boca abajo a ver si me sentía mejor. No fue así. Acerqué el móvil a la cara y le di a grabar.

«Este es un mensaje desde la otra vida. De una muerta. Nunca había sentido un dolor igual. No puedo dormir ni comer. ¡Yo siempre puedo comer! Es mi superpoder. No sé lo que me pasa. ¿Y si le dices a Rob que vaya a tu casa? Así no tendrás que moverte... Por cierto, estoy celosa. Quiero que venga alguien a masajearme los pies y a servirme tazas de té. Quizá debería haber esperado un día más para mandar a la porra al amor de mi vida.»

Pensé que sería demasiado pronto para bromear sobre Emily, pero vi que no. Después de todo lo que había sucedido durante el día, lo suyo casi parecía una nota al margen.

«Deberías haber esperado, amiga. Aunque creo que el pobre Rob no va a querer masajearme los pies porque están hechos un verdadero asco. Tengo una uña negra y he leído en internet que eso significa que se va a caer. Vale, veré si quiere venir. Aunque a mi madre le dará un parraque...»

«Jeremy. Lárgate de casa de una vez.»

«¡Lo haré! Vale, amor, buenas noches. Voy a escribirle a Rob. Mañana te cuento los detalles morbosos.»

«Estoy impaciente.»

Puse el móvil en modo avión y abrí la aplicación de notas.

> Hola, ¿cómo estás? Sé que no hemos hablado desde hace mucho y que ha sido por mi culpa y que probablemente no quieras saber nada de mí, pero tengo que contarte esto: ¡hoy ha sido la media maratón y la he terminado! ¡Y Jeremy también! Fuimos muy lentos y no estoy segura de que sobrevivamos a esta noche, pero lo logramos. Quería darte las gracias porque seguro que no lo habríamos conseguido sin tu ayuda. Creíste que podíamos hacerlo y eso nos inspiró confianza. Lo cambiaste todo. Sigo sintiendo mucho lo que pasó, Jo.

Lo leí un par de veces y, cuando me di por satisfecha, dejé el teléfono en la mesita de noche. Lo enviaría por la mañana si aún me quedaban ganas. También hay que decir que eso mismo había pensado muchas otras veces...

Permanecí tumbada con los ojos cerrados, resignada al dolor paralizante de piernas y pies. Empezaba a dormirme cuando se abrió la puerta. Malcolm, con el collar de nuevo en su sitio, tenía problemas para abrirse paso hasta la cama. Emocionada, lo animé a subir dando palmadas en la colcha, un gesto que nunca había funcionado (a él le da vergüenza ajena) pero en el que yo persistía de todos modos. Tras un par de intentos, se las apañó para saltar y situarse a mis pies. Soltó uno de sus grandes suspiros y me descubrí sonriendo en la oscuridad como una tonta. Una lágrima rodó por mi mejilla hasta llegar a mi oreja.

—Buenas noches, Malcolm —susurré en voz tan baja como pude para no molestarlo—. Siento lo del collar.

Pensé en decirle que lo quería, pero sabía que me odiaría por ello.

Deduje que ya se había dormido. El megáfono de plástico que llevaba al cuello amplificaba sus leves ronquidos.

19

«Cielo, estoy en casa»

Cuatro meses después

Malcolm estaba tumbado en el suelo, al sol. Estirado tan largo como era y con la espalda arqueada. Una luna creciente de pelo. No era difícil encontrar un pedazo de suelo donde diera el sol: la sala entera era una especie de desierto. No corría ni una gota de aire y todas las superficies estaban calientes.

Me acerqué a él de puntillas con la toalla húmeda en la mano y esta escondida a mi espalda. Quería refrescarlo porque temía que sufriera una insolación. Le había dado un cubito de hielo, que él se limitó a empujar hacia debajo del sofá, ofendido ante algo tan insulso e incomible. Me arrodillé despacio a su lado para no perturbar su siesta y él se dejó acariciar la barbilla. Aproveché el momento para echarle la toalla por encima y levantarlo, como si fuera un bebé caliente y rabioso. Maulló como si lo estuviera apuñalando y se debatió en mis brazos, pero no cejé en mi empeño hasta convencerme de que lo había mojado por completo. Entonces lo solté y él huyó al rincón opuesto de la sala, desde donde me miró con furia. Empezó a lamerse de mala gana, intentando alcanzar todos los lugares que había rozado la toalla, pero no tardó en cansarse y volver a su soleado punto de partida. Se tumbó de lado como si estuviera exhausto del esfuerzo y me observó con aire taciturno. Estaba claro que no pensaba dejar que nadie regulara su temperatura, muchas gracias.

La ola de calor iba a durar siete días, pero andábamos ya por la tercera semana y el bochorno no cedía ni un ápice. Yo seguía intentando no quejarme de ello: recordaba los meses fríos y lluviosos y lo agradable que era despertarse en un día soleado y tomarse una copa de vino en una terraza por las noches. Me decía que cenar helado durante varios días seguidos era un lujo que no debía subestimarse. Pero cuando constataba que estaba empapada en sudor tras solo haber dado tres pasos en casa no podía evitar el deseo de que aflojara aquel bochorno. Apenas había dormido, abrazada a una botella de agua fría que había tenido en el congelador durante todo el día, y, cuando por fin el sueño me venció, me asaltó una pesadilla horrible en la que alguien me sumergía en una olla de agua hirviendo como si fuera un huevo.

Por encantada que estuviera de haberme mudado de la casa de mi padre, en las últimas dos semanas había añorado la salita fresca que había en la parte trasera donde nunca parecía hacer calor. Este apartamento, en la última planta de un edificio de ocho pisos, era un horno, lo cual, según el agente inmobiliario que olía como Linx Africa, nos ahorraría mucha electricidad en invierno. Yo no lo dudaba, pero en verano era insoportable estar allí dentro, un hecho que, vaya por Dios, el hombre olvidó mencionar. Con un vaso de agua en la mano fui a sentarme a nuestro diminuto balcón, donde cabían dos sillas plegables y una planta (tristemente fallecida). Mi padre me había ayudado a colocar una red sobre la barandilla para que Malcolm no pudiera dar rienda suelta a sus instintos aventureros. Dejé la puerta abierta para que saliera y él se tumbó a los pies de mi silla. Ya me había perdonado. Apoyé los pies en la baranda y había cerrado ya los ojos cuando oí un portazo.

—¡Amor, estoy en casa!

—Estoy fuera —le grité, medio atontada, mientras me frotaba los ojos y a la vez miraba la hora en el teléfono. Era más tarde de lo que pensaba.

Jeremy salió al balcón con una botella de agua con gas de dos litros medio vacía en la mano. Procedió a engullir gran parte del resto a la vez que me saludaba con la mano, antes de sentarse en la silla plegable que había al lado de la mía.

—Tengo una sorpresa. —Me sonrió, y algo de agua cayó de su boca sobre la ya empapada camiseta.

—Dime que es una piscina hinchable, por favor. —Volví a ponerme las gafas de sol—. Ya no aguanto más.

—Es mejor.

Apartó la cortina del salón que teníamos corrida y me hizo señas para que mirara hacia el interior.

Me volví, siguiendo sus indicaciones, y al ver lo que había encima de la mesa solté un chillido de entusiasmo.

—¡Un ventilador! Eso lo cambiará todo. Mira, Malcolm, ¡un ventilador!

Malcolm se mantuvo absolutamente impasible.

—¿A que mola? Los tenían de oferta, así que he comprado uno para cada habitación. Es un modelo pequeño, pero algo hará.

Abrió de nuevo la botella y echó las últimas gotas de agua en la planta muerta.

—Diría que hace falta un milagro para resucitarla, cariño.

—Hum, no estoy seguro —dijo Jeremy, rozando una de las hojas secas, que no tardó en caer—. A lo mejor solo tiene calor.

—¿Sabes una cosa? Si plantáramos unos tomates, crecerían —dije en tono experto, como si estuviera al tanto de los consejos de jardinería para idiotas con balcones.

—Deberíamos probarlo, amor, me fascina la idea de cultivar mi propia comida —asintió Jeremy mientras consultaba la pantalla del teléfono.

No me cabía duda de que buscaba por enésima vez «cómo devolver la vida a una planta» y estaba bastante segura de que el agua con gas no era la respuesta.

Habíamos mantenido esa conversación, con pocas variaciones, unas cuantas veces desde que nos mudamos allí hacía mes y medio. De hecho, debatíamos sobre la conveniencia de plantar tomates casi cada vez que nos sentábamos en el balcón. Yo adoraba la cotidianidad que eso implicaba. Adoraba que ninguno de los dos mencionara que habíamos tenido esa conversación una y otra vez. Adoraba tener a alguien con quien conversar. Antes nunca había pensado que la persona con la que discutir sobre tomateras no tenía por qué ser Emily.

—Deberíamos ponernos en marcha o llegaremos tarde. —Lo dije sin realizar el menor movimiento.

—Ah, sí. Me apetece ir, en serio, pero también me apetecería ir en bañador. ¿Crees que es aceptable?

—No estoy segura. Quizá si lo combinas con unos buenos zapatos.

—Hum, no sé... ¿Qué te vas a poner tú?

—¡Estreno vestido!

—¡Quiero verlo! —pidió Jeremy.

—Ya me lo verás puesto. —Moví la mano con gesto perezoso.

Era excitante estrenar algo. De hecho, esa era la primera compra posruptura que no era de licra ni tres tallas más pequeña.

Cuando por fin nos arrastramos al interior para cambiarnos, serví dos vasos del vino que había sobrado la noche anterior y nos subimos al sofá para poder mirarnos en el enorme espejo que colgaba de la pared de detrás, un regalo de la madre de Jeremy. A su lado había una foto enmarcada en la que salíamos Jeremy y yo corriendo. Era el retrato oficial de la media maratón: mi padre lo había comprado y me lo había entregado el día que me iba, sin decir palabra, sin envolver pero enmarcado en madera oscura. Él tenía uno igual presidiendo la chimenea. Siendo objetivos, Jeremy y yo estábamos fatal en esa foto. Yo no miraba a la cámara sino al frente. Supongo que me movía, pero mis pies parecían pegados al suelo. Jeremy, en cambio, miraba a la cámara como si no hubiera visto una antes. Sus ojos pedían socorro.

Me recogí el pelo para no tener el cuello sudoroso toda la noche y me apliqué la cantidad mínima de maquillaje en la cara, a sabiendas de que, cuando llegáramos al lugar de nuestra cita, habría desaparecido de todos modos. Titubeé al sacar un antiguo pintalabios rojo del neceser. No era mío, así que tenía que ser de Emily. Decidí usarlo y me sonreí complacida de mí misma al ver el resultado. Jeremy me brindó un gesto de aprobación, que era lo máximo que podía hacer ya que tenía unas tiras blanqueadoras sobre los dientes. Bebía el vino con una cañita.

—¿Lo llevas todo? —le grité mientras él iba y venía del salón al cuarto de baño, palpándose los bolsillos para comprobar si se dejaba algo y mirándose en cualquier superficie reflectante.

—¡Sí! Salgamos de una vez o no nos iremos nunca.

Cruzamos la puerta y bajamos las escaleras. El aire fresco vespertino supuso un alivio. Aún hacía calor, pero un calor agradable. A pesar de las prisas nos lo tomamos con calma, disfrutando de la sensación de las dos copas de vino que habíamos bebido con el estómago vacío. Me encantaba ver que las buenas temperaturas sacaban a la gente a la calle en lugar de mantenerla hibernando en casa. La chavalería corría por los alrededores y los estudiantes caminaban cargados con mochilas llenas de alcohol y barbacoas portátiles. La ciudad estaba viva.

Cuando llegamos al pub miré el teléfono, preparada para el alud de mensajes y llamadas perdidas regañándome por llegar tarde, pero no había ninguna, tan solo un mensaje de mi padre.

Ally, no te olvides de mantenerte hidratada y de hacer lo mismo con Malcolm. ¿Jeremy está hidratado? Es muy importante que ingiráis mucha agua. Me apetece mucho la comida de mañana. No se lo comentes, pero Liz espera que traigas un pastel. Adora tus tartas. En fin, dime a qué hora vendrás y, como te decía, bebe agua, por favor. La deshidratación puede ser muy grave.

Le respondí al instante:

Qué significa «hidratado»? Estamos en el pub. Hay mucho líquido maravilloso por aquí. Llevaré el pastel, no te preocupes.

Accedimos a la parte del jardín y recorrimos con la mirada aquella marea de gente, preguntándonos si habrían conseguido agenciarse una mesa en un viernes tan ridículamente bullicioso como aquel. Cuando los encontramos, vimos que Charlie, Sophie y Nick ya iban por la mitad de la primera ronda de cervezas. Había unos globos de aspecto flácido atados a las botellas. Llevaban impresas fotos descoloridas de botellas de champán recién descorchadas.

—¡Ya era hora! —Charlie se levantó y pasó una pierna por encima de la mesa de pícnic para poder darme un abrazo.

—Lo sé, lo sé. Lo siento. Ya sabéis cómo somos. Os pago una ronda para compensar. ¿Qué estáis tomando?

—Espera un minuto. Queremos decirte algo antes.

Charlie nos invitó a sentarnos frente a ella.

—¿Qué es todo esto? —pregunté con la mirada puesta en los globos que volaban plácidamente frente a nosotros impulsados por la brisa. Toqué uno con suavidad y el pobre se hundió aún más.

—A ver, estaban en plena forma cuando empezamos hace... —Charlie miró el reloj con una sonrisa—, hace una hora.

—¡Perdonad! Aún tienen buen aspecto, pero ¿qué pintan aquí? Mierda, no será tu cumpleaños, ¿no?

—No, no cumplo años, Ally. Eso fue en mayo. ¡Y tú viniste a la fiesta! ¡Colaboraste en la confección del pastel!

—Es verdad.

—Queríamos montar una pequeña celebración por el éxito de la tienda, y por tu gran contribución a él...

—Oh, Dios mío, chicas, esto es...

—Cállate un momento, hay más cosas.

Obedecí.

—Nos va tan bien que hemos pensado en abrir otra. —Hizo una pausa para mirar a Sophie y esta asintió con entusiasmo—. Bueno, en realidad hemos pensado en que la abras tú. Nos encantaría.

Sophie empujó un juego de llaves hacia mí.

Las miré a las dos y luego a Nick, que permanecía impasible, con la mirada fija en un punto lejano situado entre Jeremy y yo.

—¿Lo decís en serio?

—Completamente en serio. Es un local pequeño, pero necesitarás a alguien que te ayude. Está cerca de la universidad, así que quizá te convendría una estudiante... Nos consta que las universitarias son tu tipo.

Me eché a reír, pero en cuestión de segundos la risa se transformó en un sollozo.

—No sé cómo puedo... cómo podré algún día... —Miré hacia Jeremy, que se estaba enjugando una lágrima por debajo de las gafas de sol—. ¡Bebida! ¡Os voy a invitar a todo!

—No, no te muevas. Ya voy yo —dijo Sophie al tiempo que se levantaba—. De paso iré al servicio.

Me dio un apretón en el hombro al pasar a mi lado.

—Yo te ayudo —dijo Nick.

Verme a cargo de un local propio era tan surrealista que apenas podía procesar la noticia. Un lugar pequeño. Perfecto para dos personas. Empecé a fantasear al instante sobre mí y mi aprendiza metidas en faena. Ella estaría fascinada con mis lecciones y admiraría los resultados espectaculares de mi trabajo. Glasearíamos pasteles con un estilo obsceno y sensual, como en aquella escena de *Ghost*.

—Entonces, ¿eso ha sido un sí? —preguntó Charlie, sonriente.

—¡Claro! ¡El mayor sí de la historia!

—Bueno, gracias a Dios —dijo Charlie celebrándolo con un sorbo de cerveza—, porque tú eres fantástica y nosotras ya habíamos firmado el contrato de alquiler del local.

—Uf —dijo Jeremy, colocándose las gafas de sol en la cabeza—. Ojalá contara con una pareja de lesbianas poderosas que me animase. ¡Es injusto!

Charlie se rio.

—Te animaremos, Jeremy. Solo tienes que decirnos dónde ir.

—Muchas gracias, pero siendo sincero no tengo ni puta idea.

Me he apuntado a algunos cursos, pero no sabré nada hasta dentro de un tiempo.

—Jeremy será maestro de primaria —anuncié, radiante como si fuera su madre.

—Bueno, eso aún está por ver —se apresuró a decir mientras me miraba y daba golpecitos a la mesa de madera como si acabara de echarle un mal de ojo—. Primero tienen que admitirme y luego... a lo mejor se me da fatal. Sigo dándole vueltas a las reglas de ortografía y a cuánto es uno más uno.

—Se te dará genial —afirmé, convencida, y proseguí dirigiéndome a Charlie—. Será bueno, no me cabe duda. Los niños lo adorarán.

—Es una noticia fantástica, Jeremy, cruzaremos los dedos —dijo Charlie—. Sabes que pensé en dedicarme a la enseñanza, pero no estaba segura de poder con ello.

—Mi padre está emocionado. No para de repetir que «al menos hay alguien que sigue mis pasos».

Jeremy cogió el teléfono, miró la pantalla con atención y luego estiró el cuello para inspeccionar el jardín del pub.

—¿Has quedado con alguien? —preguntó Charlie, a quien los ojos le brillaban con la posibilidad de lanzarse a un nuevo cotilleo amoroso.

—Sí, hay un chico que me dijo que a lo mejor se dejaba caer por aquí, pero eso fue hace un rato y no hay rastro de él.

Jeremy seguía con la mirada fija en la pantalla del WhatsApp, como si pudiera generar una respuesta con su energía mental.

—¿Te refieres a Rob?

Abrí mucho los ojos y no pude evitar un suspiro de exasperación. Charlie era incapaz de guardar un secreto.

Jeremy se sorprendió al oírla, lo cual no tiene nada de raro porque jamás había mencionado a Rob delante de Charlie.

—En realidad, no. —Lo asaltó una timidez repentina; enarcó las cejas y volvió a ponerse las gafas de sol, adoptando un aire misterioso.

—¡Qué! —exclamé volviéndome hacia él.

En ese momento reaparecieron Sophie y Nick con las bebidas, abriéndose paso entre la multitud. Sophie plantó en la mesa una botella de vino rosado.

—¿Qué nos hemos perdido? —preguntó—. ¿Por qué pones esa cara de estar en shock, Ally?

—¡Por lo que se ve, Jeremy tiene un novio secreto! —dije mientras me servía una generosa copa de vino justo antes de darle un buen trago.

—Ah, sí, Rob, ¿no? —preguntó Sophie con ingenuidad y recibió la misma mirada severa de Charlie que antes le había lanzado yo a ella. Increíble.

—Joder, habéis estado entretenidas hablando de mí, ¿eh? —Paseó la mirada por los comensales en un alarde de fingida indignación ante nuestra afición al cotilleo.

—Bueno, y si no es Rob, ¿de quién se trata? —pregunté.

Todos nos inclinamos hacia delante para oír la respuesta. Incluso Nick.

—Se llama Richard. Acaba de entrar en el curro. Es muy tranquilo, así que sed discretas, ¿vale? Podría llegar en cualquier momento. —Miró a su alrededor con pose melodramática.

—¿Y qué ha pasado con Rob? —preguntó Charlie.

Él se encogió de hombros.

—No ha pasado nada con Rob. Está bien, pero ya te dije —añadió mirándome directamente— que solo éramos colegas. No es mi novio ni quiero que lo sea. Él también queda con otros. No pasa nada, todo está bien.

Dio un sorbo al vino y siguió observando el gentío en busca de ese tal Richard. Yo lo observaba a él para ver si había alguna señal de que echara de menos a Rob o de que se sintiera abandonado. No la percibí.

—¿Y tú qué te cuentas, Al? —dijo Charlie con un puñado de patatas fritas en la boca.

—¿Que qué me cuento?

—¿Estás viendo a alguien? ¿Conoceremos a alguna chica?

Emití un gruñido que estaba entre el sí y el no, pensado para equilibrar las confidencias. No me apetecía nada que Charlie se lanzara al juego de quitarme el móvil para jugar en el Tinder en mi nombre: algo que, en el poco tiempo que llevaba en una app de citas, había aprendido que a la gente con pareja le encantaba hacer.

—Ha tenido un par de citas, ¿no? —Jeremy me miró con semblante de inocencia. Era su venganza por haber hablado de Rob con las lesbianas: me lo había ganado.

—¡Un par de citas! —Charlie miró a Sophie, emocionada—. ¿Con la misma persona? ¿Gente distinta? ¿Qué hicisteis? ¿Adónde fuisteis? ¿Pasasteis la noche juntas?

Nick apoyó la cabeza en las manos y luego sacó el móvil para ver la hora, acompañando el gesto con un gruñido que indicaba lo larga que se le estaba haciendo la velada.

—Un par de citas con una chica, y una con otra. Nada especial, pero, bueno, ¡he vuelto al mercado!

Lo dije en un tono que, para mí, ponía punto final a la conversación.

—¡Oh, sí, esa cita! —Jeremy hizo una mueca y luego miró a Charlie y a Sophie, insinuando que él sabía todos los detalles.

—¿Qué? —dijo Charlie, que se había abalanzado literalmente sobre la mesa—. ¿Qué cita? ¿Cuándo fue? —Y luego, incapaz de contenerse, añadió en tono quejumbroso—. ¡No nos cuentas nada!

—¿Y eso te extraña? —bromeé.

—Nos interesa tu vida porque nos preocupamos por ti.

—Ya, claro. —Di un sorbo al vino y me dije que, con unas cuantas copas en el estómago, no me importaba demasiado relatar esa historia—. Vale, fue así. Llevaba un tiempo intercambiando mensajes con esa chica aunque, la verdad, las conversaciones con ella no eran nada del otro mundo. Pero Jeremy —proseguí, lanzándole una mirada directa que él, absorto en su teléfono, ni siquiera percibió— insistió en que no puedes juzgar a la gente hasta que la conoces en persona y que no es justo formarse una opinión de alguien basándose en sus mensajes.

Charlie y Sophie asintieron con entusiasmo, totalmente entregadas a la historia.

—Así que al final le propuse ir a tomar algo y ella accedió. No es que yo tuviera muchas ganas, pero la chica parecía simpática y más o menos interesante... Es una alumna de posgrado de Historia... ¿O quizá Ciencias Políticas?

Era incapaz de recordar el tema de su tesis, algo de lo que ella me había hablado con todo lujo de detalles.

—El caso es que quedamos y las cosas no fueron mal. Ella estuvo simpática y es guapa, con un estilo atractivo más bien práctico. No sé si me entendéis.

Todos en la mesa asintieron con un murmullo mientras Jeremy añadía su coletilla: «Zapatos planos».

—Al final la cosa se alargó, y una copa llevó a otra, y cuando el bar estaba a punto de cerrar me dijo que vivía cerca y que el piso estaba vacío porque su compañera estaba fuera. Total, que nos fuimos para allá.

Hice una pausa para beber un poco de vino y para mantener la intriga de mi público un poco más.

—El piso no estaba mal, ya sabéis, uno de tantos: el mismo sofá de Ikea, los mismos muebles. Un poco como el nuestro, la verdad.

—¡El nuestro es único y maravilloso! —me interrumpió Jeremy en tono vehemente.

—Ya, claro, pero así os hacéis una idea. En fin, cuando llegamos la chica sacó una botella de whisky porque era lo único que tenía. Se lo habían regalado por Navidad. No sé por qué, pero acabamos sentadas en el suelo, bebiendo aquel whisky horrible y nos fumamos un cigarrillo allí mismo, lo cual fue fantástico. Un auténtico lujo en estos días.

Jeremy asintió como si acabara de describir un banquete delicioso o un masaje.

—Total, que empezamos a besarnos y todo eso.

Me percaté de que Nick se había puesto rojo como un tomate.

—Y bien, la cosa iba francamente bien. No era superexcitante, pero estábamos borrachas, así que, con sinceridad, habríamos sido medio torpes de todos modos. Seguíamos en la alfombra, que picaba un poco, y de golpe me dijo: «¿Seguimos en mi cama?». Eso me hizo sentir un poco violenta... ¿No podía haber dicho: «¿Nos vamos a mi habitación?».

—Mi cama nos espera, nena... —apuntó Jeremy con voz ronca y supuestamente sexy.

—¡Exacto! Era todo un poco raro, pero me fui con ella a su cuarto, claro. Tuvimos que ir a tientas hasta la cama porque la habitación estaba a oscuras, pero una vez tumbadas ella encendió la luz de la mesita de noche. Y entonces fue cuando vi que todos los rincones del cuarto, y con ello quiero decir todos los putos rincones del cuarto, estaban llenos de animalitos de las Sylvanian Families, todos mirándome.

—¡Qué! —exclamó Sophie—. ¿Te refieres a esos muñequitos peludos de plástico?

—Tal cual, amiga, tal cual. Debo añadir que había más de un centenar. Tenía el colegio, el barco, la casita del árbol, la granja... Cualquier edificio capaz de alojar a una familia de erizos de plástico estaba allí, en serio. Lo peor es que ni lo había comentado. Quiero decir que si me hubiera dicho en algún momento «ah, mira, tengo la manía de coleccionar cientos de muñequitos de las Sylvanian Families y colocarlos por todo mi cuarto», quizá yo me lo habría tomado como algo sin importancia. Pero es que esa chica no tenía ni idea de lo raro que era.

Ahí Sophie y Nick ya se estaban riendo, pero intuí que Charlie esperaba oír una historia más sórdida.

—¿Y qué hiciste? —preguntó esperanzada.

—Le dije que me encontraba mal y pedí un Uber, claro.

—Claro —repitió Jeremy.

—Oh, no, ahora me siento mal por ella —dijo Sophie, aunque seguía riéndose.

—No le tengas ninguna lástima. Le importó un pimiento, en serio.

Todos se rieron.

—¡De verdad! —insistí—. Dijo algo así como: «Ay, pobre. Vale, ciao».

—Bueno, entonces es que ese final ya estaba escrito —dijo Sophie mientras negaba con la cabeza.

—Eso creo yo, pero estoy segura de que algún día hará feliz a... —Intenté pensar en quién podría ser su media naranja.

—¿A una coleccionista? —apuntó Jeremy.

—Sí. Estoy segura de que algún día hará muy feliz a una coleccionista de ardillas.

—¿Y la otra? —preguntó Charlie, que seguía buscando algo más jugoso que los animalitos de plástico.

Negué con la cabeza mientras repartía lo que quedaba de vino entre la copa de Jeremy y la mía.

—No estuvo mal. Pero no hubo *feeling*. No importa —añadí al notar que me miraban con caras de pena—. Tampoco estoy buscando a nadie. Quiero disfrutar de mi soltería durante un tiempo.

—Tienes un marido en casa —me corrigió Jeremy.

—Cierto. Quiero disfrutar de mi soltería, del marido que tengo en casa y de mi horrible hijo felino. Con eso me basta.

Me miraron como si no terminaran de creerme, pero no me importaba. No estaba segura de creerlo ni yo misma aunque quería que fuera verdad.

Nos quedamos un rato más en el jardín del pub, disfrutando de sucesivas rondas de vino y patatas fritas hasta que se hizo de noche del todo y empezamos a coger frío. Richard, el amigo de Jeremy, apareció en algún momento. Era el polo opuesto a Rob: más bajo, fortachón y con un denso pelo rubio, que se tocaba continuamente al hablar. Se tomó un par de copas con nosotros antes de irse a una fiesta en una casa y Jeremy comentó que quizá se pasaría por ella después. Cuando el pub cerró, nos despedimos a gritos y nos abrazamos varias veces, Nick incluido. Insistieron en que me llevara algún globo patético a casa, así que Jeremy y yo cogimos uno cada uno.

—¡Eh! —Cogí la mano de Sophie cuando ella y Charlie ya se iban—. Quiero que sepáis que os... Bueno, que cuando volví a Sheffield nunca imaginé que tendría tanta suerte.

—Vaya, ya ha vuelto a beber demasiado, ¿no? —bromeó Charlie, antes de darme un fuerte abrazo y revolverme el pelo con la mano que le quedaba libre.

—¡Hablo en serio! —protesté mientras me zafaba del brazo de Charlie.

—Nosotras también hemos tenido suerte, Ally —dijo Sophie sin hacer caso a su esposa, que seguía riéndose—. Sabemos que cumplirás con creces.

Jeremy y yo nos fuimos andando a casa, a paso de caracol, enfrascados en discutir sobre qué podíamos comer.

—No vamos a ir a esa fiesta, ¿verdad? —pregunté.

Me había atado la cuerda del globo a un dedo con tanta fuerza que me estaba cortando la circulación, así que lo desaté un poco.

—No... —Jeremy hizo una mueca—. Creo que no, ¿tú qué opinas?

—¡No!

—Aunque...

Jeremy se paró y me miró con semblante muy serio. Yo me detuve también, tan de golpe que una pareja que caminaba con paso rápido detrás de nosotros estuvo a punto de embestirnos.

—Habíamos quedado en que debíamos probar cosas nuevas, ¿no es así? ¿Conocer a gente distinta?

—¡Oh, Dios! —gemí, porque en parte sabía que él tenía razón y en parte solo tenía ganas de meterme en la cama.

—Lo dijimos, Al.

Jeremy se plantó frente a mí con los brazos cruzados.

—Sí, sí, lo sé. —Exhalé un suspiro inmenso en señal de derrota—. ¿Dónde es? No estoy dispuesta a caminar horas.

—Quince minutos a pie. Solo se trata de asomar la cabeza

—dijo Jeremy para convencerme, y de paso convencerse a sí mismo—. Pasamos, nos tomamos una copa y, si no nos divertimos, nos largamos.

—Vale, trato hecho. Pero no me abandones por Richard en cuanto lleguemos.

—No lo haré. Prometido. Creo que es el cumpleaños de su compañera de piso o algo así. Habrá un montón de gente que no se conoce. Ya sabes cómo son estas cosas.

Dimos media vuelta y nos encaminamos hacia la zona de los estudiantes: casas enormes compartidas por diez personas en las que hacía un frío que pelaba por la humedad. Me pregunté quién las habitaba antes de que se convirtieran en refugios para veinteañeros. Todas las calles eran iguales. Nos paramos en un quiosco para comprar un par de botellas de pinot grigio y una cajetilla de Marlboro Light.

Jeremy llamó con cuidado a una enorme puerta de color rojo, tan vieja y desvencijada que podríamos haberla derribado de una patada. La abrieron al instante: nos recibió una chica que llevaba una gigantesca chapa del número «30» prendida de la camiseta, con una copa de vino en una mano y el móvil en la otra. Se la veía totalmente estupefacta.

—¡Oh! —exclamó—. Perdonad, pensaba que seríais otra persona.

Esperó un par de segundos antes de añadir:

—¡Pero entrad, por favor! Lo siento, se me ha ido la olla.

Pasamos al interior y la chica cerró la puerta.

—Hola, soy Jeremy. Richard nos invitó. Espero que no te importe —dijo Jeremy tendiéndole la mano.

—¡Jeremy! —Los ojos se le iluminaron al reconocer el nombre—. ¡Richard me ha hablado mucho de ti! Estoy encantada de que hayáis podido venir al final.

La seguimos a través de la cocina, que estaba abarrotada de gente que ya ocupaba parte del jardín trasero, donde la música de Beyoncé sonaba a todo volumen por unos altavoces colocados sobre los muebles de plástico.

—¡Richard! —gritó ella para hacerse oír—. ¡Ha venido Jeremy!

Nos señaló para que Richard se ocupara de nosotros y luego se perdió en el jardín.

—¡Habéis venido!

Richard se había abierto paso entre el gentío de la cocina. Llevaba dos vasos de plástico para nosotros. Él y Jeremy se dieron una especie de abrazo raro.

—Esto es una locura. Os juro que no esperábamos a tanta gente —dijo mientras saludaba a alguien con una sonrisa.

—Sí, está un poco a tope. —Me pasé el dedo por el labio superior. Ya sudaba.

—Incluso han venido todos los vecinos a los que invitamos. Ni siquiera conocíamos a la mitad. —Asomó la cabeza por la puerta de atrás—. Al menos se han instalado en el jardín.

Miré hacia allí y vi a un grupo de gente que había formado un círculo sobre el césped. De vez en cuando uno de ellos se partía de risa.

Permanecimos alrededor de una hora bebiendo y charlando en la cocina. El vino desapareció a una velocidad pasmosa y fueron desfilando invitados a los que nos presentamos. De repente sentí un calor sofocante y noté que me faltaba el aire. El lugar apestaba a aliento de borracho y a tabaco. Sentí la necesidad perentoria de salir.

—Voy a tomar el aire —dije, cogiendo a Jeremy de la mano—. Tú quédate.

La cabeza me daba vueltas y me pregunté si habría algo de comer en esa fiesta. Intenté echar la cuenta de las copas de vino que llevaba en el cuerpo.

—¿Estás segura? No me importa salir contigo —dijo Jeremy, con la cabeza vuelta en dirección contraria, siguiendo el rastro de Richard.

—Estoy bien, ya soy mayorcita.

Extendí la mano y Jeremy depositó en ella el paquete de cigarrillos. Levantó el dedo índice para frenarme mientras rebuscaba en los bolsillos hasta que, con cara de satisfacción, encontró el encendedor.

Deambulé entre la gente y salí por la puerta de atrás, donde el ambiente era bastante más tranquilo. Sonaba una música más apacible y el gran círculo de vecinos se había disgregado. Los invitados se agrupaban entonces por parejas, enfrascadas en conversaciones profundas, o estaban solos mirando sus respectivos móviles. Al fondo del jardín había una chica ebria que mantenía una emotiva conversación telefónica en la que no cesaba de repetir «pero tú eres mi mejor amigo y mi novio», como si la persona con la que estaba hablando acabara de enterarse de ello. Me apoyé en el murete que separaba la terraza del jardín, encendí un cigarrillo y me dediqué a escuchar sus balbuceos. Cerré los ojos para disfrutar de la relativa paz exterior. A mis oídos llegaba el rumor de otro grupo de gente que charlaba y se reía en otra de las casas de la calle. Era una sensación agradable: el mundo entero salía y se divertía esa noche. Yo había guardado el móvil y no tenía ni idea de qué hora era. Tampoco importaba. Aún estaba procesando las noticias previas: tendría mi propia tienda.

Aunque estaba sola en aquel jardín de una casa extraña, borracha y un poco aturdida, sentí que era exactamente allí donde debía estar.

Mientras apuraba el cigarrillo, tuve la tentación de encender otro solo para permanecer allí durante un poco más de tiempo. Noté unos pasos que se acercaban por el sendero. Levanté la vista y vi que alguien se había apoyado también en el murete, a apenas unos metros de distancia.

—Hola —me saludó antes de posar la mirada en la casa.

Abrí unos ojos como platos al distinguir su cabello rubio, que ahora llevaba más corto, sus piernas largas y los brazos cruzados, como si necesitara esa estabilidad para no caerse.

—Jo. ¿Cómo...? ¿Qué estás haciendo aquí?

—Vivo ahí. —Señaló hacia la casa de la izquierda y luego añadió—: ¿No te acuerdas?

—Oh, Dios, claro... es solo que... —Mi mente se llenó de imágenes de su cocina, a oscuras. De recuerdos de su olor y del sabor de su boca—. Creo que mi memoria no grabó los detalles concretos.

Ella asintió y, todavía sin mirarme, preguntó:

—¿Por qué estás aquí?

—He venido con Jeremy, sale con uno de los chicos que vive en esta casa.

No dijo nada, y, por un momento, pensé que había dado una respuesta inadecuada. Me sentí nerviosa. La última vez que la había visto se había despedido de mí a gritos.

—Ahora vivo con Jeremy —añadí.

Entonces se volvió hacia mí.

—¿No con Emily?

—Ah, no, no. Eso se acabó. En realidad, ya había acabado.

Sonrió. No era una sonrisa maliciosa, no se alegraba de que esa historia hubiera tenido un mal final.

—Jo, yo...

—No, por favor. No quiero que te disculpes. No quiero hablar de eso.

—Vale, pero...

—¿Sí?

—El pelo te queda genial.

Se llevó la mano a la cabeza.

—Ya lo sé.

Nos miramos. Me estremecí sin querer. Por la sorpresa, supongo. Y por el alcohol que llevaba en el cuerpo.

—¿Quieres volver a entrar?

Negué con la cabeza. Nos sentamos frente a frente con las rodillas a la altura del pecho. Las puntas de las zapatillas se rozaban.

—¿Cómo te ha ido? —pregunté con temor. No era asunto mío, y lo sabía.

—Pues muy bien, la verdad.

—Me alegro.

Seguimos en silencio durante unos segundos. Supe que ella esperaba que yo siguiera hablando. Y no para ofrecer más disculpas sino algo mejor.

—¿Podemos volver a empezar? ¿Fingir que nada de eso sucedió?

Me sorprendí ante la urgencia con que pronuncié esas palabras. Ante la profundidad de mis sentimientos. Ante lo mucho que anhelaba que accediera.

Ella negó con la cabeza.

—No soy capaz de fingir que no pasó. Pero podemos probar otra cosa.

Me rozó la zapatilla con la suya.

—Háblame de ti.

—Me llamo Ally. —Hice una pausa—. Y tengo un gato llamado Malcolm.

Ella asintió.

—Yo soy Jo. Se me da bien correr... y se me da fatal juzgar a la gente.

Sonreí y ella me devolvió la sonrisa. Deseé acariciarla. Prometerle que podía confiar en mí. Asegurarle que no se le daba fatal juzgar a la gente... Que yo era una buena persona.

No hice nada de eso. En su lugar extendí la mano, con la esperanza de que me siguiera el juego. Ella lo hizo: la estrechó con la suya durante un instante, mirándome a los ojos.

—Encantada de conocerte, Jo.

—Lo mismo digo, Ally.

Agradecimientos

En primer lugar quiero mencionar a las Emmas, porque estoy segura de que, sin ellas, no habría existido este libro.

Mi agente, Emma Finn: gracias por ser una defensora a ultranza de mi escritura, por amar a los personajes tanto como yo y por lograr que todo esto se hiciera realidad. Gracias también por responder a centenares de preguntas con tanta paciencia. De no haber sido por tu espíritu siempre positivo y tu amabilidad, yo habría acabado tan histérica como Moira Rose.

Mi editora, Emma Capron: gracias por ver el potencial que tenía esta novela, por mejorarla hasta límites insospechados y por no dejarme que la titulara «Malcolm». En cuanto me reuní contigo y con tu equipo supe que había encontrado el hogar adecuado. Tu entusiasmo y emoción son contagiosos, y no puedo dejar de sentirme agradecida por haber trabajado contigo.

Sé que todo el mundo sostiene que hace falta mucha gente para crear un libro, pero si lo dicen es porque es verdad. En estos tiempos locos, las personas implicadas han trabajado desde casa, han desempeñado sus tareas de manera virtual y aun así han logrado realizar un trabajo maravilloso. Gracias al equipo de Quercus que ha puesto tanto empeño en este libro, sobre todo a Milly Reid, Lipfon Tang, Charlotte Day, Tash Webber, Charlotte Webb, Rachel Wright, Kat Burdon, James Buswell, George Difford, Dave Murphy, Izzy Smith y Chris Keith-Wright, entre tantos otros.

Gracias al programa de escritura Penguin WriteNow y al entusiasta grupo de 2018. Y un agradecimiento especial a Assallah Tahir, que fue la primera persona en leer esta historia y me ayudó mucho con ella.

Gracias a todos mis jefes y compañeros de trabajo por haberme apoyado tanto y por haberse emocionado conmigo a lo largo de esta aventura.

Gracias a las amigas que han aguantado mis charlas sobre la novela durante los últimos dos años. Quiero mencionar a Lucy y Cyd, quienes me acompañaron en mi «investigación» sobre la vida nocturna de Sheffield; a Katy por ser la mitad de mi cerebro durante veinte años y a Suz por ser ya una hermana más que una amiga y por distraerse conmigo en las clases de lengua. ¡No ha salido tan mal!

Gracias a mi círculo de amigos gais: Cyd Sturgess, Anna Dews (tu reseña sigue siendo mi preferida), Andy Garraway, Bella Qvist, Samuel Richter y Olivia Le Poidevin. Vuestra amistad y vuestro apoyo lo han sido todo para mí.

Sarah (con hache): gracias por animarme siempre y por hacerme reír unas cien veces al día. Las notas de voz de la protagonista cuando está bebida han sido escritas especialmente para ti.

Gracias a mi madre y a mi padre, por haber creído siempre que esto era posible y por haberme convencido de ello. Gracias por leerme todas las noches cuando era pequeña y por acceder siempre a mi petición de «un capítulo más». Gracias también por convencer a todos vuestros conocidos de que compren el libro. En tapa dura.

Por último, gracias, Jen, por haber sido una de las más inteligentes y generosas lectoras de los primeros esbozos de esta novela. Cuando dibujas un corazón en los márgenes de una página, sé que lo haces en serio. Lamento la histeria que me convierte a veces en Moira Rose y también haberle dedicado el libro al gato en lugar de a ti. Tú sabes que en realidad te lo dedico a ti, esto y todo.

«Para viajar lejos no hay mejor nave que un libro.»

EMILY DICKINSON

Gracias por tu lectura de este libro.

En **penguinlibros.club** encontrarás las mejores recomendaciones de lectura.

Únete a nuestra comunidad y viaja con nosotros.

penguinlibros.club